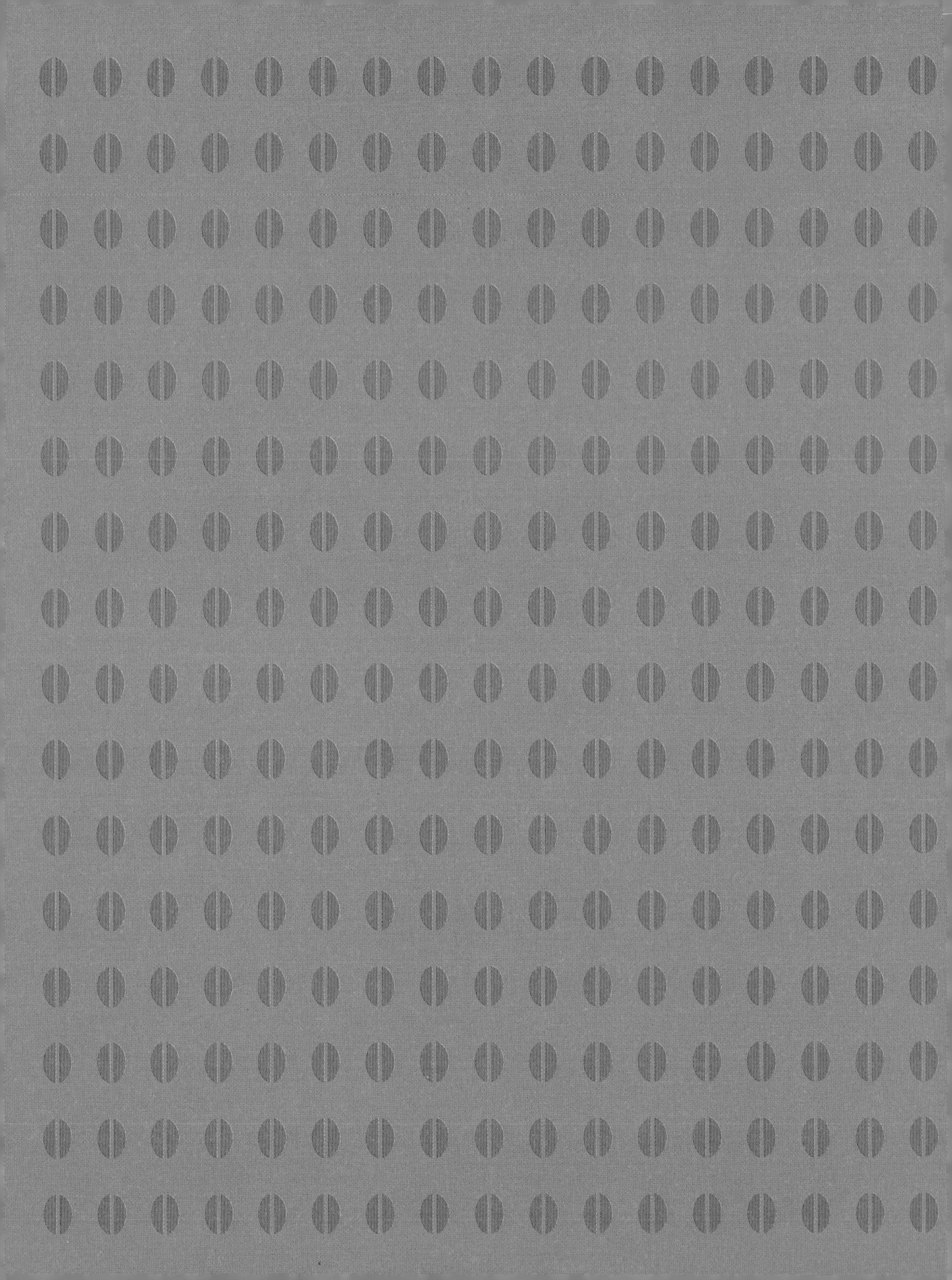

닥터만의
커피로드

닥터만의
커피로드

박종만 지음

문학동네

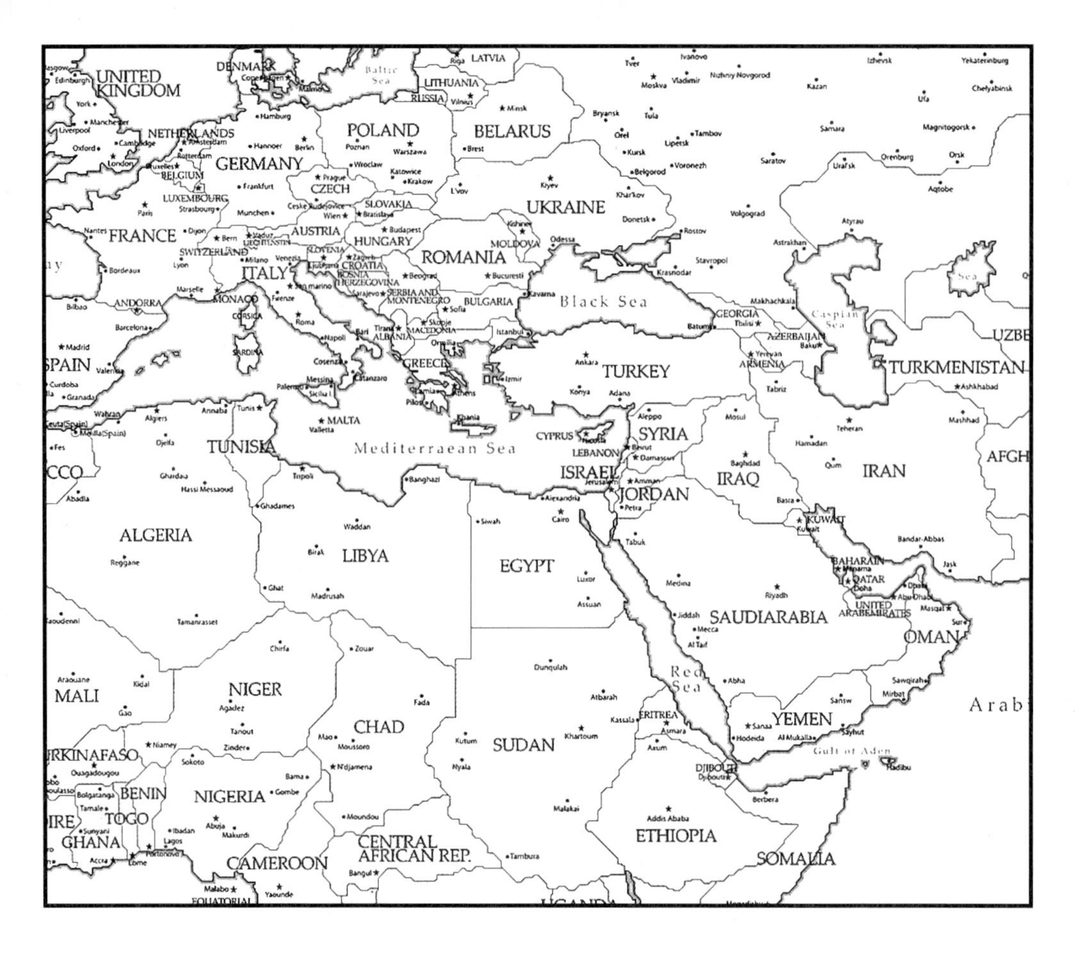

◆ 아랍의 커피로드

이집트 카이로 ···› 시리아 다마스쿠스 ···› 팔미라 ···› 알레포 ···› 다마스쿠스 ···› 보스라 ···› 다마스쿠스 ···› 예멘 사나 ···› 하라즈 ···› 바니 마타르 ···› 사나 ···› 이집트 카이로 ···› 알렉산드리아

◆ 유럽의 커피로드

스페인 마드리드 ···› 포르투갈 리스본 ···› 스페인 세비야 ···› 카디스 ···› 엘푸에르토 데 산타마리아 ···› 세비야 ···› 우엘바 ···› 세비야 ···› 프랑스 아를 ···› 마르세유 ···› 이탈리아 제노바 ···› 로마 ···› 바티칸 ···› 나폴리 ···› 베네치아 ···› 트리에스테 ···› 오스트리아 빈 ···› 독일 라이프치히 ···› 쾰른 ···› 졸링겐 ···› 네덜란드 암스테르담 ···› 로테르담 ···› 벨기에 브뤼셀 ···› 프랑스 파리

머리말 _ 미지의 커피로드를 꿈꾸며

1989년부터 커피와 더불어 살면서 나는 시간이 날 때마다 오지의 커피 생산지며 커피문화가 발달한 도시를 다니고 있다. 2007년 아프리카를 다녀온 이후부터는 해마다 커피역사의 흔적을 좇아 떠난다. 2008년에는 홍해를 건너 커피를 세상에 알린 이집트, 시리아, 예멘을, 2009년에는 지중해를 따라 교역이 번성했던 유럽의 나라들을 그리고 2010년에는 오늘날 세계 최대의 커피생산국인 브라질을 헤집고 다녔다. 특별히 아는 이도 없는데다 책 속의 단서 하나만을 부여잡고 찾다보니 헛걸음투성이였고 긴장의 연속이었다. 지칠 때면 길바닥에 털썩 주저앉아 '내가 왜 이 짓을 하고 있는 거냐'며 스스로를 책망하기도 했다.

일상으로 돌아온 나는 박물관에서 관람객들과 커피이야기를 나눈다. 대개는 맛있는 커피에 초점이 맞춰지는데 어쩌다 탐험 이야기라도 나오면 사람들은 깊은 관심을 보인다. 탐험 중 아찔했던 순간들을 이야기할 때면 나도 몰래 머리끝이 쭈뼛거리지만 가슴 깊은 곳에서는 다시 떠나야겠다는 꿈이 꿈틀거린다. 그렇게 매번 다시는 가지 않겠다던 다짐은 공염불에 그치고 만다.

이 글은 지난번에 펴낸 졸저 『커피기행』에 이어 아랍과 유럽의 커피로드를 따라갔던 탐험의 발자취를 엮은 것이다. 이제는 내전 탓에 다시 가보고 싶어도 갈 수 없는 땅이 되어버린 예멘, 시리아는 나 자신으로 하여금 커피역사 하나하나를 새롭게 바라볼 수 있도록 해준 인식의 땅이었다.

예멘의 수도 사나에서 커피나무를 가꾸고 커피체리를 수확하고 생두를 건조하는 사람의 모습을 가까이에서 지켜보면서 매일 하나씩 늘어나는 한국의 카페들과 커피마니아를 자청하는 이들에게 예멘 커피의 속살을 보여주고 싶었다. 제각각인 생두의 생김새를 두고 결점투성이 운운하며 속단하지는 않을까? 무심코 마시는 커피 한 잔이 우리 입에 닿기까지 얼마나 많은 사람들의 수고를 거쳐야만 가능한 것인지 한번쯤은 생각해봤을까? 바니 마타르 커피농부들의 절박한 현실과 조상 대대로 전해져온 커피나무의 암울한 미래를 알게 된다면 과연 어떤 생각을 하게 될까? 밥알예멘 푸른 천막 카페의 햇살 가득한 나무의자에 걸터앉아 느낀 '자유'와 '꿀맛 커피'를 우리의 골목길에서도 다시 만나볼 수 있을까? 나는 그곳에서 끊임없이 묻고 또 물었다. 그곳의 사람들은 커피와 삶이 별개가 아니었고, 거창한 도구가 없이도 맛있는 커피를 내놓는 진정성을 갖고 있었다. 내가 갖고 있던 까다로운 커피의 기준이 그 삶을 대면하며 낱낱이 깨지는 순간이었다.

아랍의 도시가 커피의 속살을 보여준다면, 유럽은 '카페'라는 공간을 통하여 커피의 역사와 문화를 한껏 드러냈다. 그간에도 여러 번 찾았던 유럽 도시이건만 이번 탐험을 통해 나는 관광지가 아닌 역사의 현장으로 그곳을 다시 볼 수 있었다. 커피역사는 책 속의 문자로 존재하는 것이 아니었다. 박물관의 유물로 존재하는 것은 더더욱 아니었다. 커피역사는 길거리에 문화라는 모습으로 자리 잡고 있었으며 무엇보다 사람들과 함께 존재하고 있었다. 그 옛날 모카 항으로부터 전해진 커피는 튀르크의 심장부 콘스탄티노플로부터 전해진 커피하우스에 힘입어 베네치아에서 꽃을 피웠다. 아랍과 유럽 상인들이 한데 뒤엉켜 있던 베네치아 커피하우스는 이제 세월이 흘러 여행객으로 넘쳐나고 있다. 역사는 느긋한 발걸음으로 걷는 법과 조급함을 극복할 수 있는 큰 깨달음을 내게 주었다.

이 책의 아랍 여행길에는 동반자가 있었다. 우연히 첫 인연을 맺은 뒤 나의 커피로드에 기꺼이 함께 해준 나의 든든한 길동무이자 안식처가 되어준 박 피디에게 다시 한 번 고맙다고 얘기하고 싶다. 커피로 인해 꿈을 꾸며 살 수 있다는 것, 그것만으로도 나는 충분히 기쁘다. 그 꿈을 함께 해주는 이가 있다는 것은 더욱 행복한 일이다.

예멘 사나니에서 만난 한 농부는 내게 자신의 아들을 한국에 데려가달라는 부탁을 했었다. 결국 무거운 마음으로 돌아섰지만 나는 오히려 그곳에서 커피 농사를 지으며 눌러살면 좋겠다는 생각을 잠시 했었다. 하지만 아무리 생각해도 그건 내 차지가 아닌 듯싶다. 나는 세계의 커피산지로 우리의 젊은이들이 떠났으면 좋겠다는 바람을 갖고 있다. 언젠가는 그들이 다시 돌아와 우리의 커피업계를 빛내주었으면 좋겠다. 적어도 이 책을 읽은 이들은 그리고 커피를 공부하는 이들은 바리스타가 아닌 다른 미지의 분야가 많이 있다는 사실 하나만은 알아주었으면 좋겠다. 그리고 문득 미치도록 커피 공부가 하고 싶은, 그래서 젊음을 불태울 용기를 지닌 청년의 편지 한 통을 받아봤으면 좋겠다. 그것이 나의 간절한 기대이자 이 글을 쓰게 된 동기이다.

북한강에서 박종만

차 례

카페의 꽃, 유럽_

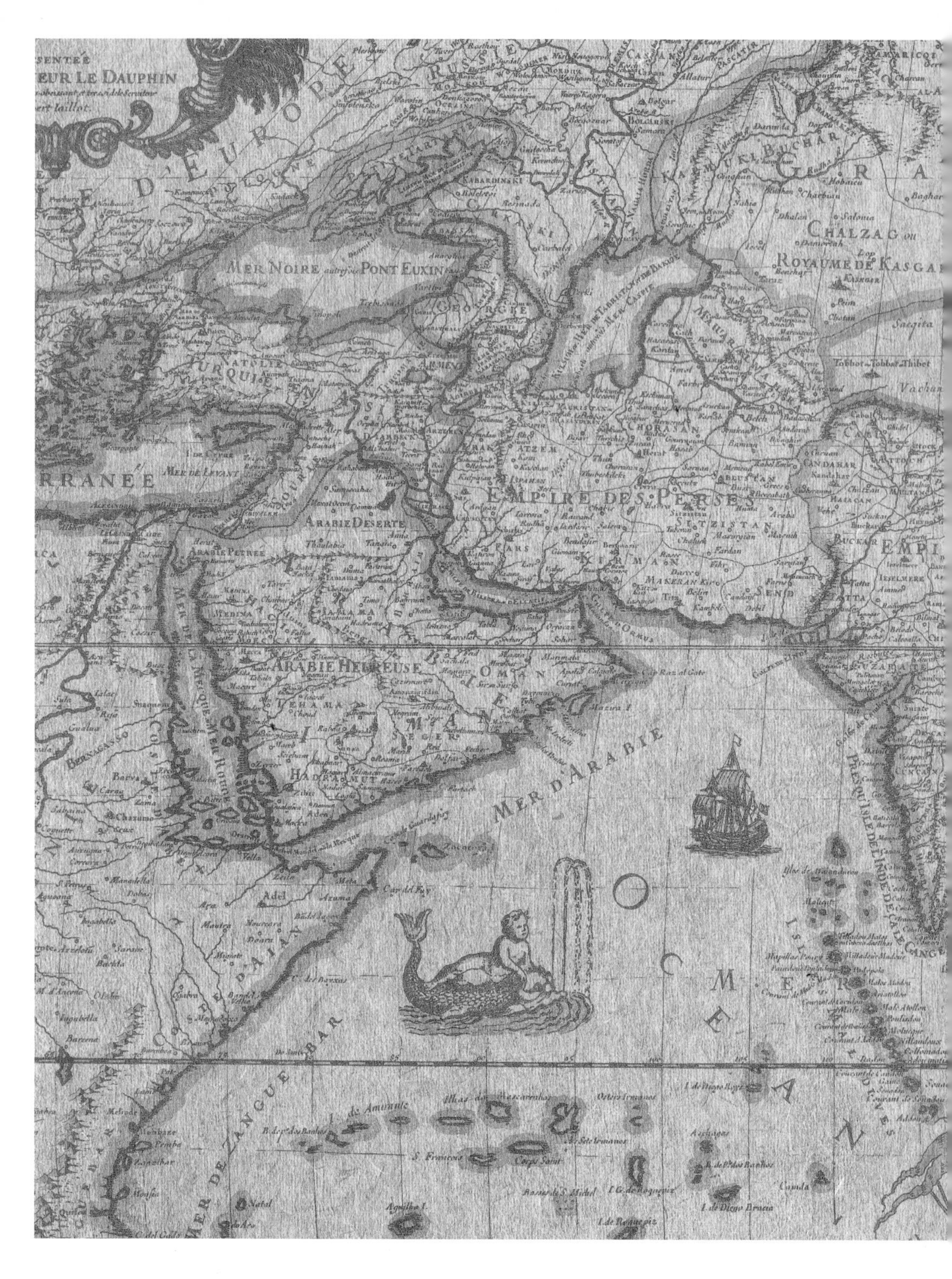

EUR LE DAUPHIN
EUROPE
RUSSIE
POLOGNE
MER NOIRE autrefois PONT EUXIN
GEORGIE
TURQUIE
NATOLIE
ARMENIE
MER DE LEVANT
RRANEE
ARABIE DESERTE
ARABIE PETREE
ARABIE HEUREUSE
OMAN
HADRAMUT
MER D'ARABIE
EMPIRE DES PERSES
CHORASAN
SITZISTAN
KIRMAN
FARS
SEND
CANDAHAR
CHALZAG ou
ROYAUME DE KASGAR
Thibet
ASTRACAN
Mer Rouge
OCEAN
MER DE ZANGUEBAR
PRESQU'ISLE DE L'INDE DE ÇA LE GANGE
Golfe d'Ormus
Aden
Zeila
Adel
Magadoxo
Natal
Maldives

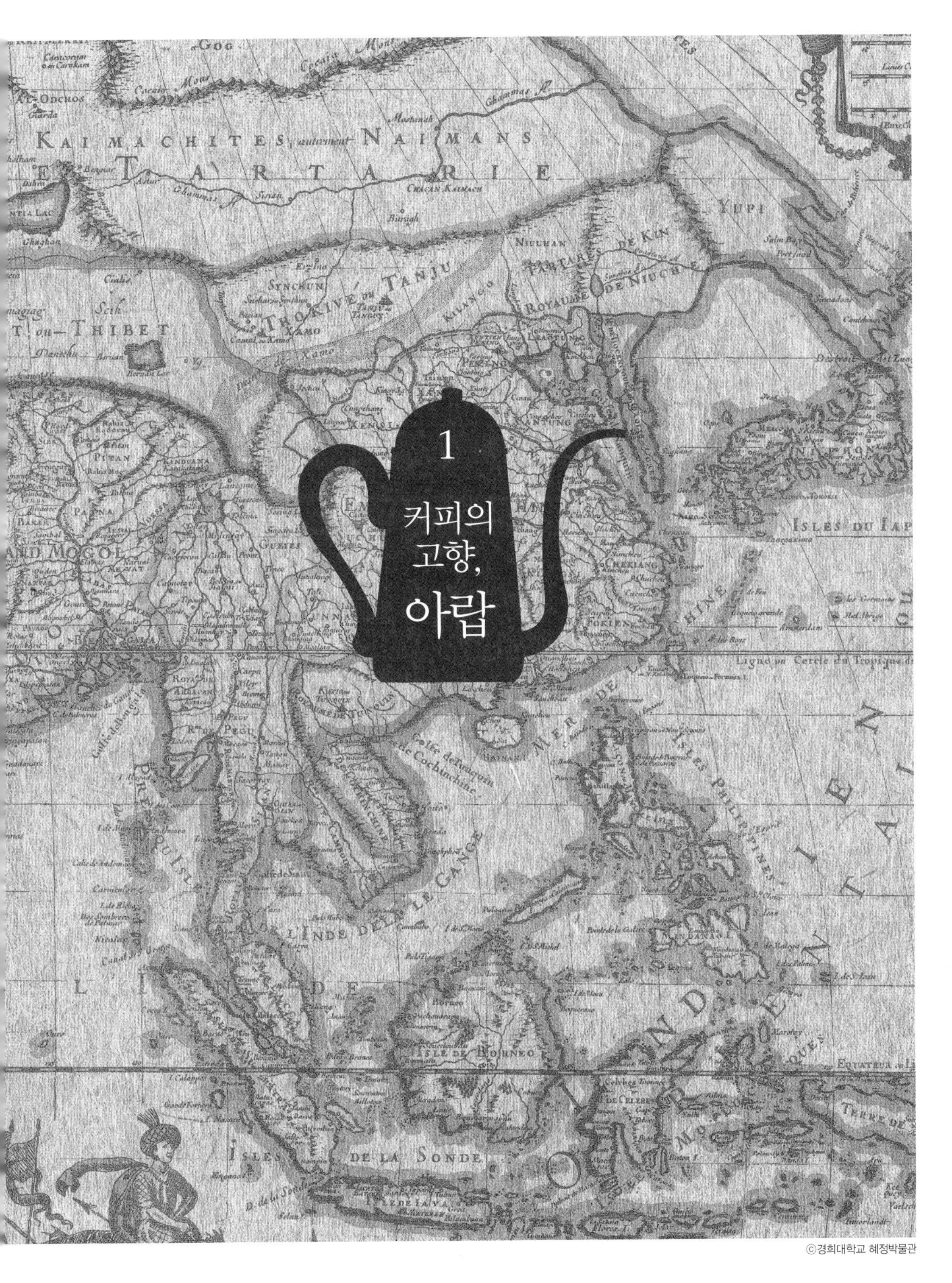
KAI MACHITES autrement NAIMANS
TARTARIE
YUPI
TARTARES DE KIN
ROYAUME DE NIUCHE
THIBET
GRAND MOGOL
MER DE LA CHINE
ISLES PHILIPPINES
ISLE DE BORNEO
ISLES DE LA SONDE
Golfe de Cochinchine

1
커피의 고향, 아랍

카이로에서 시작하는 아랍 커피 탐험

2008년 2월 박 피디와 이집트 카이로에 도착했다. 한참을 멀리 돌아 이제야 온 기분이다. 지난 아프리카 탐험 후반부에 시간에 쫓겨 서둘러 발길을 돌려야 했던 사정이 있어 이번에야말로 느긋한 황소걸음으로 이곳저곳을 산천주유山川周遊하듯 돌아보려 한다. 지난 탐험에서는 커피의 역사만을 좇다보니 많은 것들을 놓치고 지나쳤다. 처음 인류에 소개된 지 1200년, 커피가 어찌 기록 속의 역사로만 우리 곁에 있었겠는가? 커피는 한낱 경제활동의 대상이 아니라 긴 세월을 인류와 함께해온 음악, 미술, 문학, 예술의 원천이자 증거물이다. 어찌 커피만을 따로 떼어놓고 볼 수 있겠는가. 커피는 나에게 지구상에 존재하는 사물 하나하나가 따로 떨어져 있지 않고 서로 깊은 연관이 있다는 사실을 일깨워주었다. 이번 탐험은 커피와 더불어 살아온 인류 문화사의 발자취를 성지순례하는 구도자의 심경으로 다녀보아야겠다.

뿌연 아침을 맞는다. 카이로의 2월 아침은 아직 한기가 남아 있다. 더블 침대에서 덩치 큰 박 피디와 추위에 떨며 둘이 엉켜 붙어 잠을 잤다. 불편한 잠자리와 밤새 끊이지 않았던 자동차 경적 소리 때문에 잠을 설쳐 온몸이 찌뿌듯하다. 카이로 시내 한복판 타흐리르Tahrir 광장 대로변에 자리 잡은 숙소는 간판도 없이 번지수만 있는 유스호스텔로 낡고 지저분했지만 햇살 잘 드는 테라스만은 길 건너 힐튼 호텔이 부럽지 않았다. 광장 아래 오가는 사람들의 모습은 한눈에 보고 있자니 하루에 30달러 이상을 숙소에 쓰지 않겠다는 스스로와의 약속을 지켰다는 대견함에 혼자 싱긋 웃음 짓는다.

테라스에서 바라보는 타흐리르 광장은 무질서와 혼돈이 지배하는 세상처럼 보인다. 이곳이 바로 '죽기 전에 꼭 가봐야 할 여행지'로 손꼽히는 이집트 수도 카이로의 한복판이다. 그 손꼽히는 여행지에서 길을 건널 때는 목숨을 내놓고 곡예하듯 건너다녀야 한다. 질주하는 자동차 사이로 신호등 없는 서울 시청 앞 광장을 요령껏 눈치 보며 건너는 상상을 해보라. 청년들뿐 아니라 아주머니, 할아버지 심지어 아이들까지도 눈 하나 까딱하지 않고 덤덤히 지난다.

매연이 코를 찌른다. 나는 매연의 정도를 두고 지난 여행지들을 비교하고 그들을 가늠해보는 고약한 버릇을 가지고 있다. 카이로의 매연은 자연스레 나를 멕시코시티와 나이로비로 데려다준다. 내한성耐寒性 강한 커피 종자 채종採種을 위해 산지를 찾아나섰던 멕시코, 커피역사 탐험을 위해 갔던 케냐, 덜할 것도 더할 것도 없이 두 곳의 매연은 지독했다. 지금은 남의 나라 이야기인 듯 여기지만 우리나라도 자동차 매연이나 빵빵거리는 경적이 없어진 지 그리 오래되지 않았음을 생각해보면 애당초부터 문화 시민이었던 양 어깨를 으쓱거리는 것이 어찌나 우

이곳이 바로 죽기 전에 꼭 가봐야 할 여행지로 손꼽히는 이집트 수도 카이로의 한복판이다.

스운지. 얼마 전 그 매연 가득한 타흐리르 광장에 민주와 자유를 위해 이집트 시민들이 물밀듯 모여든다는 뉴스를 접했다. CNN 화면에 스쳐 지나가는 낡은 숙소 앞 광장의 열기가 반갑고도 놀라웠다. 곳곳에서 마주쳤던 부조리와 쓸데없는 관행을 생각하면 오늘날의 시위가 당연한 일일지도 모른다.

몹쓸 관행의 산물인 촬영 허가서를 받기 위해 방송센터를 찾아나섰다. 이집트에서 공직에 있는 사람과 인터뷰를 하거나 공공장소를 촬영하기 위해서는 정부로부터 정식 허가서를 받아야 한다. 이슬람 사원, 박물관, 대학 등 미리 둘러보아야 할 곳을 계획해두었고 한국에서 관계서류를 준비해 갔다. 고물 택시는 문이 잘 닫히지 않아 한 손으로 택시 문 손잡이를 잡고 있어야 했다. 자동차 안으로 들어오는 매연은 밖에서보다 더 심했다. 방송센터에서 우리나라 정보국쯤에 해당하는 기관의 무함마드와 인사를 나누었다. 안내 담당자라 해도 사실은 우리의 일거수일투족을 살피는 정보국 소속 감시자다. 검은 양복을 입고 짙은 선글라스를 쓴 그의 첫인상이 날카로워 보였다. 그러나 이 날카로움은 몇 마디 짧은 대화를 나누는 사이 빠진 아래쪽 앞니 사이로 자연스럽게 새나갔다. 억지로 격식을 갖춰 엄숙히 말하려 했지만 우리에겐 그 또한 우스꽝스러워 보였다. 그는 그저 격식을 많이 따지는, 젊지만 나이 들어 보이려 애쓰는 사람이었다. 악의가 있어 보이지는 않았다. 우리는 여러 군데 사무실을 오가며 수많은 도장을 찍고 적지 않은 돈을 지불하고 나서야 겨우 허가서를 받았다. 후에 알았지만 이 허가서는 한 군데 모스크에서만 통용되는 것이어서 몇 번이고 다시 방송센터를 찾을 수밖에 없었다. 이집트에 있는 내내 가는 곳마다 무함마드에게 이 문제로 싫은 소리를 해야 했다.

허가서를 받고 나온 방송센터 앞 나일 강은 평화로웠다. 바쁘게만 보이던 이집트인들도 나일 강변을 산책할 때는 여유로운 걸음이었다. 강가에서는 바람도 선선하다. 그리스 역사가 헤로도토스는 그의 저서 『역사』에서 "이집트는 나일의 선물"이라 극찬하지 않았던가. 우리나라 열 배 규모의 큰 영토를 가진 이집트는 빅토리아 호수에서부터 발원해 북으로 흐르는 나일 강 인접 지역을 빼면 모두 사막인데다 강수량이 많은 지역이라 해도 연간 400밀리리터 정도가 전부인 건조한 나라다. 메마른 사막에는 해마다 홍수가 일어나고 강물이 범람해 나일 델타(삼각주)가 생기는데 이것이 결과적으로 커피 농사에 적합한 토양을 만들어준다. 그 덕에 이집트는 연중 수확이 가능하니 이것이 곧 나일의 선물인 셈이다. 그 나일 강이 바로 발 앞에 있다.

한국을 떠나기 전 이집트 역사에 대해 조사해둔 노트를 꺼내 본다. 6000년이라는 긴 역사와는 달리 내 메모에는 "639년에 팔레스타인, 시리아, 북아프리카 카르타고 등과 함께 이슬람에 정복되고 1517년부터 1798년까지 오스만튀르크에 편입되었다가 1799년 나폴레옹에 의해 짧은 기간 점령된 후 지금의 자치국에 이르고 있다"가 전부다. 누가 볼까 조심스럽다. 커피역사를 이야기함에 있어 이슬람과 기독교를 따로 떼어 이야기할 수 있을까? 커피가 이슬람에서 태어나 기독교 세계로 전해졌지만 우리는 이슬람에 대해서는 아는 것이 많지 않다. 아니 잘못 알고 있는 것이 더 많을 것이다. 우리는 서방 매체를 통해 이슬람 전체를 테러 집단으로 인식하기도 하고 베일에 싸인 아랍 여인들을 보면서는 억압받는 여성을 떠

칸엘칼릴리_ 이곳에서 못 구하는 물건은 세상 어디에도 없다.

올린다. 이슬람 커피역사의 실체를 기대하며 나의 마음은 끝이 보이지 않는 먼 곳으로 이끌려 가는 듯하다. 신비로움에 가슴이 벅차오른다.

늦은 오후, 카이로 시내 중심가에 있는 아프리카 최대 시장 칸엘칼릴리Khan el-Khalili를 찾았다. 시장 입구 알후세인 모스크Al-Hussein Mosque 광장은 형형색색의 인파로 가득하다. 청년 실업률이 30퍼센트를 넘는다는 것을 증명이나 하듯 광장 앞은 젊은이들로 넘쳐난다. 여럿이 모이면 목소리가 커지는 법, 이슬람은 금주를 율법으로 지키기에 술을 마시지도 않았을 텐데 어떻게 이렇게 취한 듯 떠들고 기뻐하는지 두고두고 이해하기 힘들었다. 친절한 가게 종업원들이 길 한가운데로 나서며 호객을 한다. 아이들은 자전거를 탄 채 머리 위에 대나무 같은 판을 여러 층으로 쌓고는 곡예하듯 이집트 빵 에이시Aysh를 팔고 다닌다. 세계 각국의 관광객들과 시민들이 뒤섞여 인종 전시장을 방불케 한다. 옷 가게, 모자 가게, 과일 가게, 은세공 가게, 향수 가게, 보석 가게 등 아프리카 최대 시장의 입구답다. '이곳에서 못 구하는 물건은 세상 어디에도 없다.' 더이상 적합한 묘사가 있을까 싶다. 수천인지 수만인지 점포의 숫자를 셀 수 없을 정도다.

칸엘칼릴리는 1382년 낙타 카라반 숙소를 처음 지은 것에서 시작되었다. 당시 메카를 방문하는 순례객들과 대상隊商들은 홍해의 가장 안쪽 요르단의 아카바Aqaba 항을 거쳤고 칸엘칼릴리를 오갔다. 이때 커피는 물론 동방의 향신료, 보석, 실크 등이 함께 실려왔다. 예멘 모카 항을 떠난 커피와 동방의 산물들이 알렉산드리아, 지중해를 거쳐 베네치아, 제노바, 마드리드 등 유럽과 이스탄불로 퍼져나갔고 이후 17세기에 칸엘칼릴리의 커피는 이집트 경제를 좌우하는 수준에까지 이르렀다. 오스만튀르크 시절에는 '튀르크 바자르'라 불리기도 한 칸엘칼릴리는 단연 커피 무역의 중심지가 되었다.

칸엘칼릴리 길 건너에 바로 이슬람 제일의 교육기관인 알아즈하르Al-Azhar 대학교● 가 보인다. 수피교●● 도들이 처음 즐겨 마셨던 커피는 이슬람의 성지 메카를 거쳐 1510년경부터 카이로에 이르게 되었는데 그 출발점이 바로 이곳 아즈하르다. 그 시기 예멘에서 온 수피교도들이 아즈하르에서 커피를 나눠 마시는 모습은 다음과 같이 묘사됐다.

> "수피교도들은 월요일과 금요일 밤에는 매번 커피를 마셨다. 그들의 지도자는 붉은 점토 주전자를 앞에 두고 작은 국자로 퍼서 나눠주며 오른쪽으로 돌렸다. 의식에 따라 '오직 알라, 존재하시는 알라밖에 없나이다'를 소리내어 읊었다."
>
> —R. Hattox, 『Coffee and Coffeehouses』

커피는 알아즈하르를 벗어나 카이로 길거리로 급속히 퍼져나갔다. 얼마 지나지 않아 길거리에 넘쳐나는 커피하우스들은 이른바 정통파 이슬람 학자들에 의해 사회적, 정치적, 종교적 안정을 위협한다는 이유로 맹렬한 견제를 받게 된다. 하지만 당시 커피하우스는 대상 무역의 중심지 카이로답게 활기로 넘쳐났다.

● **알아즈하르 대학교** 파티마 왕조가 이집트에 세운 최초의 이슬람 사원인 알아즈하르 모스크에서 기원한 대학. 모스크 중심에 위치해 있다.

●● **수피교** 이슬람교의 신비주의적 분파. 금욕과 고행을 중시하고 청빈한 생활을 이상으로 한다.

한편 카이로의 이 같은 사정과는 별개로 이슬람의 본산 메카에서는 1511년 커피역사에서 잊히지 않을 사건이 발생한다. 메카의 무흐타시브Muhtasib● 인 카이르 베그Khair Beg 파샤Pasha●● 는 1511년 6월 20일 목요일, 늘 하던 대로 동료들과 함께 신성한 모스크에서 저녁기도를 마쳤다. 그는 카바kaaba 신전의 검은돌에 입맞춤하고 잠잠Zamzam 우물에서 물을 마셨다. 카이르 베그는 집으로 향하던 길에 한쪽 모퉁이에서 모스크에서는 금지된 랜턴을 켠 채 무엇엔가 열중하는 한 무리를 발견했는데 그들은 밤샘기도를 위해 커피를 마시던 사람들이었다. 그들의 행동이 자신의 직무인 공공질서 유지에 위배된다는 확신에 찬 카이르 베그는 소위 명망 있다는 의사, 이슬람 학자 들로 하여금 커피의 효능에 대해 조사하게 해 '커피는 사람을 취하게 만들거나, 최소한 법적으로 금지된 활동을 하게끔 만드는 음료'라는 결정을 내린다. 카디Kadi●●● 는 이 결정문을 바탕으로 커피의 해악을 언급하면서 '무슬림에게 커피는 불법'이라고 공표해 메카의 커피는 불태워지고 모든 커피하우스는 폐쇄되고 만다.

그러나 카이로는 사정이 달랐다. 꽃과 음악 그리고 시를 사랑했던 카이로의 술탄 칸수 알구리Al-Ashraf Qansuh al-Ghuri 는 카이르 베그의 법안을 정면으로 거부했다. 무엇보다 그는 이미 커피와 수피교에 매료되어 있었다. 카이르 베그는 이듬해인

● **무흐타시브** 정부가 임명하는 지방관리. 주된 업무는 무슬림의 일상생활, 즉 예배·단식의 감독, 공공시설의 유지, 환자의 보호, 상공업제품의 양이나 질의 감시 등이다. 풍습 감독관, 도덕 검열관이라고 할 수 있다.

●● **파샤** 오스만제국 때부터 고위 관료에게 주던 칭호.

●●● **카디** 이슬람 사회의 법관.

1512년 해임됐다. 카이로에서 커피 마시는 것은 합법이었으며 칸엘칼릴리에서 커피는 대상들에게 투기 목적으로 이용되기도 했다. 여전히 반대자들의 비난은 그치지 않았지만 몇몇 기록에 의하면 커피가 시장에서 통화로 쓰이기도 했다.

> "1532년, 선동적인 맹신도들에 의해 많은 커피하우스가 공격받았다. 카디는 '커피는 사람을 취하게 만드는 몹쓸 것'이라 굳게 믿는 종교 지도자들의 주장에도 불구하고 커피가 일반에 허용되어야 한다는 판결을 내렸다. 이후로도 때때로 금지된 기간이 있기는 했지만 기도드리며 커피 마시는 일이 결국 방해받지는 않았다."
>
> —G. Sandys, 『A Relation of a Journey Begun An: Dom: 1610』

알아즈하르는 어쩌면 무슬림이 이집트에서 가장 보고 싶은 곳으로 손꼽힐 것이다. 알아즈하르 대학은 사원이 건립된 후 971년 마드라사Madrasa●로 세워져 오늘날 아랍 문학과 수니파 이슬람의 최고 교육기관이 되었다. 이집트에서 가장 오래된 학위 수여 대학이요 이슬람 신학의 본산이다. 또한 알아즈하르 모스크는 이집트 종교기관 중 최고의 권위를 지닌 모스크이기도 하다. 이슬람의 하버드 대학, 이슬람의 교황청이라 칭하기도 하는 알아즈하르의 좁은 미나레트Minaret●● 계단을

● **마드라사** 전통 이슬람 학교.
●● **미나레트** 모스크의 일부를 이루는 첨탑.

천천히 오른다.

카이로 구시가지가 한눈에 들어온다. 색이 바래 더 아름다운 첨탑들이 제각각 다른 모양으로 삐죽이 솟아 있다. 우리네 교회 십자가와 오버랩된다. 우아한 곡선의 미나레트 꼭대기까지 닿은 사람의 손길을 나는 경건한 마음으로 바라보았다. 종교의 힘과 인간의 의지가 대리석 조각 하나하나마다 담겨 있다. 하늘 높이 들어선 또다른 세상, 발아래서 분주히 오가는 사람들의 움직임. 새들이 날고 어제와는 다르게 하늘은 맑고 푸르다.

모진 풍파의 세월을 견뎌내고 오늘날까지 남아 있는 커피하우스 중 이집트에서 가장 오래된 엘피샤위El-Fishawy를 찾아나선다. 알후세인 모스크 광장 한쪽 면을 차지하고 있는 휘황찬란한 커피점들 중에는 보이지 않는다. 관광안내서에 잘 나와 있는 곳이어서 찾기 쉬우리라 생각했는데 지도책을 한참 들여다보고 광장 어귀를 몇 바퀴 돌고 나서야 모퉁이 옆 골목을 찾았다. 입구로 들어서니 딴 세상이 펼쳐진다. "열려라 참깨"라는 주문을 외우자 보물로 가득 찬 동굴 문이 열린 『알리바바와 40인의 도둑』 속 한 장면 같았다. 겨우 사람들이 어깨를 부딪치며 지나칠 정도의 좁은 통로는 탁자와 의자가 모두 차지하고 있다. 골목은 매장 안도 아닌 테라스도 아닌 그저 통로인 셈이고 경계도 따로 없다. 바쁜 시간이 아닌 듯싶은데 발 디딜 틈이 없다. 종업원들은 쉴 새 없이 둥근 트레이를 들고 '쉬-ㅅ' 소리를 내며 사람들 사이를 누빈다. 작은 원형 테이블마다 커피와 티 그리고 아랍인들의 애용품이자 커피와 찰떡궁합인 물 담배 시샤Shisha●가 놓여 있다.

엘피샤위_ “열려라 참깨” 주문을 외우자 보물로 가득 찬 동굴 문이 열리듯 모퉁이를 돌자 딴 세상이 펼쳐진다.

커피와 시샤를 주문했다. 박 피디는 역사의 현장이 곧 없어지기라도 하는 듯 이곳저곳을 다니며 카메라에 담기 바쁘다. 큰 덩치에 넉살도 좋아 이내 엘피샤위 직원들과 곧잘 어울린다. 나는 감회 어린 표정으로 커피를 기다린다. 충분한 세월이 흐른 만큼 커피맛은 얼마나 깊을까 케케묵은 호기심이 발동한다. 커피는 낡은 은기류 쟁반 위 투박하고 작은 유리잔에 담겨 나왔다. 엘피샤위 커피는 무덥고 건조한 이집트를 떠올리기에 충분할 만큼 거칠고 탁했으며 목 넘김 시 끈적거림은 매우 강렬했다. 정제가 덜 된 굵은 설탕 한 스푼을 넣은 커피는 한낮의 뜨거움에 지친 온몸을 달래기에 적당했다. 커피 한 잔이 주는 기쁨이라기보다는 주위를 둘러싸고 있는 세월의 흔적에서 저절로 묻어나는 일체감이나 친밀감 같은 것이 아닐까? 병째 나온 물로 입가심하고는 시샤의 세계에 푹 빠져든다.

선대들의 가족사진을 비롯해 나로서는 알 수 없는 이집트 유명 인사들의 사진 그리고 크기가 제각각인 거울이 벽면을 장식하고 있다. '거울 카페'라는 말이 나올 법하다. 샹들리에는 먼지가 수북해 빛이 덜 나긴 해도 그것이 오히려 번쩍이는 오늘날의 것들보다 더 정겹다. 탁자는 모서리가 닳아 윤기가 절로 나 있고 의자는 등받이 쪽이 손때로 반질거린다. 자욱한 시샤 연기와 사람들이 떠드는 소리는 나를 책 속 아라비아 궁전으로 데려다 놓았다. 박 피디와 친해진 직원들을 통해 엘피샤위 사장과 다음날 아침 일찍 만나기로 약속하고 우리는 다시 알후세인 광장으로 나왔다.

● **시샤** 다른 지역에서는 후카(Hookah)로 불리기도 함.

광장 근처에 있는 수피 댄스• 공연장을 가고자 했으나 무함마드는 퇴근시간이 다 됐다며 난처한 표정이다. 이미 해는 서쪽으로 많이 기울어졌다. 수피 댄스 공연은 다음날로 미루고 무함마드가 알려준 나일 강변 유람선 선착장으로 향했다. 나일 강을 크게 한 바퀴 도는 코스로 저녁식사와 탄누라 댄스Tannoura dance•• 공연이 포함되어 있다. 나일 강은 이미 칠흑으로 변했다. 강 주위 아름다운 불빛들이 이집트의 화려했던 역사를 대신 말해주고 있다. 잔잔한 물결 위를 네온사인을 두른 유람선들이 쉴 새 없이 오간다. 유람선에는 아랍의 흥겨운 선율이 흐른다. 이슬람 신비주의 종교 의식에 화려한 색과 기교가 더해진 관광객용 탄누라 댄스는 전통 악기의 반주에 맞춰 쉼 없이 빙글빙글 도는 춤이다. 젊은 남성 무용수는 검정 모자를 쓰고 흰 두건을 두르고 손에는 커다란 원반을 여러 개 잡은 채 희로애락을 표현하듯 섬세한 표정을 잃지 않고 돌고 또 돈다. 돌수록 치맛자락은 둥글고 크게 펴진다. 무지개를 보는 것 같기도, 활짝 핀 꽃 한 송이를 보는 듯도 하다. 관광객용으로 재구성되어서인지 수행에서 시작된 춤이라기에 기대했던 어딘지 모를 간절함은 보이지 않았다. 대신 화려함은 뛰어났다. 정점으로 다다르는 춤은 점점 몽롱해져간다. 저녁을 먹는 관광객들은 모두 탄성을 자아낸다. 매일 하는 일일텐데도 잘생긴 남자 무용수는 땀에 흠뻑 젖어 안쓰러워 보였다. 어지럽지 않다는

• **수피 댄스** 일종의 종교 의식으로 인간과 신이 만나는 과정을 보여준다. 한자리에서 빙빙 도는 수피교도들의 정적인 춤.

•• **탄누라 댄스** 수피 댄스와 비슷하지만 화려하고 역동적인 춤. 수피교도들이 치마(탄누라)를 입고 춘다고 해서 '탄누라 댄스'라고 불린다.

것을 보여주려는 듯 한동안 무대 위에서 인사한다.

고민에 빠진다. 도대체 수피 댄스와 커피가 무슨 관련이 있는가? 저 멀리 에티오피아의 짐마Jimma에서 기도와 명상으로 오랜 시간 수행했던 이들이 잠을 쫓고 정신을 맑게 해주는 효능에 반해 커피를 접하게 되었다던데, 정작 이들은 신에게로 가기 위해 몽롱한 상태를 유지하려 애쓰는 것이 아닌가. 정반대가 아닌가. 수피교에서 커피는 어떤 존재일까. 신비주의라는 말은 무슨 의미인가. 늦은 밤 숙소로 돌아오는 내내 궁금증이 꼬리를 문다.

약속시간인 오전 10시보다 조금 일찍 엘피샤위를 찾았다. 무함마드는 어제와 달리 화려한 색깔의 양복을 입고 나타났다. 첩보원 같다며 박 피디가 주위를 부추겨 한바탕 웃음을 터뜨렸다. 어제 오후 북적거리던 골목길은 언제 그랬냐는 듯 말끔히 단장되어 있다. 진정 마술 같았다. 이곳이 24시간 영업한다는 사실을 아침 청소를 하는 직원을 통해 알았다. 푸른 옷에 흰 두건이 잘 어울리는 한 중년 손님은 언제부터인지 정확히 기억이 나진 않지만 아주 어릴 적부터 매일 아침이면 이곳에 와 커피 한 잔과 시샤로 하루를 시작한다고 했다. 그는 사진 찍어달라며 사뭇 진지한 포즈를 취한다. 엘피샤위의 사장 디아 엘피샤위는 그의 등뒤에서 사진 찍기가 끝나기를 기다리고 있었다. 10년 지기를 만난 듯 그는 거침없고 활기찼다. 어김없이 커피와 시샤가 테이블 위에 놓였고 디아는 많은 이야기를 들려주었다.

이집트에서 가장 오래된 커피하우스 엘피샤위. 1771년 문을 연 이후 자신이 9대째 이어오고 있으며 할아버지 파미 알리 엘피샤위가 운영하던 1930년대부터 지금의 모습을 갖게 되었다 한다. 디아는 선조에 대한 자부심이 대단했다. 얘기를 나누는 내내 벽에 걸린 사진들을 가리키며 당시를 떠올렸다.

"할아버지는 매일 이곳에 오셨고 필요한 모든 것을 매장에 두셨어요. 구석에 앉은 손님들을 살펴보기 위해 많은 거울을 사방에다 걸어두셨지요. 늘 커피를 즐겨 마셨고 때때로 집에는 안 들어가시고 이곳에서 주무시곤 하셨어요."

파미 할아버지가 지정석에 앉아 커피를 마시면 손님들은 그 주위에 빙 둘러앉아 그의 이야기를 청해 들었다, 파미 할아버지는 특히, 커피 여러 잔을 가져오게 한 후 어떤 커피가 엘피샤위 커피인지 아닌지 정확히 알아맞혀 이곳을 찾는 많은 사람들로부터 칭송받았다. 이때가 1930년대다. 40년대에는 저명한 예술가, 고위 관료, 문학가 들이 매일같이 몰려들어 커피와 함께 밤늦도록 이야기꽃을 피워 지식인들의 만남의 장소가 되었으며, 50년대에 들어 엘피샤위의 유명세는 최고조에 달하게 된다. 그중에서도 손꼽을 예로는, 매일같이 커피하우스 한쪽 구석에 앉아 작품활동에 전념해 1956년 『카이로 3부작』을, 1959년에는 『게벨라위의 아이들』을 발표한 문학가가 있었으니 그가 곧 이집트의 발자크이자 현대 아랍 문학의 아버지요 아랍권 최초로 1988년에 노벨문학상을 수상한 나기브 마푸즈Naguib Mahfouz다. 자세히 보니 그의 사진이 여러 곳에 걸려 있었다.

1960년대 후반 시 당국의 칸엘칼릴리 도시 계획으로 두 배 크기였던 매장이 지금의 규모로 작아지는 바람에 할아버지가 대로하셨다는 대목에 이르자 디아는 흥분을 감추지 않았다. 할아버지가 돌아가신 1968년 이후 가족 여럿이 운영해오

Alien
was
Here
Sally
Dina

던 것을 20년 전부터 디아가 운영해오고 있다. 그는 올해 마흔여섯 살이다. 엘피샤위의 미래에 대해 묻자 아직은 아이들이 어려 확언할 순 없지만 아마도 아이들이 가업을 물려받지 않겠느냐며 당연하다는 듯 대답한다. 이집트에 커피가 전해진 시기에 대해서도 물었더니 자신이 대답할 수 있는 성질의 것이 아니라 한다. 대신 그는 왜 이 커피하우스가 특별한가라는 질문에 답했다.

"이곳에 오면 오래된 이집트의 분위기를 느낄 수 있어요. 오래된 것과 미래의 것, 어떨 때에는 모든 것을 뒤로 하고 아무 생각도 하고 싶지 않을 때가 있지요. 많은 사람들은 그저 웃기 위해 이곳에 옵니다."

낙천적인 성격에 선한 인상, 장난기 가득한 표정의 그와 시샤 친구가 되어 얼마나 시간이 흘렀는지도 몰랐다. 수염이 나와 똑같다며 너스레를 떠는 사이 하나둘씩 손님들이 자리를 차지하기 시작했다. 240년 세월의 엘피샤위에서 나는 우리나라의 오래된 커피하우스, 정확히 말하자면 옛날 다방들이 50년 남짓 만에 자취를 감춰버렸다는 안타까움을 되새기지 않을 수 없었다. 우리나라에서 가장 오래된 다방이라 해봐야 1955년에 문을 연 진해 '흑백다방'인데 그마저도 지금은 겨우 과거의 모습만 간직하고 있을 뿐 수년 전에 영업은 포기했다. 그 옛날 돌체, 갈채다방이 아직 명동에 남아 있다면 일본 중국 관광객들에게 얼마나 자랑스러울까 하는 아쉬움을 가져본다. 디아는 옛날 사진 자료를 챙겨주겠노라며 내일 저녁에 다시 오기를 청했고 나는 카이로에 머무르는 동안 단 하루도 엘피샤위를 찾지 않은 날이 없었다. 나는 외친다.

"스핑크스 대신 엘피샤위에 들르기 위해 이집트에 가라."

박 피디와 나는 치킨으로 점심을 대충 때웠으나 무함마드는 많은 아랍인들이 그렇듯 양고기 성찬을 즐겼다. 재촉해도 그는 아랑곳하지 않는다. 모든 게 잘될 테니 걱정 말라는 몸짓으로 손가락을 쪽쪽 빤다. 어젯밤에 본 탄누라 댄스의 원형을 알아보기 위해 미리 약속해둔 카이로 아메리칸 대학교American University in Cairo를 찾았다. 이슬람 역사학자 쿼리N. Khoury 교수에게 이슬람과 아랍의 차이에 대해 물었다.

"이슬람은 '순종' '복종'을 뜻하는 말로 유일신 알라를 믿는 종교 체계를 말하며 무슬림Muslim●은 이슬람교를 믿는 사람들과 그들의 세계를 말합니다. 반면 아랍은 아랍어를 모국어로 사용하는 민족을 뜻하는 것으로, 흔히 아랍과 이슬람을 동일시하는데 터키와 이란은 이슬람 국가이면서 아랍 민족이 아닌 대표적인 나라들이지요."

지난번 유럽 가는 비행기 안에서 옆자리에 탄 이란 사람과 대화하던 중 아랍에 대해 아는 척하다 그가 정색하며 자신은 아랍인이 아니라 페르시아인이라고 말해서 무색했던 기억이 떠올랐다.

쿼리 교수에게 수피 댄스에 대해 물었다. 무엇보다 단어의 묘한 뉘앙스가 궁금함을 더했다. 수피, 소피, 신비주의?

"수피즘Sufiism이란 종교생활에서 영적인 순화를 위해 특정한 의식의 훈련을 강조하고 오직 그 의식의 실천을 통해서만 신과 직접적으로 만날 수 있다고 믿는 이

● **무슬림** 이슬람교를 믿는 사람들이라는 아랍식 표기, 영어로는 모슬렘(Moslem).

슬람의 한 종파입니다. 수피의 어원은 '모직으로 된 옷suf'을 입었기 때문이라고 보는 설과 '벤치의 사람suffab'에서 나왔다고 보는 설 등 여러 주장이 있습니다. 모직으로 된 옷은 참회를 뜻하는데 경건하고 곤궁한 길을 걷는 사람들이 입는 옷입니다. 수피교도들은 가톨릭의 사제나 불교의 탁발승같이 금욕을 실천했던 것이지요. 특히 동양의 스님들이 '참선'을 통해 해탈의 경지에 도달하는 것처럼 그들은 특정한 의식, 즉 '춤'을 통해 무념무상에 도달함으로써 신과 교감한 것이지요. 그것이 바로 수피 댄스입니다."

땡볕에 캠퍼스 간이 의자에 걸터앉아 하는 인터뷰라 불편할 법도 한데 그는 싫은 기색을 보이지는 않는다. 말을 잇는다.

"자신만의 독특한 체험을 통해서만 신과 만날 수 있다고 믿는 그들은 큰 소리로 쿠란Quran을 읽으며 몸을 크게 흔들거나, 하늘을 향해 두 팔을 벌려 소리치거나, 엎드린 채 조용히 기도하거나, 지쳐 쓰러질 때까지 빙빙 돌며 춤을 추거나 하는 방법으로 신을 만나고자 합니다. 모두 유일신과의 교감을 위한 수피교도들만의 소통 수단인 것이지요. 이때 오랜 기도로 지친 혹은 지칠 그들을 깨어 있게 해줄 것이 필요했는데 이 촉매제가 바로 커피라는 것이지요."

예멘의 수피교도들이 커피를 처음 마셨다는 점에 대해서는 대부분의 역사학자들이 동의하고 있다. 커피가 오늘날처럼 음료로서가 아니라 일종의 각성제로 사용되었다는 것에도 동의한다. 『The Coffee House』에는 다음과 같이 나와 있다.

"커피의 역사를 추적할 때 튀르크의 역사가들이 사용한 중요 자료는 커피 소비의 합법성에 관한 법학자와 판사의 것으로 판결문 혹은 칙령이었다. 1438년 아덴에서 커피를 마셨다는 기록이 있으며, 1400년대 후반 메카에서 커피가 소비되었다는 기록도 있다. 수피교인들에게 커피는 예배를 드릴 때 경건히 집중할 수 있도록 깨어 있게 해주는 의학적인 음료였다."

다만 정확히 언제 도입 됐는지에 관해서는 학자마다 주장을 달리한다고 쿼리 교수가 말을 잇는다.

"수피즘은 9세기 이라크의 바스라 혹은 시리아 북부 지역에서 발생해 예멘 남부를 중심으로 이슬람 전역에 퍼져나갔습니다. 그러나 이들이 처음 커피를 마신 시기는 한참 뒤인 15세기 이후입니다. 그제야 커피를 마시기 시작했습니다."

그녀는 이슬람 건축과 예술 분야에 대해서도 많은 얘기를 들려주었지만 나는 수피 댄스와 커피가 어떤 깊은 연관성을 갖는가에 골몰한 나머지 이야기를 제대로 듣지 못했다. 지난 아프리카 탐험 때 감격스럽게 찾았던 커피의 고향 짐마에 전해오는 칼디의 전설이 떠오른다. 800년경 에티오피아의 꼬마 목동 칼디는 산속에서 우연히 발견한 커피를 한 움큼 쥐고 산 아래 모스크로 달려가 이슬람 수도사에게 커피 열매의 발견을 알렸다. 이슬람 수도사들이 밤새워 기도드리는 데 커피가 지친 몸을 깨어 있게 하는 신비한 효험이 있다는 사실을 깨닫고 결국 세상 밖으로 전해졌다는 이야기다. 이 수도사들이 진정 수피교도들일까?

어제 가보지 못했던 수피 댄스 공연장을 찾아 다시 알후세인 모스크 광장을 찾았다. 고향에 온 기분이었다. 엘피샤위에 들러 커피 한 잔을 마시며 시샤 한 대를 피워 물고 망중한을 즐긴다. 박 피디와 어느새 친구가 된 엘피샤위 무함마드는 또 왔냐며 크게 반긴다. 무함마드는 이슬람에서는 가장 흔한 이름으로 아랍 탐험 기간 동안 제일 많이 만난 이름이어서 우리는 CIA 무함마드, 엘피샤위 무함마드 따위로 별명을 지어 불렀다.

수피 댄스 공연은 저녁 8시에 시작하는데 와칼랏 알구리Wikalat al-Ghouri 앞은 7시가 조금 넘었을 뿐인데도 관광객들로 북적댄다. 사람들은 무심히 공연장이 문을 열기만을 기다리고 있다. 모두 수피 댄스에 대한 기대감으로 가득하다. 이 공연장은 카이로에 대상 숙소가 최초로 지어진 지 100여 년 후인 1500년대에 술탄 알구리가 낙타 카라반 숙소로 지은 건물이다. 애초와는 다른 용도로 쓰이고 있지만 수피교에 심취했던 술탄은 이런 인연에 분명 기뻐할 것 같다. 게다가 와칼랏 알구리는 현재 카이로에 20여 개밖에 남지 않은 500년이 넘은 고古 대상 숙소 중 하나다. 이러한 역사적인 의미를 아는 사람은 많지 않을 것이다. 수피교에 심취했던 후기 맘루크Mamluk 왕조의 이 술탄은, 메카에서 카이르 베그가 제정한 '커피 금지령'에 맞서 카이로에서 커피를 합법화한 바로 그 술탄 칸수 알구리다. 외벽은 어둡고 칙칙했으나 공연장으로 쓰는 안마당은 넓고 쾌적했다. 각 방의 창문이 아래층 아치와 잘 조화를 이루고 있다. 카이로 곳곳에서는 방송용 카메라를 엄격히 통제했는데 박 피디는 이곳에서도 보안요원들과 한참 동안 입씨름을 한 후에야 입장할 수 있었다. 공연중 촬영은 안 된다는 여러 번의 우격다짐을 뒤통수로 들어야만 했다. CIA 무함마드는 조심하라는 말을 남긴 채 퇴근해버렸다.

들어가자마자 무대 뒤쪽 작은 방으로 가서 무용수들이 춤추기 전에 주전자를 가운데 놓고 둘러앉아 커피를 마시는지 창문 너머로 들여다봤다. 옷매무새를 만지며 삼삼오오 모여 웅성대고 있지만 커피를 마시는 사람도 주전자도 보이지 않았다. 통로에서도 마찬가지였다. 늘 하는 일일 텐데도 무대 뒤 긴장하는 모습은 어디에서나 비슷했다. 공연 시작 시간이 임박해 더이상 그곳에 머무를 수 없어 객석으로 돌아와야만 했다.

안마당이었던 공연장 정면 무대는 짙은 어둠이 내려 주의를 집중시키기에 충분했다. 500년 된 고건축물을 무대로 이슬람 신비주의자들이 내밀한 그들만의 전통을 보여주는 것이다. 공연은 차분한 타악기 연주로 시작되었다. 두건과 치마 등 온통 흰색으로 차려입은 10여 명의 연주자들이 무표정하게 박자를 맞춘다. 1, 2층에서 앵앵거리는 전통 악기 소리와 노老가수의 구성진 운율이 이리저리 울려 퍼진다. 연주자들은 차례대로 무대 중앙으로 나와 청중들을 숨죽이게 만든다. 격해지는 타악기 소리에 깊이 빠져든다. 화려한 치마를 두른 일곱 무용수들이 서서히 돌기 시작한다. 호흡이 가빠진다. 따로 돌다 하나가 되어 돈다. 두 손을 가슴에 감싸 안으며 갈구하듯 손을 위로 펼쳐든다. 기뻐 날뛴다. 흐느적거리다 말고 뽐내듯 곧게 돈다. 환희에 찬다. 쾌락에 파묻힌다. 격렬해진다. 새 생명이 탄생한다. 쿠란을 읽으며 기도한다. 얼굴 앞으로 두 손을 감싼 채 용서를 빈다. 후회한다. 무릎 꿇고 용서를 빈다. 고개 숙여 참회한다. 알라를 부르짖는다. 중앙의 무용수는 한쪽 방향으로 쉼 없이 돌고 있다. 쓰러지기 직전까지 돌고 돌아 신께 다가간다. 신께 경배하기 위해 끝내 자신을 무아지경으로 끌고 가는 것이다.

춤과 커피의 연결 고리를 찾느라 몰입해 있을 즈음, 뒤에서 누군가 등을 쿡쿡 찌른다. 돌아보니 입구에서 만난 험상궂은 보안요원이다. 뒤로 나오란다. 그의 거친 표정으로 보아 단단히 화가 난 모양이다. 옆 좌석에 있던 박 피디는 언제부터였는지 무대 앞 귀퉁이로 자리를 옮겨 카메라를 돌리고 있다. 뒤에서 보이지 않도록 제 몸을 웅크려 카메라를 가린다고 가렸지만 멀리서 봐도 한눈에 알 수 있었다. 다급해지면 풀숲에 머리를 처박고 몸뚱이만 드러내는 꿩의 형세다. 게다가 무대 앞 쪽 보안요원들도 삼엄한 경비를 하고 있었다. 주위 사람들이 웅성거린다. 둘 다 입구 쪽으로 불려가 필름을 내놓으라 으름장을 놓는 보안요원들과 또 한 차례 실랑이를 벌인다. 다시 찍지 않을 테니 끝까지 공연을 보게 해달라 통사정했다. 그러려면 카메라 속 필름을 내놓으란다. 제 살점 같은 필름을 내놓을 박 피디가 아니다. 어쩔 도리 없이 우리는 공연장에서 쫓겨나고 말았다. 무함마드가 일찍 돌아가도록 내버려둔 것을 크게 후회했다.

숙소로 돌아오는 길에 이집트산 와인을 한 병 샀다. 코르크 마개를 따는 순간 덜 숙성된 포도 향이 강하게 코끝을 자극한다. 이슬람 국가에서 술을 살 수 있다는 사실에 놀랐다. 분주히 지나간 하루를 되짚어보며 거나해진다. 며칠 되지도 않았는데 떨어져 있는 가족에 대한 그리움이 밀려온다. 필시 공연장에서 쫓겨난 서러움이 있어 그럴 것이다. 박 피디는 다반사라는 듯 "어차피 주변이 어두워 삼각대를 쓰지 않으면 끝까지 찍었어도 제대로 나오지 않을 텐데요"라며 푸념 반 체념 반 한다. 참으로 고마운 친구다. 돌이켜보면 작년, 아무 주저 없이 소중히 몸담아왔던 첫 직장에 사표를 내고는 아프리카 탐험에 동참해 생사고락을 같이했던 그다. 겉으로 드러낸 적은 없지만 한참 아래의 후배인데도 오히려 그에게 배울 점이 더 많아 때론 선배 같은 친구라고 생각한다. 그는 무엇보다 그날 해야 할 일을 다음날로 미루지 않는 훌륭한 습관이 있다. 늦은 밤 아무리 녹초가 되어 숙소로 돌아와도 바로 잠자리에 들지 않는다. 장비 관리에 전력을 다한다. 전쟁터에서 쓰일 장전된 총이라 생각해 매일매일 털고 닦는 데 익숙해져 있다. 그날 찍은 필름을 챙겨 일일이 촬영 내용을 적어가며 라벨을 붙이고 다음날 할 일도 꼼꼼히 점검한다. 그러면서 그는 그 시간을 행복해한다. 늘 그래왔듯 오늘밤도 내가 먼저 잠자리에 들고 내일 이른 아침이면 잔소리꾼이 되어 그를 깨울 것이다.

시리아행 비행기표를 구하기 위해 여행사로 향했다. 아침 공기가 풋풋하다. 출근길 여인들의 발걸음이 가볍다. 베일에 싸여 있던 이슬람 여인들의 신비감이 사라져 아쉬움이 없는 것은 아니지만 나일 강의 물살보다 빠르게 번지는 자본주의의 물결을 막을 도리는 없어 보인다. 시리아와 예멘에 다녀와 한 달쯤 후에 다시 만나자며 어제 헤어진 무함마드를 떠올린다. 필요에 따라 편할 대로 움직이는 간사한 사람 마음에 흠칫했다. 간밤에 그렇게 아쉽더니 아침엔 홀가분하다. 이제 무함마드와 같이 다니지 않아도 된다. 흥겨운 아랍 음악이 길거리 가방 가게에서 흘러나온다. 하루 종일 좋은 일이 생길 거라 스스로에게 주문을 건다.

그동안 가보고 싶었던 마음을 꾹꾹 누르고 뒤로 미뤄두었던 카이로 박물관 Egyptian Museum을 찾기로 했다. 고대 유물로 가득한 박물관을 뒷짐 지고 걸었다. 망중한을 즐겼다. 세련된 전시 기법이나 현란한 조명 시설이 따로 필요 없는 곳임이 틀림없었다. 박물관인으로서 유물 하나하나는 곧 부러움의 대상이다. 내가 부러워하는 것이 다른 이도 꼭 부러워하는 것이겠냐마는 고작 수십 년 전 우리나라 커피 관련 유물 한 점 찾아내는 데에도 여러 해를 부심하는 내겐 수천 년 전 유물은 부러움을 넘어 차라리 숭고함이다. 세월의 흔적이 고스란히 남아 있는 왕조 시대의 미라며 그리스 로마 시대의 유물들은 인간 존재의 경이로움을 깨닫게 하는 데 충분했다. 과연 웅장했다. 아프리카에서 동물의 왕국 세렝게티 국립공원과 최고봉 킬리만자로를 꿈결에서 본 듯 스쳐 지나갔던 것처럼, 이집트의 피라미드도 나일 델타의 실재가 어떤지 강 하류 쪽으로 가는 길에 잠시 차를 세우고 먼발치에서 보는 것으로 만족해야 했다. 당연한 이치이겠으나 별다른 감흥을 받지 못한 채 고개만 끄덕였다. 알후세인 모스크 광장으로 돌아와 테라스에서 광장이 잘 내려다 보이는 낡은 숙소 3층을 예약했다. 카이로에 올 때 알후세인 모스크를 가기 위해서다.

엘피샤위에 들러 반가움을 나누고 시샤 한 대와 커피 한 잔 하는 것을 그날도 잊지 않았다.

커피 교역의 중심지
사통팔달 다마스쿠스

시리아의 수도 다마스쿠스Damascus 공항에서 입국에 어려움을 겪지는 않았다. 시리아는 우리나라와 수교를 맺지 않았고 반정부 시위로 치안이 불안정한 탓에 여행유의, 여행자제의 경보단계를 오르내리는 곳이었다. 도착할 때만 해도 마음 졸였지만 괜한 걱정이었다. 공항 밖에는 이미 어둠이 내렸다. 시내로 들어서는 길에서 바라본 다마스쿠스의 야경은 짙푸른 밤하늘과 점점이 빼곡한 무채색 불빛들이 조화를 이뤄 마치 동화 속 마을 풍경 같다. 서정적이기까지 하다. 무엇보다 요란한 네온사인 불빛이 보이지 않는다. 언덕이라고는 없는 듯 야트막한 도시 전체가 한눈에 들어온다. 멀리 그리 가파르지 않은 산꼭대기의 송전탑 불빛이 또렷하다. 평온한 느낌이다.

공항 여행안내서에서 골라잡은 시내 중심가 숙소는 사진과는 다르게 테라스가 없고 창이 작다. 둘이 엉켜 잠을 자야 했던 카이로의 더블 침대가 아니라 두 개의 싱글 침대라는 데 위안을 삼았다. 시간이라는 녀석은 마법 같은 힘이 있어 그런지 지나간 일들을 온통 아름다움으로 채색해버리고 만다. 막 떠나온 타흐리르의 낡

다마스쿠스의 야경_ 짙푸른 밤하늘과 점점이 빼곡한 무채색 불빛이 동화 속 마을 풍경 같다.

은 숙소가 벌써부터 그립다. 박 피디는 카이로에서 사온 알다라위시Al-Darawish 음반을, 나는 면세점에서 사온 와인 한 병을 꺼내든다. 아랍풍 음악이 이젠 제법 친숙하게 들린다. 이골이 날 법도 한데 국경을 넘는다는 것은 역시 부담스런 일인 모양이다. 서로를 바라보며 안도한다.

간밤에도 늦게야 잠자리에 든 박 피디를 숙소에 남겨둔 채 다마스쿠스 아침 산책에 나섰다. 쌀쌀함이 느껴졌다. 열사熱沙의 땅이라는 생각에 이 정도로 추우리라고는 예상하지 못했다. 큰 오산이었다. 빛바랜 건물들 사이로 청소부들이 분주히 오간다. 말끔한 도심 한복판을 천천히 걷는다. 아직 이른 시간이어서 그런지 출근길 사람이 많지 않다. 한 간이식당에 들러 시리아식 커피와 빵 한 조각을 시켰다. 인스턴트커피 네스카페가 나왔다. 주인장만의 배합 비율이 따로 있어 고유하다고 주장하고 싶겠지만…… 이 커피는 낙타 카라반에 실린 커피가 유럽으로 전해진, 커피역사의 중심 시리아에서 마시는 첫 커피가 아니던가 문명 발전의 덧없음에 피식 쓴웃음이 나온다.

기원전 2000년, 도시의 북서쪽 호수에서 발원한 바라다Barada 강이 오아시스를 만들어 처음 인류가 정착한 다마스쿠스는 661년 이슬람의 우마이야Umayya 왕조가 수도로 삼으면서 번성한 이래 오늘날까지 지속적으로 사람들이 거주하는, 세계에서 가장 오래된 역사 도시다. 다마스쿠스는 이슬람과 기독교가 공존하는 역사의 소용돌이 속에서도 세월의 흔적을 고스란히 간직하고 있다. 변화를 받아들이기보다는 전통을 지키려는 노력이 더 강했던 옛 시리아인들의 수도이자 커피를 유럽으로 전한 교역 요충지 다마스쿠스에서 나는 지금 모닝커피를 마시고 있다. 지금은 비록 인스턴트커피를 마시고 있지만 이제 곧 커피의 길을 따라 탐험에 나설 생각에 마음이 들뜬다. 커피는 어떻게 이곳으로 오게 되었는가?

간밤에 숙소 주인에게 부탁해두었던 자동차가 일찍부터 숙소 앞에서 기다리고 있다. 불룩한 배와 온화한 인상을 지닌 사십대 후반의 운전기사 겸 통역사 아이만은 큰 눈을 끔벅거리며 반갑게 우릴 맞는다. 자신을 다마스쿠스 토박이이며 국가공인 안내원 자격증을 가진 몇 안 되는 사람이라 소개한다. 그의 아랍식 영어는 필요 이상으로 빠른 것 외에는 전혀 문제되지 않을 만큼 훌륭했다. 물론 CIA 무함마드와 비교해서 말이다.

어제 시내로 들어오는 길에 아름다운 야경을 선물했던 카시온Qasioun 산에 올랐다. 해발 700미터의 도시에 있는 1151미터 높이의 산이니 차라리 큰 언덕쯤이라 말하는 편이 나을 듯싶다. 나무라고는 찾아보기 힘든 건조한 사막 위 돌산 중턱에서 아래를 내려다본다. 멀리 보이는 고도古都의 담담함. 찬란한 역사의 위용이 한눈에 펼쳐진다. 스펙터클하다는 표현이 잘 어울리지 않을까? 손에 꼽을 정도의 고층건물들이 신시가지에 듬성듬성 자리 잡고 있고, 다른 한쪽 구시가지에는 무언가 오밀조밀함과 어슴푸레함이 드리워져 세대 간 공존을 묵묵히 말해준다.

해가 뜨자 쌀쌀함은 온데간데없고 따가운 햇빛이 도시 위로 쏟아진다. 햇빛이 밝으면 그만큼 그늘도 짙은 법. 드넓은 사막 위에 펼쳐진 역사 도시 다마스쿠스를 한눈에 볼 수 있게 해준 카시온 산은 유구한 역사 앞에 나의 존재를 한줌 모래알처럼 작게 만들어버린다. 아 진정 이곳이 '동쪽의 해 뜨는 나라' 레반트의 중심이요 철기 시대와 청동기 시대, 그리스, 로마 그리고 비잔틴을 거쳐 오늘의 아랍에 이르기까지 긴 질곡의 세월을 견뎌낸 바로 그 역사의 도시 다마스쿠스란 말인가? 인구 200만이 채 안 되는 그리 크지 않은 도시이지만 지금 내 눈에는 남산에서 바라보는 서울보다도 더 크고 웅장해 보인다. 특별히 치장하지 않은 빼곡히 들어찬 집들이 눈부시게 아름답다. 날개를 달고 뛰어내려 그 품에 안기고 싶은 개구쟁이 같은 충동이 인다.

아이만은 자신의 역할에 충실해야겠다는 사명감에 불타 설명을 시작했다.

"다마스쿠스는 '담샤크Dimashq'에서 유래되었어요. 범죄를 의미하는 '담'과 해친다는 뜻의 '샤크' 두 단어가 합쳐진 말인데, 이곳 다마스쿠스에서 인류의 첫 범죄인 카인이 아벨을 해치는 범죄가 일어났기 때문이지요. 또한 이곳 카시온 산에는 아담의 8세손 노아Noah가 묻혀 있어 우리는 이 산을 가장 신성한 산으로 여깁니다."

다마스쿠스는 성경에는 다메섹이라 알려져 있으며, 담사 에쉬 샴, 샴, 담, 다마스 등 도시의 긴 역사만큼이나 다양한 지명으로 불리고 있다.

과거로 들어가는 관문인 투마 성문Bob Touma을 지나 구시가지로 들어갔다. 발길 닿는 곳마다 수천 년 전과 호흡한다. 동방의 색깔과 이슬람의 분위기 그리고 기독교의 정서가 마구 뒤섞여 있다. 경계가 따로 구분되지 않는다. 아니 굳이 구분할 필요조차 없다. 다마스쿠스 사람들은 4000년 혹은 그 이전의 전설까지 자신들의

구시가지_동방의 색깔과 이슬람의 분위기 그리고 기독교의 정서가 마구 뒤섞여 있다.

역사로 믿고 있으며 그 유산이 바로 눈앞의 모습이라는 사실을 잘 안다. 동과 서의 통상 요충지답게 상업이 발달한 흔적이 역력하다. 성경에 기록된 '곧은 길直街'을 중심으로 골목길이 사방으로 뻗어 있다. 구석구석 걷는다. 돌로 지어져 천년을 견딘 듯하지만 나무로 된 집들도 이에 못지않다. 다 허물어져가는 목조 주택의 대들보를 바꾸는 공사가 한창이다. 판자는 낡을 대로 낡았고 창문 살도 보기 딱할 지경이다. 처마 끝의 아랍 전통 문양 장식은 군데군데 이가 빠졌지만 그것도 전체를 바꾸지는 않을 모양이다. 겨우 손수레 하나 드나들 골목길을 사이에 두고 두 집 창문이 서로 맞닿을 듯 붙어 있다. 이웃집 숨 쉬는 소리까지 들릴 듯한데 어찌 지금까지 정 붙이고 살고 있는지, 아파트 위층에서 소리난다고 뛰어올라가 험한 꼴 보이는 우리네 정서로는 도무지 이해가 안 갈 따름이다. 건축 양식은 제각각이다. 지은 연대가 서로 다른 것이다.

정교하게 다듬어진 아라베스크 문양의 대문들이 투박한 돌기둥에 둘러싸여 있는 모습은 골목길 자체가 미술관이다. 열린 대문 사이로 보이는 안마당은 기하학의 진수요 저마다 궁전이다. 상점 앞에 걸린 작은 간판들을 차마 간판이라 부를 수 없다. 누가 '예술을 위한 예술'이라며 예술지상주의를 논했던가? "예술작품은 순수하게 미 그 자체만을 추구하며 표현하는 것이고 그 이외의 영역에 속하는 가치와는 관계하지 않는다"라던 프랑스의 철학자 쿠쟁과 뜨거운 논쟁을 펼쳐봐야겠다.

돌고 돌아 수크● 알하미디야Souq al-Hamidyeh 입구 주피터 신전Temple of Jupiter에 이

르자 또다른 세상이 나타난다. 로마 시대엔 신전으로, 4세기엔 기독교 교회로, 7세기엔 이슬람 사원으로 변모한 고대 신전을 바라보는 경이로움과 그 앞을 지나치는 사람들의 무심함과 소란스러움에 정신이 혼미해진다. 놀라움의 연속이다. 우마이야 모스크는 한참 지난 후에야 그 존재를 알아챘다. 아이만은 뭘 이 정도에 놀라느냐는 듯 어깨를 으쓱한다. 뷰파인더 속 피사체에 정신 팔린 박 피디와 모스크의 아름다움에 취해버린 나는 각각 아이만을 놓쳐버렸다. 어느새 해는 기울어져 있었다.

레몬빛 조명이 모스크를 비춘다. 해가 져 주위가 어둠에 잠기면 모스크는 더욱 빛을 발한다. 오후 내내 쉬지 않고 걸었던 탓에 발바닥과 배낭 멘 어깨에 통증이 전해온다. 두 사람을 기다릴 요량으로 배낭을 내려놓고 등을 기대 모스크 한쪽 귀퉁이 돌계단에 두 다리를 뻗고 앉는다. 지나가는 사람들을 쳐다본다. 그들도 나를 쳐다본다. 뜻하지 않게 주어진 혼자만의 자유로움에 방랑객의 여유가 생긴다. 비가 쏟아지는 아프리카의 초원에 혼자 서서 밀려드는 감격스러움을 온몸으로 느끼며 자유로움에 긴 숨을 들이켜던 기억이 생생하다. 자유로움과 감격스러움. 모스크 앞 돌계단이 마치 영혼이 자유로워지는 신비로운 공간처럼 여겨진다.

"목적을 가진 생활, 그 일 때문이라면 내일 죽어도 좋다는 각오가 되어 있는 생활, 따라서 온갖 물질적인 것에서 해방되어 타인의 이목에 구애되지 않는 생활이 그것인 것이다"라며 자유로움을 외친 고독의 전혜린을 떠올린다. 박 피디와 아이

● **수크** 이슬람사회의 재래시장.

알나파라_250년이 넘는 역사를 지닌, 다마스쿠스에서 가장 오래된 커피하우스

만이 호들갑스럽게 불러대는 바람에 이 해방감은 오래가지 못하고 말았지만.

더위 때문이었을까, 아침에 마셨던 네스카페의 좋지 않은 기억 때문이었을까? 커피 한 잔 못 하고 저녁을 맞았다. 커피공부한답시고 밤을 새워 커피 서른 잔을 마시고 동트는 하늘을 바라보며 카페인 때문에 한쪽 손을 덜덜 떨던 시절이 있었다. 요즘도 한국에서라면 하루 예닐곱 잔은 족히 마실 커피인데 막상 이곳 커피로드에선 한 잔의 커피로 하루를 지냈다. 그리고 지금 나는 커피 한 잔이 간절하다. 서너 발짝이나 움직였을까. 박 피디가 마치 큰일이라도 난 듯 손짓하며 나를 부른다. 달려가 보니 다음날 가기로 한 커피하우스 알나파라Al-Nawfara가 바로 코앞에 있다. 250년이 넘는 역사를 지닌, 다마스쿠스에서 가장 오래된 커피하우스 알나파라. 우마이야 모스크 돌계단과 나란히 붙어 있는 알나파라. 그 앞에서 한참 동안이나 쭈그리고 앉아 있었으면서도 못 봤었다. 도대체 나는 무슨 생각을 하고 무엇을 보고 있었던 것일까?

프랑스 여행가 테베노J. Thévenot는 그의 저서 『Relation d'un voyage fait au Levant』(1665)에서 "다마스쿠스의 카페들은 모두 시원하고 신선했으며 건조한 지역에 사는 주민들을 위한 휴게소였다. 분수가 있었고 가까운 곳에 강, 나무 그림자와 장미와 다른 유의 꽃들이 있었다. 야외에서의 즐거움에는 돗자리를 깔고 돌 벤치에 앉아 취하는 휴식과 길거리 풍경 감상도 있었다"고 말했다.

다마스쿠스 커피하우스의 모습은 과연 어떨까? 모스크 앞 동쪽 돌계단은 얼마나 많은 사람들이 드나들었는지 반질거리다 못해 중앙부가 사람들의 발자국으로

움푹 파였다. 돌출 간판 외에 화살표로 된 작은 간판을 따로 걸어둔 것으로 보아 운영에 많은 노력을 쏟고 있음이 분명했다. 출입구 아치에 빨강과 초록 전깃불이 걸쳐 있고 외부 테라스에는 추위를 막기 위해 비닐 가림막을 쳐놓았다. 입구의 현관 아치에는 조화造花가 걸려 있고 나무 기둥과 천장에는 현대식 선풍기가 달려 있어 조화가 잘 이뤄진 것 같지는 않다. 테라스에는 10여 개의 테이블이 놓여 있는데 모두 다른 모양이어서 부자연스러운 것이 안쓰럽기까지 하다. 자유로운 공간을 원하는 시대적 변화에 부응하려 애쓴 흔적이 역력하지만 썩 훌륭해 보이지는 않는다. 다행이라고 해야 할까, 외부에 놓여 있는 테이블도 손님들로 가득 차 있다. 저녁시간인데도 여성들이 곳곳에 있는 걸 보니 자유분방함이 느껴진다. 이곳에서도 모두 시샤를 하나씩 물고 있다. 진지한 표정, 열띤 토론, 환한 웃음, 제각각인 사람들의 표정이 장식의 부조화보다 먼저 눈에 띈다. '최고의 디자인으로 사람들을 모은다'는 세계적 디자이너들의 사상과는 달리 이곳 알나파라는 디자인이 아닌 그 무엇으로 사람을 모으고 있다.

젖혀진 커튼 사이로 커피하우스 입구를 지나 역사 속으로 들어간다. 광택이 나는 나무 판재로 둘러싸인 벽은 크고 작은 사진과 장식용 액자로 빼곡하다. 레이스가 달린 자주색 테이블보 위에 금색의 장식천이 또 씌워져 있고 손님이 있는 테이블 옆에는 어김없이 시샤가 놓여 있다. 천장 중앙의 동으로 만든 샹들리에에는 세월의 흔적이 고스란히 묻어 있어 이 집의 무게를 더한다. 고물 텔레비전과 라디오도 보인다. 이곳을 과거와 구분짓는 것은 군데군데 보이는 이방인의 서양식 옷차림과 번쩍거리는 최신식 대형 에어컨뿐이다. 또다시 그 부조화가 눈에 거슬린다.

카운터의 여직원에게 인사를 건넸다. 주방을 볼 수 있게 해달라 청했더니 촬영과 인터뷰에는 이력이 난 듯 들어가도 좋다 한다. 직원들은 쉴 새 없이 주방과 매장을 오간다. 서둘지 않고 짜임새 있게 잘 움직이고 있다. 돌화덕에 숯불이 활활 타고 있다. 멋들어진 금속 장식이 달린 온수기가 화덕 온기를 이용하기 위해 그 옆에 바짝 붙여져 있다. 수도꼭지가 여럿 달려 있어 차를 만들 때와 커피를 만들 때 두루 사용한다. 화덕 안 숯불 한쪽 옆으로 족히 스무 잔은 넘게 들어갈 듯한 용량의 큰 이브리크Ibrik●가 천천히 커피를 끓여내고 있다. 주문이 들어올 때마다 작은 이브리크에 커피를 따라 강한 숯불로 옮겨 끓여서 내놓는다. 엘피샤위가 뜨거운 모래 안에 넣고 끓이는 것과 좋은 비교가 되었다. 지혜가 번뜩이는 방식이다.

우리 후배들 중에 누군가 이렇게 숯불이나 모래를 이용한 아랍식 커피를 팔아봤으면 좋겠다는 생각에 이르자 요즈음 우리나라에서 생겨나는 커피하우스의 모습이 떠오른다. 수백만 원은 기본이요 수천만 원 하는 화려한 에스프레소 머신이 대개 커피바 전면에 떡 하니 버티고 있다. 커피머신이 얼마짜리며 어떤 브랜드인지가 그 매장, 나아가 주인장의 커피사랑을 대변해주는 듯 너도나도 고급 기계 들여놓기에 열을 올린다. 커피에 갓 입문한 젊은이들은 전국의 이름난 커피하우스들을 순례하며 어느 집은 어떤 회사 기계를 써서 커피맛이 이렇다는 둥, 어떤 용량의 기계를 써서 저렇다는 둥 저마다 이야기한다. 한술 더 떠 고가의 로스팅 머신을 들여놓는 것에도 열을 올린다. 눈에 가장 잘 띄는 곳에 놓아두고 '로스팅을

● **이브리크** 아랍에서 커피를 넣고 끓이는 손잡이가 긴 냄비형 주전자.

하려면 이 정도는 돼야지'라는 듯 한껏 뽐낸다. 비싼 만큼 값어치는 있을 것이나 로스팅 머신, 에스프레소 머신이 결코 커피맛을 좌우하는 절대치가 아님을 세월이 좀더 지나면 알게 되려나?

입구 왼쪽 조금 높은 곳에 등 높은 의자 하나가 놓여 있다. 사람들은 이 의자의 주인공을 보기 위해 해질녘을 기다려 이곳에 모였다. 그 사람은 하카와티Hakawati(이야기꾼) 아부 샤디Abu Shadi다. 커피 한 잔을 시키고 그가 나타나길 기다린다. 변하는 것보다 변하지 않는 것이 더 많은 곳에서의 커피 한 잔. 그 커피 한 잔이 나오는 데에는 오랜 시간이 걸리지 않았다. 눈을 감고 깊이 심호흡을 한 뒤 한 모금을 마신다. 다양한 문화권의 지배를 받아 때로는 융합하고 때로는 공존을 꾀해서일까 그저 바쁜 시간이어서일까. 아랍의 짙은 향취를 기대했던 알나파라 커피는 엷고 가벼워 밋밋했다. 카페 분위기만큼이나 들뜬 느낌이었다.

아부 샤디의 이야기가 시작됐다. 이슬람 전통 복장에 쓴 모자가 썩 잘 어울린다. 시샤 연기 자욱한 방에서 할아버지의 『아라비안나이트』를 듣는다. 아랍어로 말하니 알아들을 리 만무했지만 외국인들도 곳곳에서 숨죽여 듣고 있다. 그의 손놀림과 몸짓, 목소리의 떨림 하나하나에 웃음을 터뜨리기도 장탄식을 쏟아내기도 한다. 그저 이야기만 하는 것이 아니었다. 책을 펼쳐놓고 있지만 보고 읽는 것은 더더욱 아니었다. 그는 이야기의 주인공이 되었다가 해설자가 되기도, 장군이 되었다가 졸개가 되기도, 노래를 하거나 흐느끼기도 했다. 때때로 주위가 소란해지면 손에 든 막대기를 느닷없이 탁자에 내리치며 호통친다. 모두 혼비백산하면

아부 샤디_그는 배우이자 시인이요 코미디언이자 역사 소설가다.

서도 왁자지껄 크게 웃는다. 알나파라만의 즐거움이다. 그는 배우이자 시인이요 코미디언이자 역사 소설가다. 매주 우리 박물관의 '금요음악회' 해설을 맡고 있는, 구순을 바라보는 신동헌 화백님과 닮았다는 생각이 든다. 걸쭉한 입담과 장난기 그리고 무엇보다 총명한 눈빛이 그랬다.

옆 테이블에 앉은 다마스쿠스 청년과 눈이 마주쳤다. 자주 이곳에 오는지 물었다. 그는 금요일만 빼고는 거의 매일 온다 한다. (무슬림에게 금요 예배는 특별한 의미다. 쿠란에 "금요일 기도 시간이 되면 생업을 모두 중단하고 모여 진심으로 알라를 경배하라. 기도가 끝나면 흩어져서 그의 은총을 구하고 그를 찬양하라"고 적혀 있기 때문이다.) 두 시간이 어떻게 지났는지도 모르게 흘러갔다. 커피는 세 잔이나 비웠다. 이야기를 듣는 동안 그 속에 푸욱 빠져 모두 아무 생각 없는 사람들 같았다. 아이만을 시켜 아부 샤디를 우리 테이블로 초대했다. 그는 테이블로 오는 동안 손님들과 일일이 이야기를 나누며 웃음 지었다. 버거운 듯 가쁜 숨을 몰아쉬면서도 자부심으로 가득한 표정이다.

"오늘은 무슨 이야기였나요?"

"오늘은 13세기 맘루크 시대의 바이바르 왕이 몽골과 펼친 전쟁 이야기를 했어요. 책이 1800페이지니까 끝내려면 앞으로도 1년 반이 더 걸릴 거예요."

그에게 어떻게 이 일을 시작하게 되었는지 물었다.

"어릴 때 아버지를 따라 커피하우스에 갔어요. 그때 이야기꾼의 이야기를 귀담아듣는 아버지를 봤어요. 이야기가 끝나자 나는 아버지를 기쁘게 해드리기 위해 달려가 그 책을 집어 들고 소리 내어 읽었어요. 나는 늘 책 읽는 것을 좋아했거든요. 그게 어린 시절 처음 만난 이야기꾼이에요."

"그럼 그때부터 지금까지 계속하고 있단 말인가요?"

"아니에요, 다마스쿠스에서 이야기꾼이 사라진 건 1970년대 들어서면서였어요. 그전까지는 누구나 일이 끝나기가 무섭게 이곳으로 달려와 저녁 늦도록 이야기를 듣고 친구들과 얘기를 나누곤 했었지요. 그런데 여기 시장 가까이 살던 사람들이 하나둘 외곽으로 빠져나가면서 일이 끝나자마자 집으로 돌아가게 되었고, 라디오와 텔레비전이 생기면서 저녁이면 모이던 사람들이 하나둘 줄어들어 전통으로 이어져오던 이야기꾼의 공연이 없어지게 된 거죠."

그는 목이 탔는지 차를 한 모금 마신다.

"오랜 전통의 커피하우스인데도 영업이 신통찮아 고민하던 이곳 사장 아메드가, 그는 내 친구예요, 1990년에 일을 해보자고 권유해 시작하게 됐어요. 처음엔 손님이 올까 걱정했지만 곧 소문이 퍼져 지역 주민은 물론 외국 관광객까지 몰려들었지요."

몇 년 전만 해도 다마스쿠스 중심가에 많게는 50여 개의 커피하우스가 있었지만 이제 겨우 한두 개만이 남았을 뿐이라며 옆에 있던 아메드가 거들었다.

'1530년에 다마스쿠스에 최초의 커피점이 문을 열었다'고는 하나 1511년 메카, 1532년 카이로에 커피하우스가 존재했음이 기록으로 확인된 것과는 달리 다마스쿠스의 커피점은 출처를 알 길이 없다. 역사적 정황으로 보아 메카에서 카이로로 커피가 전해진 시기와 비슷할 것이라 말하고 싶지만 추정과 팩트는 다르다. 1400년대 후반 이스탄불에 커피하우스 키바 한Kiva Han이 있었다고들 하나 이것

역시 수많은 전설 중 하나다. 지금까지 확인된 바로는 1555년에 알레포Aleppo의 하킴Hakim, Hakam, Hakm, Hekim과 다마스쿠스의 샴스Shams, Sham, Shems가 콘스탄티노플에 문을 연 커피하우스 '카페 카네Cahveh Kaneh'가 최초의 커피하우스다. 다마스쿠스와 알레포의 청년 사업가로 알려진 하킴과 샴스가 사실은 부부라는 주장도 있는데, 나는 샴스가 다마스쿠스 사람을 통칭하는 '샴'이 아닐까 생각한다. 시리아 사람 두 명이 만든 콘스탄티노플의 커피하우스에는 전 계층의 터키인과 각지의 여행자로 붐볐고 밤낮으로 사람들이 몰려들었다. 그리고 불과 10년 후인 1566년에는 콘스탄티노플에 600여 개의 커피하우스가 생겨났다는 기록이 남아 있다. 늘어난 수만큼 다양한 형태의 커피하우스가 존재했다.

"커피하우스에는 세 가지 부류가 있었는데 첫째는 주로 복잡한 수크에서 심부름꾼들을 부려 주문을 받아오고 커피를 배달해주는 방식이었고, 둘째는 당시나 지금이나 가장 흔한 모습으로 앉을 수 있는 작은 공간이 있고 테이크아웃이 주를 이루는 커피숍이었으며, 마지막으로는 특권층을 위해 최고의 시설을 갖춘 본격적인 커피하우스다. 분수나 정원이 있는 호화로운 장소로 연주자나 무희 등이 있었다."

—B. Weinberg, 『The World of Caffein』

2007년 아프리카 커피 탐험 때 이스탄불에서 뜻 깊은 커피를 마신 기억이 있다. 카페 카네가 있었던 에미노누Eminonu의 타흐타칼레Tahtakale 시장에서 우리는 그 여행의 마지막 커피를 마셨다. 고급 소파와 카펫으로 장식돼 있었다는 기록과는 달리 주변 어디에도 역사 속의 화려한 커피하우스는 없었고 오가는 사람들로 붐벼 커피맛을 음미할 여유조차 없었다. 그렇지만 1600년대에 문을 열었다는 한 카페에서 무사히 여행을 마쳤다는 안도와 아쉬움, 여행의 끝에서 다시 커피역사를 좇겠다는 다짐이 겹쳤었다.

알나파라는 250년의 역사를 지녔지만, 지금 사장의 고조부 때 인수했음에도 살아남겠다는 절박함이 없으면 더이상 역사를 유지하기 어렵겠다는 생각이 들었다. 우리에게 전통을 지켜간다는 것은 어떤 의미인가. 나는 주변에서 옛것이 사라져가는 현상에 대해 유별나게 개탄스러워하는 사람이다. 어린 시절 좋아하던 빵집 '고려당'과 '뉴욕제과'는 모두 어디로 간 것일까. 그렇게 많던 빵집이. 어디 빵집뿐이겠는가. 전통을 지키려는 것과 변화를 수용하려는 것의 경계는 모름지기 남사당 패거리들의 외줄타기와 크게 다르지 않을 것이다. 자칫 한눈팔면 좌로 우로 떨어져버리고 마는 위험천만한 선택의 길이다.

늦은 밤 알나파라를 나와 돌계단에 서서 우마이야 모스크를 올려본다. 환하게 빛나고 있다. 미나레트 사이로 영롱한 초록빛이 새어나온다. 내가 앉았던 돌계단은 벌써 다른 사람이 차지했다. 명당자리인 모양이다. 알나파라의 100년 후 모습이 그리 밝아 보이지 않는다. 무거운 마음으로 발길을 돌린다.

한국으로 돌아온 후에도 이따금 아이만에게 전화가 온다. 특유의 크고 빠른 목소리로 내 이름을 부르면 나도 덩달아 소리 높여 반가움을 전한다. 마지막으로 전화가 왔을 때 아이만은 근심 어린 목소리로 "다마스쿠스 금연법 때문에 알나파라

우마이야 모스크 _ 미나레트 사이로 영롱한 초록빛이 새어나온다.

에서 시샤 피우는 것이 금지되었어요" 한다. 시샤 한 대와 커피 한 잔을 앞에 두고 비스듬히 기대어 할아버지의 옛날이야기를 듣는 한가로움이 없어졌단다. 아부 샤디는 고사 직전이었다. 관광객이 늘어나 조금씩 나아지던 알나파라는 현대의 금연법과 민주화 물결이라는 거센 시대적 변화에 시름을 앓고 있다.

다마스쿠스는 매력이 숨어 있는 정말 아름다운 도시다. 숨은 매력을 찾아내면 더욱 그 깊은 속을 들여다보고 싶은 충동에 사로잡히는 법이다. 사람들이 붐비기 전 수크를 들여다보기로 했다. 박 피디가 아침에 기운을 차리는 데에는 시간이 필요한데 며칠째 아침 일찍 강행군이다. 좀더 자자며 투덜거릴 법도 한데 잘도 지친 몸을 일으킨다. 작년 아프리카에서 차 문에 손을 찧어 고생했던 일, 배탈이 난 채 열 시간을 넘도록 차에서 꼼짝없이 앉아 있어야만 했던 일, 하염없이 부둣가에 앉아 홍해를 건널 배를 기다렸던 일, 두려움에 떨며 한밤중에 하라르로 갔던 일들에 비하면 이번 아랍 탐험은 아직 순탄하다. 한국 기자 한 사람이 몹쓸 일을 당한 사건도 있어 밖에서 보는 이슬람은 여전히 위험한 세계다. 그러나 정작 이곳 다마스쿠스에서 보는 세상은 전혀 그렇지 않다. 친절한 사람들, 싼 물가, 때 묻지 않은 인정, 무엇보다 어딜 봐도 새롭고 놀라운 풍경이 펼쳐지는 경이로운 곳이다. 어제 아침 들렀던 간이식당에서 어제와 같은 메뉴인 네스카페와 빵 한 조각으로 아침을 해결했다. 역사 속의 다마스쿠스는 카라반 커피 교역의 한복판에 우뚝 서 있었지만 지금 다마스쿠스에는 서구 문명의 상징인 인스턴트커피가 판치고 있다. 수크 어느 구석엔가 커피 파는 집이 있으리라는 기대로 박 피디와 머리를 맞댔다.

어제 알나파라에서 주인장 아메드에게 커피는 어디서 사냐며 꼬치꼬치 캐물었지만 무슨 말인지 못 알아듣는 척했다. 결국 답을 듣지 못했다. 기업 비밀에 속하는 것이니 십중팔구는 알면서도 자신만의 거래처를 낯선 사람에게 말해주기 싫었을 것이다.

구시가지 동편 브조리아Bzouria 수크를 찾았다. 수크의 본격적인 영업은 점심과 휴식이 끝나는 오후부터지만 상인들은 전날 수많은 사람들이 남기고 간 먼지를 털어내고 새 하루를 맞기 위해 일찍부터 분주하다. 아랍인들의 생활은 모스크가 중심이 되고 이 모스크 옆에는 항상 수크가 있다. 수크는 대체로 정오 예배가 끝나면 활기를 띠기 시작한다. 아랍 지역 어느 곳에서나 비슷한 모습이다. 이곳에서는 흥정이 필수다. 천년 동안 동서양의 중계 무역을 도맡아온 아랍의 전통이 아닐까.

시장 안은 종류를 헤아릴 수 없을 만큼 다양한 상품과 사람 들의 표정으로 가득하다. 미로를 헤쳐나가듯 천천히 걷는다. 틀림없이 커피 생두나 원두를 파는 집이 있을 텐데 칸엘칼릴리에서도 며칠을 수소문했지만 허사였던 전력이 있어 조바심이 났다. 아이만에게는 처음 만난 날부터 알아봐달라고 부탁해두었지만 아직 찾지 못했다 한다. 수크의 사방으로 뚫린 길이 어디로 통하는지 얼마나 많은지조차 알 수 없다. 다행히도 우마이야 모스크가 우뚝 서 있어 혹여 우리가 길을 잃더라도 모스크 정문 앞에서 만나면 되겠다며 뿔뿔이 흩어져 찾기로 했다. 사람들은 저마다 문을 열 준비를 하고 있다. 나는 커피 상점을 찾느라 신경이 곤두서 그들이 무슨 물건을 파는지는 궁금하지 않았다. 혹시라도 딴 데 눈이 팔려 커피집을 놓치지 않을까 하는 걱정이 앞섰기 때문이다. 모퉁이를 돌면 있을 것 같은 기대는 곧

물거품이 되고 다른 모퉁이를 다시 발견하고…… 애석하게도 이 과정은 한 시간이 지나도록 반복되고 있었다. 자전거가 지나간다. 히잡Hijab을 쓴 여인이 종종걸음으로 지나간다. 땅콩 파는 아저씨가 손을 흔들어준다. 눈이 마주치는 사람마다 달려가 '커피' '카하와' '카와' '분나' '분' 등 커피와 관련된 아는 단어를 총동원해 묻고 또 물었다. 다들 고개를 갸우뚱거리다 결국 좀 전에 왔던 방향으로 다시 돌아가라며 손짓한다. 의구심이 극을 향해 달려가고 있을 즈음 박 피디와 아이만을 만났다. 셋 다 원 없이 아랍 시장통을 돌아다녔다. 다들 지쳐 목욕탕 함맘Hammam 앞에서 잠시 쉬었다. 허탈감에 빠져 폭 풀이 죽었다.

그때 문득 어디선가 커피향이 풍겨왔다. 나는 본능적으로 반응한다. 너무 기쁜 나머지 다짜고짜 달려간다. 골목길 커피집은 그리 멀지 않았다. 가게 밖으로 커피 마대가 가지런히 놓여 있다. 천년은 지난 것 같은 돌기둥 아치 아래로 양철 위에 곱게 칠한 간판이 걸려 있다. 그렇게 반가울 수가 없다. 마치 죽을 고비를 넘기고 생환한 사람이 된 듯 매장 안으로 들어갔다. 페루산, 브라질산 마대뿐이고 매장이라 해야 고작 대여섯 평 정도에 겨우 한 사람 드나들 수 있는 통로가 전부다. 커피 외에 향신료들이 눈에 띈다. 희미한 형광등이 빛나고 깡통들이 머리 위 선반에 가지런히 놓여 있다. 불빛을 받아 반짝반짝 윤이 난다. 로스팅 머신도 한쪽 구석에 자리하고 있다. 딱히 유명 상표나 회사 이름이 적혀 있는 것은 아니었지만 매일 쓸고 닦아 윤이 났다. 늠름한 자태다. 이것저것 마구 만져보고 들어보고 커피향도 맡았다. 다양한 제품이 있는 것도 아니요 많은 기구가 있는 것도 아니었지만 하나하나가 모두 손때가 묻어 있어 정이 갔다. 커피 로스팅 상태는 썩 훌륭해 보이지

커피 원두에 미리 카르다몸을 섞어두고 재래식 저울추를 사용해 판다.

않았다. 마대 가득 로스팅을 해둔 커피를 담아두었다. 이들에게 커피의 신선도는 그리 중요하지 않은 것 같았다. 재래식 저울추를 사용해 커피를 파는 모양이다. 생소한 커피가 보인다. 평생 처음 보는 커피다. 누런 보리 껍질 같은 것들이 섞여 있다. 그것은 카르다몸Cardamom이라고 했다. 생강과科의 다년생식물로 카레 같은 인도 요리에 빠지지 않는 향신료인데, 그게 커피와 함께 뒤섞여 있다. 아프리카 탄자니아의 킬리만자로 산 아래에서 맛보았던 생강 커피가 생각난다. 생강을 가늘게 썰어 끓는 물에 넣고 곱게 간 커피를 냄비에 같이 끓여 채에 걸러 내주던 생강 커피. 한기가 느껴지거나 목이 아플 때 좋다던 아낙네의 말이 기억난다. 비를 맞아 온몸이 추웠을 때 마셨던 커피여서 더 좋았겠지만 아직까지 생생히 그 맛이 떠오른다.

다마스쿠스의 카르다몸 커피는 아예 커피 원두에 미리 카르다몸을 섞어두고 갈아서 판다. 가게에서 원두를 갈 때 퍼지는 향기는 온 골목 안을 행복하게 만든다. 신비의 묘약이 따로 있을까, 주위 사람들은 덩달아 행복해진다. 손님들이 하나둘 들어오기 시작한다. 이슬람 세계에서는 이마에 커다랗게 멍 자국이 난 사람들을 자주 만나게 되는데, 그것은 열심히 기도한다는 흔적으로 그들에게는 자부심의 증표다. 그 자국이 인상적인 무뚝뚝한 주인장 무함마드에게 카르다몸에 관한 설명을 들었다.

"아랍 사람들 대부분이 식품에 넣어 먹는 향신료입니다. 커피에 넣어 마시면 몸이 따뜻해지고 소화가 잘돼 많은 사람들이 찾습니다."

가업으로 이어오고 있느냐는 질문에는 자랑스러운 표정으로 답한다.

"다른 사람이 해오던 것을 34년 전에 내가 샀어요. 이젠 아들이 물려받아 하게 되겠지요."

그의 곁에서 손님들에게 팔 커피를 담고 있는 아들에게 진열돼 있는 커피에 대해 묻자 그가 말한다.

"브라질과 우간다 커피를 주로 팔고 있어요. 저렴한 값에 파니 손님들이 점점 많아지고 있고요. 다마스쿠스에서 우리가 최고예요."

무엇이 최고라는 뜻인지 알 수는 없었지만 자신감으로 가득 차 있는 말투다. 좁은 가게 안에서 한 사람은 갈고 한 사람은 담는다. 손님들과 인사 나누는 눈치로 보아 그들은 오랜 단골인 모양이다. 유심히 살펴보니 사람들이 카르다몸 커피를 더 많이 사간다. 한참 동안을 지켜보았다.

유프라테스와 티그리스 계곡의 고대 바빌로니아와 중세 시대 카라반의 역사를 처음 시작했던 다마스쿠스. 다마스쿠스는 신전과 도시를 건설할 때 쓰던 돌을 비롯해 구리, 금, 은, 향료 등을 동서로 주고받았으며 후에는 직물, 올리브 오일, 와인 심지어 사막의 유목민 베두인Bedouin족에게 공급하던 빵까지도 사고팔았던 카라반의 중심지였다. 커피 교역에서도 마찬가지다.

다마스쿠스의 수크에서 반나절을 헤매고 다녔다. 다마스쿠스에서 유서 깊은 커피의 흔적을 찾을 수 있으리라 기대했지만 결국 허사였다. 허탈감이 물밀듯 밀려온다. 하루쯤 허탕치고 놀아도 될 법한데 그게 뜻대로 안 된다. 병인 듯하다. 떠나올 때 일주일에 하루는 푹 쉬고 다시 한 주일을 시작해야지 다짐했는데 이번에

"누구나 이상을 꿈꾸지만 몸소 행하기란 얼마나 어려운가."
진한 커피 한 잔을 들이켠 후 다시 힘을 내본다.

도 안 된다. 실망감이 커 마음은 거대한 블랙홀로 빨려들어가는 기분이다. 수크를 빠져나와 발길 닿는 대로 걸었다. 어깨가 축 처진다. 문득 지난 아프리카 탐험을 같이 했던 의진이의 선물, 직접 쓴 격려의 글이 담긴 수첩을 펼쳐보았다.

"누구나 이상을 꿈꾸지만
그것을 몸소 행하기란 얼마나 어렵습니까?
남과 다른 길을 걷는 걸음에
애정과 용기가 없다면 아무것도 이룰 수 없을 것입니다.
어려운 길을 묵묵히 걷고 있는 그 발걸음 하나에서도
진한 커피 향기가 느껴집니다."

다시 힘을 내본다. 알나파라에 들러 커피 한 잔을 들이켠다. 러시아 방송국에서 촬영 준비를 하고 있다. 서로의 카메라를 보며 반갑게 인사를 나눈다. 끝나는 대로 이집트로 갈 계획이라기에 엘피샤위 이야기를 자세히 들려주었다. 연신 고맙다고 한다. 디아에게 안부 전해달라는 당부도 잊지 않았다.

사막 한가운데서 만난 바그다드 카페

동틀 무렵 팔미라로 가기 위해 답답한 숙소를 빠져나왔다. 아이만이 두꺼운 털옷을 입고 온 것을 보고 우리는 그를 어린아이 같다며 놀려댔다. 기분 좋은 출발이다. 시내를 빠져나와 7번 도로를 올라탄다. 팔미라까지 250킬로미터니 지난 이틀간 확인한 아이만의 운전 솜씨면 서너 시간이면 족할 것이라 생각한다.

시내를 벗어나 건조한 사막길을 질주한다. 이 사막은 이라크와 사우디아라비아의 북부까지 뻗어 있다. 황량한 풍경만 이어졌다. 이 지역이 고대 오리엔트 문명의 발상지 메소포타미아의 '기름진 초승달 지역' 북쪽 끝이라는 것이 믿기지 않았다. 자동차 앞 유리창에 부딪히는 작은 모래 알갱이들과 이곳저곳 바람에 크게 나뒹구는 쓰레기 조각들이 보이는 전부다. 이곳의 경치를 무어라 딱히 표현할 말이 생각나지 않는다. 말 그대로 불모지다. 때때로 모래언덕이 나타나긴 하는데 지루함을 달래려 창문을 열고 심호흡을 할라치면 매서운 바람이 몰아쳐 곧바로 닫고 만다. 뜨거운 해는 자동차를 뜨겁게 달군다. 지루한 사막 풍경을 지켜보며 음악을 듣는 것 말고는 달리 할 일이 없다. 책을 펼쳐봤지만 눈에 들어오지 않는

꿈결에 사막 한가운데 있는 바그다드 카페를 보았다.

다. 밀린 잠을 청한다.

얼마나 지났을까, 꿈결에 사막 한가운데 있는 바그다드 카페를 보았다. 얼른 아이만을 불러 차를 세웠다. 족히 500미터는 지나쳤다. 황량한 사막 한가운데서 신기루같이 빛나는 바그다드 카페를 만난 것이다. 뛰어내려 카페를 향해 달렸다. 거센 바람에 모래는 더이상 땅 위에 남아 있지 않았다. 사막이라고는 하나 자갈밭이라 부르는 게 더 적합할 듯했다. 초록빛이라고는 찾아볼 수 없는 허허벌판에 투박한 솜씨로 Bagdad Cafe 66 간판이 서 있다. 조형미를 갖춰 그 자체로 조각품이다. 주위에 돌출된 것이 없어 그림자조차 없는 이곳에 한줄기 굵은 그림자를 만들며 우뚝 서 있다. 주변이 메말라 더욱 빛나는 푸른 하늘과 하늘색 카페 간판이 꼭 닮았다. 메마름과 푸르름의 조화가 신비로울 따름이다.

매서운 바람이 몰아쳤다. 아이만에게 털옷이 왜 필요했는지 그때에야 깨달았다. 비옷을 꺼내 바람막이로 삼았다. 카페 앞은 자갈길이 잘 닦여 있고 길가로 낮게 돌탑을 쌓아두어 정겹다. 얼른 보아도 주인장의 감각이 돋보인다. 정갈하게 구획된 앞마당 돌 벤치는 아무렇게나 둔 것 같지만 하나하나가 있어야 할 곳에 잘 놓여 있다. 네 채의 집 실루엣이 제각각 따로 떨어져 평화롭다. 뒤편 산 너머는 이라크 국경이라는 아이만의 설명에 평화라는 단어로 표현하기에는 걸맞지 않다고 잠시 생각했지만 사실은 그랬다. 홀딱 반했다. 완벽했다.

진한 커피 한 모금이 그리웠다. 미국의 모하비 사막에 있던 영화 속 '바그다드 카페'가 지금 이곳 시리아 사막 한가운데 서 있는 듯하다. 이미 고인이 된 배우 잭

BAGDAD CAFE
66

바그다드 카페_붉은 터번과 가죽 점퍼의 부조화는 밖에서 느꼈던 아름다움과 크게 대비되었다.

팰런스가 보온병에 든, 독약처럼 쓴 커피를 마시고 기겁하던 장면이 떠오른다. 황량한 사막의 뜨거운 열기, 도로변 낡은 카페, 고장난 커피머신, 로젠하임 보온병, 영화 전반에 흐르던 〈Calling You〉, 그리고 그 안의 사람들. 나에게 바그다드 카페는 하나의 시설물로 존재하는 것이 아니라, 그 공간을 드나드는 사람들의 땀내 나는 후일담으로 넘쳐나는 삶의 귀착점 혹은 종점 같은 곳이었다.

파라다이스가 따로 있을까 싶었던 밖과 카페 안은 사뭇 달랐다. 영화 속 인물들과 나를 일치시키려는 감정이 앞섰던 탓에 카페라기보다 토산품 판매점에 가까운 실내 풍경에 크게 실망했다. 수크에서 흔히 볼 수 있는 접시, 주전자, 카펫, 요란한 색의 낙타 그림이 벽 전체를 장식하고 있다. 가죽 점퍼를 멋들어지게 입은 주인장은 깡통으로 만든 악기를 손에 들고 전통악기 소릴 흉내 냈다. 붉은 터번과 가죽 점퍼의 부조화는 밖에서 느꼈던 아름다움과 크게 대비되었다. 나와 박 피디는 커피를, 아이만은 티를 주문했다. 그때 마셨던 커피에 대해 지금 기억이 나지 않는 이유는, 주인장이 말이 너무 많았거나 내가 커피맛보다는 바깥에서 본 풍경에 너무 정신이 팔려 마음이 그쪽에 가 있었기 때문일 것이다. 혼자 밖으로 나왔다. 이곳을 천천히 둘러보며 그 아름다움을 가슴에 담으려 애썼다. 지나간 커피역사와는 상관없는 커피하우스지만 앞으로 새롭게 만들어질 커피역사에 또다른 시작이 될 수도 있다는 생각에 잠긴다.

푸른 하늘을 보며 별이 가득한 밤하늘을 그려보았다. 나는 때때로 아름다운 광경과 마주치면 상상력이 하늘로 치솟는다. 그 아름다움과 헤어진 후에는 곧 상실의 크기를 깨닫게 되고 막연한 그리움에 싸인다. 거센 모래바람이 전신을 휘감는 그 짧지 않은 시간을 사막 한가운데 서서 하염없이 하늘만 쳐다보았다. '눈 속에 덮인 바그다드 카페' 사진을 꺼내 그때를 추억한다. 손님이라고 해야 우리가 전부인 지금이지만, 이곳이 시리아의 여행 명소가 될 날이 멀지 않은 것 같다.

다시 길을 떠난다. 도로표지판 화살표에 우측으로 가면 이라크라 표시돼 있다. 큰 산을 넘으면 이라크로 향한다. 왠지 시선은 오른쪽으로만 향한다. 팔미라가 멀지 않았다. 지독한 모래바람이 분다. 11세기에 고대 도시 전체가 지진으로 파괴되고 터키 동부로부터 불어오는 거친 북풍에 의해 천천히 모래 더미 속으로 사라졌다는 팔미라. 그 역사적 사실을 증명이라도 하듯 모래바람이 매섭게 불어댄다. 불쑥불쑥 솟은 바위산 계곡 사이는 냉기가 더해 잠시라도 바깥에 서 있기가 힘들다. 조금 전까지 푸르던 하늘은 어느새 시커멓게 변해 저녁이 된 듯하다. 배낭에 있던 옷이라야 얇은 옷 일색이라 별 도움은 안 됐지만 모두 꺼내 입었다. 넥워머를 마스크로 삼고 선글라스에 장갑까지 모두 껴입었다. 박 피디의 카메라는 위험에 고스란히 노출되어 있다. 미세한 모래 입자가 예민한 카메라에 좋지 않은 영향을 끼칠 것은 뻔하다. 작년 아프리카에서 전압이 일정치 않다는 사정을 모르고 배터리를 충전하다 카메라가 고장나는 바람에 탐험 내내 쓸모없는 짐짝 하나를 메고 다녀야 했던 악몽이 떠오른다. 카메라 고치러 다니는 데만 꼬박 하루를 까먹은 후에도 결국 고치지 못했었다. 나의 염려를 아는지 모르는지 박 피디는 벌써 저만치 앞서가고 있다.

드디어 팔미라. 팔미라는 유프라테스 강 가까이 있는 사막의 오아시스다. 다마스쿠스를 지나 서쪽의 지중해와 동쪽의 페르시아를 오가며 교역을 펼치던 대상들이 반드시 거쳐야 할 길목에 위치해 있다. 대상들은 동서를 오가며 안전한 길을 찾기 위해 때로는 먼 길을 돌아가기도, 때로는 위험을 감수하면서 곧은 길을 택하기도 했다. 대상들이 통행세를 내면서도 팔미라 길을 택했던 이유는 바로 이 루트가 가깝고 안전했기 때문이었다. 팔미라는 대상들에게 안전을 담보로 통행세를 거둬들였고 후에는 독자적인 군대를 가진 강력한 도시국가로 성장하게 된다. 팔미라의 여왕 제노비아가 기세를 떨친 3세기 로마 시대의 일이다.

황량한 사막 평지에 어떻게 그런 영화榮華로운 과거가 있었을까? 눈앞에 펼쳐진 거대한 신전과 돌기둥을 보면서도 믿기 어려웠으나 그 규모와 치밀함에는 감탄하지 않을 수 없었다. 로마 시대의 원형극장과 벨 신전Temple of Bel의 아름다움에는 한동안 넋을 잃었다. 바로 옆의 말소리를 알아듣지 못할 만큼 거센 바람이 잦아들지 않는다. 거대한 조각품들의 무덤에서 온몸으로 바람을 이기려 버틴다. 돌부리에 걸려 여러 번 비틀거린다. 마스크를 썼는데도 입안이 모래알로 가득하다. 21세기를 뒤로하고 커피가 대상들의 낙타에 실려 유럽으로 전해진 그때를 떠올린다. 폐허가 된 로마 시대 신전과 주랑朱廊 사이를 걸으며 그때를 호흡하려 애써본다. 11세기에 지진으로 폐허가 된 후 기억 너머에만 존재했던 팔미라는 결국 커피와의 역사적 고리가 없는 것인가? 켜켜이 쌓인 모래 아래에 천년을 묻혀 있다가 20세기에 와서야 발견된 고대 유적에 발을 디딘 것만으로 만족해야 하는가?

벌판 한가운데 우뚝 솟은 산봉우리에 성이 보인다. 16세기에 레바논이 시리아 사막의 패권 쟁탈을 위해 세운 팔미라 성Fakhr-al-Din al-Ma'ani Castle이다. 성이라기보

팔미라_황량한 사막 평지에 어떻게 그런 영화榮華로운 과거가 있었을까?
11세기에 고대 도시 전체가 지진으로 파괴되고 천천히 모래 더미 속으로 사라졌다.

다는 요새라는 표현이 더 어울린다. 산허리를 돌고 돌아 꼭대기로 올랐다. 안으로 들어가려 해봤지만 도개교跳開橋를 통해 들어갈 수 있는 성문은 굳게 잠겨 있다. 안에 사람이 사는 것 같지 않다. 모진 바람에도 당당히 견뎌온 성은 무심히 아래를 굽어만 보고 있다. 지금은 타드무르Tadmur로 불리는 뉴타운이 한눈에 들어온다. 고대 신전의 영화는 이미 모래 속에 묻힌 지 오래지만, 이곳은 오늘날에도 변함없이 야자수 가득한 오아시스라는 사실을 그제야 깨닫게 된다. 1600년경 수피교도 바바부단Baba Budan이 메카를 떠나 인도 미소레Mysore로 가는 길에 이곳 팔미라를 지났을 것이라고 허망한 상상을 해본다.

베두인 텐트에서 유목민의 커피를 마시다

성채를 내려오다 베두인 사람들을 만났다. 아라비아 사막과 북아프리카 사막에 넓게 흩어져 사는 아랍계 유목민인 베두인족, 시리아의 사막 한가운데에서 그들을 만난 것이다. 박 피디는 베두인 텐트에서 하룻밤 자고 가자며 낮은 소리로 내게 청했다. 거칠고 메마른 땅 한가운데서 대를 이어 살아가는 사람들 속으로 가자는 것이다. 주저하지 않았다. 그들은 낙타는 매어두고 낡은 트럭을 앞세웠다. 가까운 친척집이라 했는데 사막길을 족히 한 시간은 달린 듯싶다. 이미 해는 저물어 불빛 하나 없는데 포장도 되지 않은 길을 어찌 찾아가는 것일까. 신호등이나 가로등이 있을 리 만무했고 그들이나 우리나 차에 내비게이션이 있는 것도 아니니 잘 찾아가고 있는 건지 나는 덜컥 두려워졌다. 사막을 오가는 대상을 공격해 약탈하거나 이들을 보호해준다는 명목으로 통행세를 거둬들인 베두인들이 아니었는가. 영화 〈사막의 라이언〉에서 침략자들에게 저항해 처절하게 싸우던 거친 베두인도 떠올랐다. 시동이라도 꺼지면 달려와 도와줄 사람도 없다.

먼지 가득한 꽁무니만 따라가다 보니 드디어 그들이 어렴풋한 불빛 앞에 차를

베두인 텐트_ 거칠고 메마른 땅 한가운데서 대를 이어 살아가는 베두인에게 낙타와 텐트는 생존수단이다.

세운다. 아이만이 먼저 내려 그들을 따라 텐트 안으로 들어간다. 미리 연락해둔 것도 아닌데 안 된다면 어쩌나, 다시 그 먼 길을 돌아가야 하는데 하고 걱정하며 십여 분을 기다렸다. 차에서 잠깐 내리니 한겨울이다. 텐트의 크기는 가늠할 수가 없었다. 사방은 온통 칠흑이고 별빛 아래서 빛나는 연통의 연기만 보인다. 따지고 보면 공짜로 잠을 재워달라는 것은 아니니 그리 대수롭지 않을 듯도 하지만 불시에 찾아와 크지도 않은 텐트에서 여럿이 하룻밤 묵자는 것은 입장 바꿔 생각해도 큰 결례일 터다. 잠시 후 아이만이 나온다. 손을 흔들어 잘됐다는 표시를 한다.

배낭을 챙겨 텐트 안으로 들어갔다. 잠시지만 밖에서 느낀 추위에 비하면 텐트 안은 온실처럼 따뜻했다. 가운데에 놓인 석유램프 하나만이 방 안을 밝히고 있다. 텐트 안 열다섯 명 식구의 눈길이 모두 우리 일행에게 쏠린다. 놀라움 반 호기심 반이다. 동양인이 텐트를 찾은 것은 처음이라 한다. 아이만이 나서서 가족들을 소개한다. 가장인 이브라힘, 부인, 아들 넷, 딸 둘, 며느리와 사위 들, 손자 넷, 대식구다. 텐트는 생각보다 넓었다. 천천히 사방을 둘러본다. 가운데로 기둥이 하나 서 있고 온기를 내는 유일한 난방 장치인, 낙타 배설물을 연료로 하는 난로가 보인다. 어두웠지만 벽면이 화려한 문양의 천조각들로 장식되어 있다는 걸 알 수 있었다. 바닥은 푹신했다. 짚풀로 이은 깔개 위에 카펫을 또 깔아놓았다. 바람을 막기 위해 겹겹으로 쌓았다.

얼마 후 저녁 먹을거리라며 부인이 음식을 내왔지만 고마운 표정만 지을 뿐 입에 댈 수 없었다. 어두운 불빛 아래라 무슨 음식인지 알 수 없어 조심스러웠고 모래바람 덕에 입맛도 전혀 없었기 때문이었다. 더구나 하루 종일 손도 씻지 못한 우리의 위생 상태도 그 집의 위생 상태도 믿을 수 없었다. 여행중에 배탈로 인한 고생은 전체 일정에 차질을 줄 수 있다는 것을 누구보다 잘 알고 있는 박 피디와 나로서는 안주인의 배려에 미안할 따름이었다.

긴 하루였다. 모래 탓에 온몸이 가렵다. 샤워는 꿈도 못 꾸더라도 양치질과 세수만이라도 했으면 좋으련만 그럴 처지가 아니었다. 환영의 의미로 가족들은 춤을 추자 했다. 모두 손을 잡고 강강수월래 같은 춤을 추었다. 뽀얀 먼지가 텐트 안을 감싸는 것이 희미한 등잔불 사이로 보였다. 몽롱한 밤이 깊어가고 있었다.

얼마나 지났을까? 이제 텐트 안에서는 난로 가까이부터 이불을 깐다. 옛 우리네 솜이불처럼 두껍다. 베개도 편안했다. 여인들이 모두 이불을 쌓아두었던 장막 뒤로 건너간 덕분에 이 집 식구들에다 우리까지 자는데도 좁다는 느낌은 들지 않았다. 밤하늘을 보러 밖으로 나왔다. 별들이 총총하다. 적막강산이다. 이들이 키우는 고양이 한 마리의 꼼지락거림만이 움직임의 전부다. 거칠게 불던 사막의 모래바람도 고요해졌다. 사막 한가운데 나는 완전히 혼자 있는 느낌이었다.

이른 새벽, 이브라힘 할아버지의 기침 소리와 일어나라는 고함 소리에 옆에서 자던 아들과 손자 들이 차례차례 일어났다. 알람이 따로 필요 없었다. 박 피디도 오늘은 일찍 일어날 수밖에 없었다. 간밤에는 미처 발견 못했던, 배낭 옆구리에 숨어 있던 반쯤 남은 생수를 이용해 양치질과 고양이 세수를 했다. 마실 물도 모자랄 형편일 텐데 세수하는 게 실례는 아닐지 눈치가 보여 마치 도둑질하듯 했다. 상쾌한 아침이다. 어두움에 가득 찼던 밤과는 대조적으로 모든 사물이 뚜렷하다.

기지개를 크게 편다.

텐트는 어젯밤에 본 것보다 크다. 한낮에 내리쬐는 열기와 모래바람과 추위에 견딜 수 있도록 충분히 질긴 끈으로 사방이 단단히 묶여 있다. 산등성이 쪽으로 낙타 무리가 보인다. 베두인에게 낙타와 텐트는 생존 수단의 전부이며 부의 상징이라는데 이 집은 꽤나 잘사는 축에 속하는 모양이다. 집주인의 셋째 아들과 손자가 일찌감치 낙타몰이에 나선다. 밤새 도망가지 못하도록 낙타의 두 다리에 묶어두었던 끈을 익숙하게 푼다. 울타리가 없는 사막에서 자신들의 재산을 지키기 위한 그들만의 지혜로 보였다. 낙타는 고기로 가죽으로 배설물로 온몸으로 봉사한다. 아들들을 멀리 내보내는 어머니의 애잔함은 이곳에서도 별반 다르지 않다. 부인은 멀리 아들들이 보이지 않을 때까지 낙타 무리 뒷모습을 담담히 바라보고 있다.

부인과 며느리가 텐트 뒤편 얼기설기 엮어놓은 문을 열고 주방으로 들어간다. 따라 들어가도 괜찮냐는 몸짓에 환한 미소로 들어오라 한다. 주방이라 해봐야 나무 막대기를 대충 엮어 만든 울타리와 햇빛 가리개가 쳐져 있고 바닥에는 모래에 냄비 등을 올려놓을 수 있는 돌무더기 몇 개와 도마로 쓰는 나무판이 전부다. 이곳에서 낙타 배설물은 요긴하다. 그걸로 불을 지핀다. 그 위에 솥뚜껑처럼 생겼지만 얇은 철판을 불룩 솟은 쪽을 위로 해 얹는다. 반죽한 밀가루를 작대기로 넓게 펴서 철판에 얹고 긴 쇠꼬챙이로 서너 번 뒤집어주니 금세 담백한 베두인 빵이 된다. 기름이라고는 한 방울도 들어가지 않았다. 낙타 젖으로 만든 요구르트와 훔무스hummus 소스로 조촐한 아침을 치렀다.

아침햇살이 들어오는 텐트 안은 어제처럼 몽롱하지 않고 정갈하다. 먼지투성이로 지저분하게만 보이던 실내는 잘 정돈되어 있다. 여자들이 주방에서 아침을 준비하는 사이 환기며 청소 같은 일들은 남자들이 하는 것 같다. 나는 금남의 커튼을 살짝 열어보았다. 남녀 방의 경계에 솜이불이 쌓여 있어 더이상 들여다볼 수는 없었다. 바닥의 카펫은 모래 한 알 보이지 않을 정도로 깨끗하다. 천장은 바느질 자국이 그대로 드러난 거친 솜씨로 팽팽히 이어붙였고 특별한 장식은 없다. 반면 벽에는 온갖 화려한 색깔로 수놓은 천조각들을 걸어두었다. 소, 양, 토끼, 꽃, 나무, 새, 기린, 말, 풀, 핑크빛 코끼리인 듯한 고양이 그리고 물고기까지 다양하다. 그런가 하면 반복되는 사선과 삼각형, 원이 모여 새로운 문양을 만들어낸 기하학적 무늬도 이채롭다. 단조로운 주변 환경과 대비되는 화려함에서 그들만의 멋스러움이 느껴진다. 할아버지는 터번을 삐딱하게 써 멋을 냈다.

커피를 청했다. '리얼 베두인 커피'다. 난로를 중심으로 온 가족이 빙 둘러앉았다. 할아버지는 한참을 뒤로 웅크려 뒤척이더니 푸른빛 천 주머니 하나를 꺼낸다. 패물 주머니를 다루듯 천천히 열어 보인다. 황색에 가까운 녹색의 소담스러운 커피 생두가 보물처럼 자태를 드러낸다. 할아버지는 근엄한 표정이 된다.

"이 커피는 무슨 커피예요?"

"시리아 커피지!"

시리아에 커피가 나지 않는다는 것을 할아버지는 당연히 모를 것이다. 시장에서 팔던 수입품 브라질이 틀림없어 뵈지만 이곳에서 콩에 대해 논한다는 것은 바보 같은 짓이다. 어디 콩인지 그게 무에 그리 대수인가.

"커피는 어디서 샀어요?"

"장터에서 샀지. 아주 비싼 거야. 양 한 마리를 주고 산 거지."

할아버지는 자부심에 가득 차 더욱 근엄해진다. 난로 위에 무거워 보이는 전통 로스터기를 철커덕 올린다. 긴 손잡이가 달린 무쇠 프라이팬 마흐마스Mahmas다. 얼마나 오래 썼는지 가늠할 수 없을 정도로 낡았다. 무쇠 판이 닳아 구멍이 났다. 손잡이는 여러 마디로 구분되어 있고 그 마디마다 정교한 문양이 새겨져 있다. 긴 손잡이는 열전도를 낮추기 위한 것으로 보였다. 주걱 역할을 하는 마크랍Maqlab도 프라이팬 길이만큼 길었다. 두 기구는 체인으로 연결되어 있었다. 할아버지는 마술을 하는 듯 보였다. 나는 앞으로 바짝 몸을 가까이 댔다.

달그락 소리가 텐트 안을 적막으로 몰고 간다. 긴 숟가락으로 천천히 휘저으며 할아버지는 가장으로서 고귀한 자태를 보이고 있다. 커피를 만드는 일은 남자들만의 고유 영역이다. 그것도 가장만이 할 수 있는 절대 영역이다. 숟가락 휘젓는 솜씨로 보아 커피를 아주 잘 볶는 것 같지는 않았으나 할아버지의 진지함은 지금도 잊을 수가 없다. 처음에 나는 할아버지의 그 표정이 평소의 표정인 줄로 착각했다. 한순간도 딴 데를 쳐다보지 않았다. 미소 짓지도 몸을 꼼지락거리지도 않았다. 커피 볶는 일에 온통 집중했다. 몰두하고 있는 모습에는 어떤 간절함이 배어 있다. 구도자의 모습이었다. 수피교도들이 신과 교감하려 한없이 원을 그리며 춤추는 모습과도 흡사했다. 자신들의 집을 찾아준 손님의 안녕을 기원하고 가족의 평안을 기원하는 간절한 모습이었다.

커피의 고향 아프리카 에티오피아에서 보았던 신께 경배드리는 모습과 다르지 않았다. 주위의 가족들도 모두 숨죽이고 쳐다보고 있다. 어느 누구도 웃거나 떠들지 않았다. 베두인에게 커피란, 커피를 끓인다는 것은 적어도 신께 허락받은 경건한 하나의 의식이다. 할아버지는 기구의 이름이 뭐냐 물어봐도 대답도 않는다. 뚫어져라 커피를 쳐다볼 뿐이다. 마치 커피에 주술을 걸듯 커피를 볶았다. 주물 프라이팬 마흐마스 아래로 보이는 불빛은 마치 마술사의 그것 같았다. 많은 양이 아니었는데도 커피가 다 볶일 때까지 제법 오랜 시간이 걸렸다. 볶아진 커피는 요즘 한창 커피공부한다는 이들이 따져 묻는 균일성과는 거리가 멀었다. 군데군데 탄 것도 덜 익은 것도 보였다. 로스팅을 어떻게 해야 하는가의 비밀이 여기에 다 담겨 있다 말한다면 후학들은 이해할 수 있을까?

큰아들 앞에 그라인더가 놓여 있다. 쟁반 마브라다Mabrada 위에서 식혀둔 원두를 주둥이가 작은 절구통 민바시Minbash, Mihras에 넣는다. 미끈하게 생긴 절구통 속에 원두를 넣고 박자에 맞춰 천천히 빻는다. 이 절구통에서 울리는 소리는 자신들만의 고유한 리듬이 있어 그 집안의 정통성을 말해준다. 큰아들은 이 일이 자신만이 할 수 있는 일이라는 데 자부심을 갖고 있다. 왼손으로는 절구통 주둥이를 오므렸다폈다 하며 오른손의 절굿공이는 위아래를 오르내린다. 윗주둥이가 크지 않아 커피 알갱이가 밖으로 튀지도 않는다. 진지함이 묻어 있는 거친 손이 아름답다. 언제 다 빻을까 했지만 생각만큼 그리 오래 걸리지는 않았다. 쟁반 위에 쏟아부으니 곱게 잘 갈린 에스프레소 굵기다. 군데군데 탄 것도 익지 않은 것도 굵게 남은 것 하나 없이 말끔히 잘 갈았다. 이들이 한데 어우러져 베두인 커피의 독특한 맛을 낼 것이다. 너무 잘 볶인 것이라면 이미 베두인 커피가 아니다. 큰아들은 할아버지에게 커피를 건넨다. 할아버지는 만족스러운 듯 고개를 끄덕이며 내게 보여준다. 아이만이 보통은 카르다몸을 넣어 마신다며 귓속말로 알려준다.

난로 위에는 두 개의 베두인 전통 주전자에 물이 끓고 있다. 천천히 끓는다. 주둥이가 짧고 뚜껑에 달린 초승달 모양의 장식이 아름다운 라크바Raqwa, Rakwa와 끝이 뾰족하고 긴 호리병 모양의 달라Dallah, 이브리크Ibrik, 자즈바Jazwa다. 달라에 커피를 붓고 불에 올린다. 라크바에서 끓고 있던 물을 부어 농도를 조절한다. 설탕은 전혀 들어가지 않아 터키 커피와도 달랐고 소금을 넣지 않아 에티오피아 커피와도 달랐다. 늘 아랍 커피 하면 터키 커피를 떠올렸는데 갓 볶은 커피를 쓴다는 점에서 터키 커피와는 크게 달랐다. 끓는 데 시간이 오래 걸렸다. 끓인다기보다는 졸인다는 표현이 맞을 것이다. 이브라힘은 자랑스러운 듯 달라를 들어올려 잔에 커피를 따른다. 제일 먼저 자신이 맛을 보고는 흡족한 표정을 짓는다. 천천히 일어서더니 왼손에는 잔을 오른손에는 달라를 들고 내게로 온다. 바닥에 앉아 있다 일어서려 엉거주춤하는 사이 어느새 커피잔을 내게 건넨다.

한 시간을 넘게 기다려서 마시는 커피니 어찌 감사하지 않겠는가. 또한 이 커피 한 잔을 위해 온전히 하룻밤을 여기서 보냈으니 이 커피야말로 어찌 귀하지 않겠는가. 진정 감사한 마음으로 받았다. 커피는 검은 액체 그 자체였다. '악마의 음료'라 불릴 만큼 진하고 강했다. 나는 이미 기대감, 기쁨, 감격스러움으로 넋이 나가 있었고 그 순간 내게 베두인 커피는 이미 음료가 아니었다. 한 잔의 성스러운 생명수였다. 입안에 머물 때의 끈적거림은 목구멍을 통과하자 곧 아늑함으로 변하기 시작했다. 놀라울 따름이었다. 그 여운은 지금도 내 기억 속에 생생하다. 그

장남과 민바시_ 미끈하게 생긴 통에 원두를 넣고
박자에 맞춰 천천히 빻는다

달라와 라크바_주둥이가 짧고 뚜껑에 초승달 모양의 장식이 달린
아름다운 라크바와 끝이 뾰족하고 긴 호리병 모양의 달라

커피 생두_푸른빛 천 주머니를 여니 소담스러운
커피 생두가 보물처럼 자태를 드러낸다.

런데 놀라운 것은 느낌뿐이 아니었다. 다름 아닌 커피 한 잔의 양이 병아리 눈물만큼이라는 표현이 딱 어울릴 정도였다. 보통 에스프레소 잔(30밀리리터)을 보며 작다고 하는데, 그때 마신 베두인 커피 한 잔은 10밀리리터 정도였다.

아브라힘의 표정에 흐뭇함이 스며 있다. 잔을 돌려주며 감사의 몸짓을 보냈다. 다시 한 잔 준다. 엉겁결에 한 잔 더 마셨다. 이번에도 비슷한 양이다. 다 마신 두 번째 잔을 돌려주자 이번에도 한 잔을 따라 다시 권한다. 그제야 아이만이 옆으로 다가와 알려준다. 더이상 원치 않으면 잔을 빙글빙글 돌린 후에 돌려주어야 한단다. 그저 잔만 건네주면 더 달라는 뜻이었다. 박 피디에게 잔이 돌아갔다. 박 피디는 한 잔 하고는 죽겠다는 표정이다. 잔은 얼른 아이만에게 건너갔다. 잔은 다시 빙 둘러앉은 집안 식구들 모두에게 돌아갔다. 그때까지 한 번도 잔을 닦거나 씻지는 않았다. 한 순배 돈 후에 이브라힘이 한 잔 더 하겠냐며 내게 권해와 화들짝 놀라 괜찮다고 웃으며 사양했다.

잊히지 않는 커피다. 아마도 그 커피잔은 적당한 장소에 그냥 보관될 것이다. 순전히 내 생각이기는 하지만 이 커피 찌꺼기는 버리지 않고 다음에도 또 쓸 것이다. 귀한 커피인데다, 채 한 시간도 안 끓였는데 그렇게 진한 커피가 나올 것 같지 않았다. 아마도 아주 오래전의 커피에다 새로 볶은 커피를 넣어 같이 끓여냈을 것이다. 때로 카르다몸을 따로 넣어 향을 더하기도 할 것이다. 이들에게 커피는 손님을 환대하는 최고의 대접이요, 그 커피를 끓여내는 일은 오직 가장만이 누릴 수 있는 특권이자 권위의 상징이다. 바쁘게 살아가는 우리에게는 귀찮아 보이는 과정도 느리게 사는 이들에게는 평범하면서도 성스러운 일상일 뿐이다. 커피를 따르기 위해 내게 다가오던 이브라힘의 거친 맨발이 아련하게 기억에 남는다.

나는 커피공부하는 학생들로부터 거의 매일 메일을 받는다. 그 내용은 어떻게 하면 커피를 잘할 수 있는지, 커피에 인생을 걸어보려 하는데 어떤 길이 빠른 길인지 등이며 그들의 목표는 대개 '나만의 커피점'을 여는 것이다. 나는 커피 강의에서 "기본에 충실하라, 자세를 정확히 하라, 들어서 알려 하지 말고 직접 해보라" 등을 강조한다. 언젠가 지나가는 길에 한 커피점에 들렀다. 말끔한 유니폼에 잘생긴 외모가 호감이 가 바 근처에 앉아 커피 만드는 모습을 지켜봤다. 비스듬하게 서서 한손은 테이블에 기댄 채 물주전자를 든 모습이 마치 권총을 쏘는 듯한 자세처럼 멋들어져 보였다. 그러나 연신 온도계를 보며 분주히 만들어 아름다운 잔에 담겨 나온 커피의 맛은 충실하지 않았다. 불필요한 것에 치중한 나머지 정작 담아야 할 혼은 빠져 있고 멋만 담아 나온 것이다. 베두인 할아버지가 내리는 커피에는 혼이 담겨 있었다. 손자 아이의 해맑은 표정, 딸과 며느리들의 두건 속에 가려진 천진한 미소와 헤어진다는 것이 못내 섭섭했다. 막내 아들은 아버지와 형이 이미 의식을 끝낸 달라와 커피잔을 들고 텐트 밖으로 나와 사진을 찍어달라 졸라댄다. 그들이 해낸 일이 자랑스러운 모양이다. 잠시 전까지 장난기 어린 표정이었던 그는 카메라를 들이대자 금세 아버지와 큰형의 근엄한 표정으로 바뀌었다.

사막badiyah에 사는 사람들이라는 뜻의 베두인, 누군가 자신이나 가족을 위협할 때에는 단호히 맞서지만 낯선 나그네가 방문하면 신의 뜻으로 알고 환대하는 그들. 사막은 언제 어디서 어떤 위험을 만날지 모르는 곳이기에 타인에게 베푸는 나눔은 곧 자신을 위하는 일이 된다고 그들은 믿는다. 사막 어디에도 정착할 수 없

사막 어디에도 정착할 수 없는 유목민의 삶.
그 고단함에 자부심을 가진 베두인족이 이 시대의 진정한 전통 계승자가 아닐까.

는 유목민의 삶. 종횡무진 아라비아 반도를 호령하던 대상의 시대도 막을 내린 지 이미 오래이고 도시 문명이 사막에도 영향을 미치고 있지만, 그것에 휩쓸리지 않은 채 전통을 지켜가는 베두인들은 여전히 이곳 시리아 사막에 존재한다. 삶의 고단함에 대해 드높은 자부심을 가진 베두인족, 어쩌면 그들이 이 시대의 진정한 전통 계승자가 아닐까.

알레포 시타델을 바라보며 마신 차우베

알레포로 가는 도중에 오아시스에 들러 유황 사우나를 했다. 사막 한가운데서 사우나라니, 박 피디는 탐험중에 누린 제일 큰 호사라며 즐거워했다. 피곤했던 심신을 재충전했다. 그렇게 만난 교역 도시 알레포는 맑고 자유분방했다. 해자垓字를 앞에 두고 거대한 알레포 성이 불쑥 솟아 있다. 높이가 족히 50미터는 되어 보였다. 13세기에 지어진 성채는 웅장함 그 자체였다. 성채 너머로 올려다본 푸른 하늘과 흰 구름은 마치 지리한 장맛비가 막 그친 6월의 어느 아침 같았다. 선선한 햇살이 가득하다. 나무들은 따스한 햇살에 몸을 맡기고 지나가는 사람들은 이웃들과 만나 반갑게 인사를 나눈다. 나는 과거에 대해, 지나가버린 세월에 대해 귀를 기울이려 여기까지 찾아왔지만 사람들은 늘 그래왔듯 오늘 하루를 충실히 살아간다. 성채 앞 광장에서 만난 여고생들은 활기차다. 동양인이 신기한 듯 옆으로 달려와 같이 사진 찍기에 바빴다. 그녀들의 웃음소리가 상큼하다.

메말라 바닥을 보이고 있지만 깊고 넓은 해자를 지나 비탈을 올랐다. 성벽 위로 올라오는 군사들을 무찌르는 데 성채의 구조는 완벽해 보인다. 치열했던 수난의 역사를 성채는 고이 간직하고 있다. 궁전, 목욕탕, 모스크 들은 그 형체를 알아볼 수 있었지만 나머지는 대부분 앙상한 잔해만 남긴 채 구원의 손길만 기다리고 있다. 성채 안의 시간은 그대로 정지해 있었다. 시대의 주인들은 잊혀 갔지만 성채만은 역사의 상흔을 간직한 채 여전히 남아 있는 것이다.

성채에 올라 사방을 둘러보면 알레포가 교역의 중심지로서 어떤 위치에 있었는지를 알 수 있었다. 이스탄불과 바그다드를 오가는 철도가 통과하고, 다마스쿠스를 지나 베이루트까지 도로가 이어져 사통팔달의 도로가 교차하고 있다. 10세기부터는 북이탈리아 상인들이 모여들어 레반트를 중계지로 행한 동서교역이 성행했던 곳 또한 바로 알레포다. 위에서 내려다보는 알레포는 풍요로워 보인다.

돌무더기 성채 계단을 한 발 한 발 걸어 내려왔다. 해자를 따라 걸으며 성채를 올려보곤 다시 생각에 잠긴다. 알레포와 커피의 인연은 어떻게 시작되었는가.

메카에서는 1511년 카이르 베그가 소위 '커피 금지 법령'을 공표했고, 이를 거부한 카이로에서는 이미 많은 사람들이 알아즈하르를 통해 들어온 커피를 공공장소에서 마시고 있었다. 당시 제국 간 대상 무역이 활발하게 이루어졌다는 점에서 메카, 카이로, 다마스쿠스 그리고 알레포 또한 서로에게 필요한 상품을 주고받음으로써 비슷한 수준의 문명생활을 유지했을 것이다. 1555년에 알레포 청년 하킴은 콘스탄티노플로 가서 커피하우스로 대성공을 거둔다. 이것이 알레포에 커피가 적어도 1511년과 1555년 사이에 분명 존재했을 것이라 추정하는 이유다.

알레포의 커피는 1573년에 독일의 식물학자이며 여행가인 라우볼프 L. Rauwolf 에

의해 유럽에 알려졌다고 기록되어 있다. 그는 종종 커피를 발견한 사람으로 일컬어지기도 한다.

라우볼프는 16세기 알레포 커피하우스의 모습을 "알레포 사람들은 둥그렇게 모여 앉아 커피를 마시고 있었다. 이 짙은 액체를 마시는 데 아무런 두려움도 갖지 않은 그들은 아침 일찍부터 도자기 잔에 커피를 아주 뜨겁게 해서 한 모금씩 천천히 마셨다. 약으로 먹기도 했는데 특별히 위에 좋다고 믿었다"고 묘사하기도 했다.

> "쿠에이크Queiq 강이 잘 보이는 커피하우스에서 튀르크 사람들이 차우베Chaube라 불리는 잉크처럼 까만 음료를 마시는 것을 보았다. 인도에서 사왔다는 열매는 '분루Bunru'라 하며 이 열매의 크기나 모양, 색깔은 월계수 열매와 거의 비슷하다. 열매 안에는 각각 껍질에 싸인 두 개의 노란색 씨앗이 들어 있다."
>
> —M. Ellis, 『The Coffee House』

거대한 성채의 말라붙은 해자를 바라보며 차우베 한 잔을 마신다. 쿠와이크 강은 더이상 아름다운 강이 아닌 말라버린 수로로만 남아 있다. 차우베도 검정색 잉크 같다던 기록과는 달리 옅고 싱거운 맛이다. 세월에 따라 풍경이 변하듯 커피맛도 변하고 있다. 커피역사에서 큰 획을 그은 하킴의 동상이 있지 않을까 책을 뒤져본다. 지나가는 사람들에게도 물어보지만 무슨 뚱딴지 같은 소리냐는 표정들이다. 그럴 만하다는 생각이 든다.

성채와 대사원을 연결하는 긴 통로에 있는 수크 알마디나Al-Madina를 찾았다. 번성했던 커피 교역을 말해주기라도 하듯 시장 입구 한복판에는 사람 키만 한 전통 커피 주전자들이 조형물로 자태를 뽐내고 있다. 과연 교역의 중심지답게 재래시장의 틀을 벗어나 잘 정비되어 있었다. 그런 면에서 다마스쿠스보다 주변국과의 교역이 앞섰겠구나 하는 생각을 해봤다. 터번 상점을 기웃거리다 들어갔다. 5대째 터번 상점을 하고 있다는 상점 주인에게 평소 궁금해하던 터번과 케피야Keffiyeh에 대해 물었다.

"색깔에 따라 어떤 차이가 있나요?"

"나라마다 쓰는 색깔이 달라요. 빨간색은 사우디, 이란, 베두인이 쓰고 검은색은 이라크, 터키 그리고 초록색은 주로 시아파 사람들이 씁니다."

케피야에 어떤 종교적 의미가 있는가에 대해서도 답해주었다.

"케피야는 원래 옛날엔 햇빛을 막기 위해서나 겨울에 추워서 썼는데 요즘은 그냥 유행으로 쓰고 있어요. 특별히 종교적인 의미로 쓰지는 않아요. 옛날에 비해서 요즘은 많이 안 쓰는 편이죠. 생활 습관이 많이 달라졌다는 얘기지요."

요즘은 다양한 디자인이 나오고 또 묶는 방법에 따라 얼마든지 변형이 가능하다며 한번 써보라고 권한다. 박 피디와 나는 느닷없이 아랍 왕자들이 되었다며 서로를 보고 박장대소했다.

수크에서 커피점과 커피 도매상을 찾으려 했으나 역시 허사였다. 이미 아랍 지역 전역에서 커피의 흔적을 찾기란 수월치 않아졌다. 대신 길에서 두 개의 작은 금속 접시를 부딪쳐 쨍그랑 소리를 내며 다니는 커피 장수를 발견하고는 그를 뒤따랐다. 금속 세공이 화려한 보온통을 배낭처럼 뒤로 메고 천천히 좌우를 살피며

커피장수_두 개의 작은 금속 접시를 부딪쳐 쨍그랑 소리를 내며 다니는 커피 장수를 발견했다.
커피 나오는 꼭지를 쳐다보지 않고 정확히 양을 맞춘다.

걷는다. 상인들이 한 잔 달라 손짓하면 얼른 뒤에서 유리잔을 꺼내 두 개의 수도꼭지 중 한 개를 틀어 물로 잔을 씻는다. 씻는다기보다는 대충 물을 부어 씻는 시늉만 한다. 또다른 꼭지를 트니 뜨거운 커피가 쏟아진다. 얼마나 오랫동안 장사를 했는지 커피 나오는 꼭지를 쳐다보지도 않고 정확히 양을 맞춘다. 다 마시길 기다렸다가 잔을 받아 뒤로 넣고 가던 길을 간다, 딸랑거리며. 한참을 따라다녀보니 많은 사람들이 사 마셨다. 우리의 시골 재래시장통을 누비는 커피 아주머니들과 별반 다르지 않았으나, 고작 서너 개의 잔만으로 이 사람 저 사람의 입으로 돌리는 것은 큰 차이가 있었다. 베두인 텐트에서 한 잔으로 열다섯 명이 함께 마신 커피잔을 떠올리며 빙그레 웃음 지었다.

오후 늦게 추위에 떨다 지쳐 결국 내복을 하나 샀다. 목화의 대집산지이자 양모와 방적 공업이 최고로 발달한 이곳 알레포에서 '메이드 인 차이나' 내복을 사 입었다. 사실 카이로에서부터 추위에 떨 때마다 내복 생각이 간절했지만 점점 봄이 가까워오는 계절이기도 했고, 또 내심 박 피디에게 내복 입은 모습을 보여주고 싶지 않았다. 가뜩이나 새벽잠 없다며 노인 소릴 듣는 게 싫었는데 결국 사고 말았다. 따뜻한 편이 한결 나았다.

다마스쿠스로 돌아오는 길에 지평선으로 떨어지는 석양을 보았다. 아름다웠다. 저녁노을이 온통 구름을 붉게 물들였고 이내 어두워지고 말았다. 나는 여전히, 지난 역사란 찾으려 노력하기만 한다면 찾을 수 있는 것이라는 공허한 믿음을 가지고 있다. 애당초 역사란 거창한 것 같지만 결국 한 사람에 의해 만들어지고 또 그렇게 기억 속으로 사라지는 것이 아닌가? 단지 시간의 문제일 뿐.

킹스 하이웨이를 따라 보스라 수크로

새벽하늘, 아직 해는 떠오르지 않았지만 태양의 기운이 느껴진다. 금요일 정오에 열리는 우마이야 모스크의 대예배에는 박 피디만 참석하기로 하고 나는 일찌감치 다마스쿠스를 떠나 보스라Bosra로 향했다. 찬란한 새벽 여명 너머로 어슴푸레 아침 기지개를 펴는 낙타 무리가 보인다. 킹스 하이웨이의 끝없는 사막이 눈앞에 펼쳐진다. 그 옛날 낙타 등에 실려 예멘을 떠나 북으로 향했을 커피 행렬을 그려본다. 오랜 세월 동안 궁금해하던 커피 전파 경로 중 전설의 킹스 하이웨이를 직접 확인할 수 있다는 사실에 흥분을 감출 수 없다. 예멘을 떠난 커피가 북으로 북으로 향하다 메카를 거쳐 아카바에 잠시 머물다 어떤 것은 서쪽 알렉산드리아로, 다른 어떤 것은 킹스 하이웨이를 따라 이곳 보스라로 오는 것이다.

아이만은 훌륭한 운전 솜씨를 보이면서도 운전 내내 이슬람 역사에 대해, 특히 수니와 시아의 차이점에 대해 열변을 토했다. 역사 속 인물의 이름이 복잡하기도 하거니와 말이 빨라 나는 반도 채 이해하지 못했지만 고개는 계속 끄덕였다. 그러지 않으면 이슬람 종교음악의 볼륨을 더 높이기 때문이었다. 금요일 대예배 참석을 못하게 된 아이만은 보스라에 가는 내내 이슬람 종교음악을 연이어 듣고 있다. 잠시 조용한가 싶으면 따라 부르고 있다.

다마스쿠스에서 남쪽으로 140킬로미터 떨어진 보스라로 향하는 길은 그 옛날 카라반 교역의 중심지답게 도로가 잘 닦여 있다. 대사막 한가운데 오아시스가 가까워짐을 알리듯 부쩍 초록빛이 눈에 띄기 시작했다. 비옥한 토질, 풍부한 수량, 그리고 수도 다마스쿠스의 근교라는 이점 덕에 옛 교역의 중심지에서 이제는 근교 농업의 중심지로 변모하고 있는 보스라. 게다가 굽이굽이 돌아가는 옛 킹스 하이웨이를 대신해 곧게 뻗은 도로가 새로 생기면서 곳곳에 활력이 넘쳐난다.

보스라에 도착할 즈음 박 피디에게 전화가 왔다. 근심 어린 목소리가 들려왔다. 촬영 장비인 트라이포드가 없다고 한다. 박 피디는 지나치다 싶을 정도로 트라이포드 사용을 중요하게 생각하는 사람이다. 짧은 신scene 하나를 찍는 데도 트라이포드 사용은 기본 중의 기본이라 그는 굳게 믿고 있다. 시리아에서 지내는 동안 늘 그래왔듯 별생각 없이 지난밤에도 아이만의 자동차 트렁크에다 트라이포드를 그대로 두고 내렸는데, 오늘 아침 서둘러 출발하느라 뒤도 보지 않고 달려온 것이 화근이었다. 충분히 시간을 두고 이곳 보스라를 둘러볼 생각이었는데 곧 돌아가야 할 지경이 되어버렸다. 도착하기 전부터 마음이 급해졌다.

시내 중심가로 들어섰다. 찬란했던 문명의 현장, 로마 원형극장이 세월의 흔적을 고스란히 간직한 채 버티고 있다. 잘 다듬어진 대리석 광장으로 한적한 발걸음을 내디뎌보지만 옛 영화는 흔적조차 없다. 관광객들로 북적대던 여느 유적지와

보스라 수크_폐허가 빚어낸 걸작, 빛바랜 석축에 부딪히는 햇살이 눈부시다.

는 달리 적막하기까지 하다. 며칠 전 신비로움에 감탄사를 연발했던 팔미라의 원형극장과 유적들이 떠오른다. 팔미라 원형극장보다 더 웅장하고 아름답다는 말에 솔깃해 극장 안을 먼저 보고 싶기도 했지만 옛 시가지의 수크를 먼저 봐야 한다는 생각으로 발걸음을 재촉했다. 성곽을 따라 북쪽으로 레스토랑이라는 간판을 단 허름한 상점들이 줄지어 있다. 모처럼 보이는 관광객이라 그런지 상인들은 '콜라?' '커피?' 하며 큰 소리로 외친다. 포장도로 끝 부분 오른편 구석으로 구불구불한 돌담길이 나 있다. 키 작은 야자나무 몇 그루와 뒹굴어 다니는 비닐봉지가 안내판을 대신하고 있다.

모퉁이를 돌아 야트막한 언덕에 올랐다. 순간 눈앞에 눈부신 장관이 펼쳐진다. 폐허가 빚어낸 걸작이다. 인간의 손길이 닿았다고 믿기지 않을 만큼 자연과 하나가 되어 있다. 얼마나 긴 세월이 흘렀는지 가늠할 수 없었다. 모진 풍파에도 굳건히 자리 잡고 있는 아치형의 기념비를 통과한다. 로마식 목욕탕, 오마르 사원 바히라 교회, 바실리카, 줄지어 선 코린트 양식의 기둥 등이 모두 의연한 모습이다. 빛바랜 석축石築에 부딪히는 햇살이 눈부시다. 작은 시가지 안은 종교적 분위기가 곳곳에 묻어 있어 종교가 일상생활 속에 함께 있음을 쉽게 깨달을 수 있었다. 그들의 정신세계가 선대로부터 물려받은 유산이라고 자랑하는 듯하다.

나는 벅찬 가슴을 진정시키려 애쓴다. 그 옛날 대상들이 고난의 사막길을 건너와 잠시 쉬고는 다음날이면 다시 메카로 돌아가던 교역의 중심지 보스라의 수크는 옛 모습을 고스란히 간직하고 있다. 카라반 상인들이 어떻게 거래를 했는지 그려본다. 어렴풋이 보이던 보스라 시가지가 점점 눈앞에 다가올 때쯤, 먼 길에 지친 상인들은 다시 해냈다는 성취감으로 환호한다. 어두워질 무렵 수크에 커피는 물론 장신구, 향료, 금은, 비단을 가득 실은 카라반 행렬들이 동서로부터 속속 도착한다. 목마름과 굶주림, 작열하는 태양의 열기와 살을 에는 사막의 밤추위와 싸우며 이곳 보스라에 도착하는 것이다. 올 때마다 묵는 숙소인 칸[Khan]에 들러 주인장과 반가운 인사를 나눈다. 아래층에 낙타와 나귀를 묶어두고는 곧장 2층으로 올라가 깊은 잠을 청한다. 며칠간 머물며 여독을 푸는 동안 거래가 잘 이루어지면 다시 필요한 물건들을 가득 사서 싣고 오던 길을 되돌아 다시 긴 여행을 떠나게 된다. 메카를 떠난 카라반들이 보스라를 지나 다마스쿠스까지 직접 가는 경우는 없었다. 각 구간씩을 나누어 오고갔다. 요즘 말로 하면 물류비를 최소화하기 위한 지혜이고 무엇보다 안전을 우선시한 방법이었다.

수크 안 상점의 크기는 제각각이지만 대개 두어 평이 채 안 되는 크기로 처마는 얕지만 비바람에도 잘 견딜 수 있도록 견고히 지어져 있다. 자연스레 구획이 정해져 한쪽 줄에는 향료를, 다른 줄에는 장신구를, 또다른 줄에는 비단 등을 파는 형식으로 구분되어 있었다. 안으로 들어가 보니 바깥에서 볼 때와 달리 제법 널찍하다. 혹시 한쪽 귀퉁이에라도 남아 있을 커피의 흔적을 찾아 헤매고 다닌다. 길바닥에 울퉁불퉁 투박한 돌조각들이 깔려 있다. 돌조각이라기보다는 작은 바위 덩어리라 해야 할 만큼 크고 단단하다. 해는 중천에 떠 있어 돌바닥은 뜨거워지고 있다. 절로 그늘을 찾게 된다. 며칠 전 베두인 텐트에서 보았던 것처럼 커피 도구들이 남겼음직한 불에 그슬린 자국이라도 볼 수 있기를 기대하며 무너져내린 돌무더기를 뒤집어본다. 어디를 둘러봐도 커피가 머물렀던 흔적은 없다. 마치 숨겨둔 보물을 잃어버린 듯 상실감이 밀려든다. 아침 일찍 들어왔던 입구 쪽에는 어느새 오색찬란한 장식용 접시며 카펫 조각 들을 파는 작은 현대판 수크가 들어서 있다. 오가는 손님도 별로 없는데 나이 어린 상점 주인은 분주하기만 하다. 그럴싸하게 차려진 돌바닥 위 진열대에서 손때 묻은 은제 스푼 한 점을 샀다.

옛 시가지를 뒤돌아본다. 역사 속 아우성이 들려오는 듯하다. 거대한 원형극장을 꼼꼼히 보려던 계획은 트라이포드 때문에 결국 수포로 돌아가고 말았다. 다시 오지 못할 가능성이 더 큰 곳이라 발길 돌리는 것을 머뭇거렸지만 차라리 한 잔의 뜨거운 커피가 간절했다. 유럽 전역과 북아프리카까지 지배했던 고대 로마가 남긴 오락 시설 가운데 거의 완전한 형태로 남아 있는 유일한 원형극장이자, 5미터나 되는 성벽 덕에 두 번에 걸친 십자군의 공격도 굳건히 견뎌낸 의미심장한 곳. 이 원형극장을 둘러보는 것을 포기한 채 가장 오래된 커피점이 어딜까 하고 두리번거린다. 이 두리번거림은 어쩌면 병일지도 모르지만 그 덕에 햇살 내리쬐는 거리의 허름한 카페에서 오랫동안 기억에 남을 커피 한 잔을 마셨다. 번쩍거리는 기계가 있는 곳도 수준 높은 바리스타가 있는 곳도 아닌 한적한 길거리 카페에서 마신 커피 한 잔은 보스라에서의 아쉬움을 달래주기에 모자람이 없었다.

우마이야 모스크의 커피잔

오후 예배시간에 맞춰 우마이야 모스크 본당으로 돌아왔다. 박 피디가 아이만 슈마허라 붙여준 별명에 딱 들어맞을 만큼 빨리 도착했다. 멀리 박 피디가 촬영하는 모습이 보인다. 기도 장면과 이슬람 종교 지도자 이맘Imam과의 인터뷰 촬영을 위해 다마스쿠스에 도착하자마자 촬영허가 요청서를 보냈기에 가능한 일이었다. 워낙 자유롭게 아이들이 뛰어놀고 가족들이 즐거운 소풍을 하는 곳이 모스크라고는 하지만 '쿠란을 허리 아래에 두지 않는다, 여성들은 짧은 치마를 입고 들어설 수 없다'는 엄격한 규율이 존재하는 신성한 곳이다. 방송용 카메라를 들고 입장조차 할 수 없었던 카이로 모스크를 생각해보면 기도하는 장면을 가까이서 촬영할 수 있다는 것은 꿈 같은 일이다.

구석구석을 누비며 엎드려 뒹굴고 까치발을 치켜들며 사람들의 기도하는 모습을 담느라 박 피디는 여념이 없다. 내가 박 피디를 처음 만난 날에도 꼭 저와 같았다. 그는 커피박물관 개관 직후 공중파 방송에 박물관을 소개하는 프로그램을 촬영하러 오면서 나와 인연이 되었다. 오전부터 넓지 않은 박물관 구석구석을 돌며

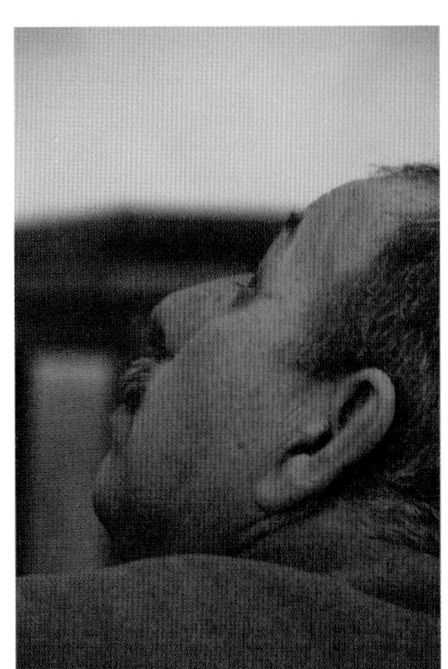

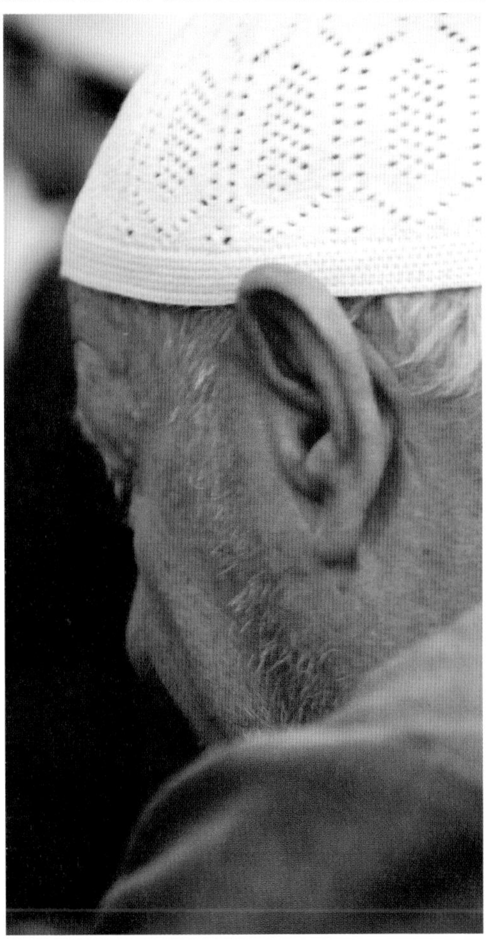

큰 체구를 이리저리 바삐 움직이느라 가쁜 숨을 몰아쉬면서도 쉬지도 않고 촬영했다. 땀을 비오듯 흘렸다. 커피추출하는 장면은 몇 차례 NG를 내가며 찍고 또 찍었다. 나는 그의 열정적인 모습에 반했다. 촬영이 끝나갈 무렵 박 피디는 내게 말했다.

"오늘은 박물관밖에 촬영을 못하고 돌아갑니다만 언젠가 꼭 커피에 대해 진지하게 작품을 만들어보고 싶습니다."

나는 커피에 대해 관심을 가져주는 든든한 동지가 생긴 것에 고무되었지만 그가 그렇게 아카데미 출품작처럼 찍어대던 것이 후에 방송으로는 고작 5분 정도, 그렇게 여러 번 NG를 냈던 나와의 인터뷰가 고작 5초 정도 나온 것을 보며 한동안 실망스러워했었다. 하지만 결과보다 과정에 충실하고 최선을 다하는 그의 모습에 내심 반했던 모양이다. 여러 달이 그렇게 지나간 2006년 겨울, 아프리카 탐험에 대한 욕망이 가슴속 깊은 곳에서 용솟음치던 어느 날 그에게 불쑥 전화했다.

"언제라도 좋으니 커피역사를 찾아 아프리카로 같이 떠나보지 않겠어요?"

그 말이 있고서 꼭 두 달 후 그는 잘 다니던 직장에 사표를 내고 나와 아프리카로 떠났다. 한 달여를 생사고락을 같이했고 또 다시 이듬해 이렇게 이곳 아랍에 함께 와 열정을 불태우고 있는 것이다.

예배가 끝난 후 이맘을 만나기 위해 모스크 관리사무소를 찾았다. 관리 책임자는 근엄한 표정으로 사무실을 지나야만 들어갈 수 있는 큰 방으로 우리를 안내했다. 로마 시대 교회를 개조한 건물답게 대리석으로 둘러싸여 방 안은 번쩍번쩍 빛이 났다. 그 책임자는 내내 이방인에게서 조심스런 눈길을 떼지 않았다. 인자한 모습의 이맘은 멀리서 찾아와준 우리에게 감사의 뜻을 표했다. 서방세계에 호전적이라고 잘못 인식되고 있는 이슬람을 제대로 알려야겠다는 소명의식으로 우리를 환대하고 있다는 느낌을 받았다. 이맘은 커피를 권했고 우리는 푹신한 소파에 앉아 커피가 다 되기를 기다렸다. 젊은 사제는 전기 난로 위 은제 이브리크를 매우 소중히 다루었다. 커피가 끓는 동안 흘러넘치지 않는지 유심히 지켜보고 있었다. 정성스레 내어온 커피는 아랍에서 그동안 보던 것과는 사뭇 다른 잔에 담겨 있었다. 화려한 듯하면서도 담백한 무늬가 참으로 아름다웠다. 방 안은 커피향으로 넘쳐났다.

이맘은 이슬람에 대한 우리의 질문에 천천히 답해주었다

"이슬람을 믿는 사람들에게는 다섯 개의 의무가 있습니다. 첫째는 알라는 유일한 신이며 무함마드가 알라의 예언자임을 믿는 것입니다. 둘째는 하루 다섯 번 기도를 해야 하는 것이고, 셋째는 가난한 자를 도와주는 것, 넷째로 라마단(단식일)을 지켜야 하며, 다섯째로는 일생에 한 번 메카를 방문해야 하는 것입니다."

쿠란에 대해서도 말했다.

"우리는 아랍어를 신이 준 언어라고 믿기 때문에 쿠란은 아랍어로만 읽어야 합니다. 이교도는 쿠란을 만지지도 못하도록 엄격하게 규정하고 있습니다."

모스크 안에 엄격하게 자리가 나뉘어 있는 것을 보았다. 이슬람사회는 우리의 전통 유교사회 못지않게 남녀 구별이 매우 뚜렷했다. 이맘의 말을 경청하며 예배드리는 모습을 떠올리다가 아잔Azan●을 들려주기를 정중히 청했다. 이맘은 지그시 눈을 감은 채 천천히 외웠다.

"알라는 위대하시도다.
나는 알라 외에 신이 없음을 증언하나이다.
나는 무함마드가 알라의 사자임을 증언하나이다.
예배를 보러 올지어다.
성공을 빌러 올지어다."

이맘의 낭랑한 아잔 소리는 아직도 내 귀에 생생하다. 그에게 커피는 어떤 존재인지 궁금했다.

"커피는 삶의 활력소입니다. 지금처럼 귀한 손님을 맞을 때나 매일 보는 친구를 만날 때에도 커피는 그 자리에 활기가 돌게 해주지요. 평안한 일상생활을 할 때에도 심신이 지쳐 피곤할 때에도 커피는 늘 우리 곁에 있지 않나요? 커피가 이슬람의 음료니 기독교의 음료니 하는 종교적 논란은 아무 의미가 없어요."

긴 시간 이어진 이맘과의 대화를 통해서 마음이 따뜻해졌다. 그의 눈빛은 사람의 마음을 끄는 매력이 있었다. 그에게는 우리를 만나는 것이 일상적인 일 중 하나였겠지만, 그의 따뜻한 눈길에서 그가 진심으로 우리와의 만남을 기뻐하고 있

● **아잔** 이슬람교에서 신도들에게 예배시간을 알리는 소리.

다는 사실을 느낄 수 있었다.

이야기가 끝나갈 무렵 나는 조심스럽게 청했다.

"이맘께 대접받은 이 커피잔을 우리 박물관에 전시할 수 있도록 가져가게 해주십시오."

그는 관리 책임자와 귓속말로 잠시 얘기하더니 넉넉한 웃음을 지으며 그렇게 하라고 답한다. 천만금을 얻은 기분이었다. 초기 이슬람 건축의 정화精華요 이슬람 4대 모스크 중 하나인 우마이야 모스크의 수장으로부터, 그가 마시고 그가 친히 손님에게 대접하는 커피잔을 선물받다니 꿈만 같았다. 석양이 지면 잿빛으로 물드는 도시 다마스쿠스, 그곳에서 유일하게 영롱한 빛을 발하는 우마이야 모스크에서 잊지 못할 시간들이 그렇게 흘러가고 있었다.

최초의 커피 경작지
예멘으로

해발 2000미터를 넘나드는 예멘의 바니 마타르Bani Matar 지구에서 농부들은 이른 봄이면 커피 씨앗을 뿌린다. 싹이 트고 한 해가 지나면 깎아지른 돌산 경사면에 애지중지 키운 어린 커피나무를 옮겨 심는다. 그리 넓지도 않은 밭에서 주변의 잎 넓은 나뭇가지로 햇빛을 가리고 마실 물도 넉넉지 않은 형편에 노심초사 물주기에 심혈을 기울이며 3년이 되기를 기다린다. 병이라도 한 번 돌면 온 마을이 눈물바다가 될 테지만, 고운 커피꽃이 피고 빨간 커피 열매가 맺힌 나무를 바라보면 지난 3년이 언제 지나갔는지 농부들의 얼굴은 미소로 가득하다. 집집마다 옥상에는 커피 열매 말리기로 분주하다. 태양 볕에 잘 말려진 커피 열매는 딱딱한 껍질을 벗은 후 드디어 마대에 담긴다. 마침내 길고 긴 커피 농사의 결실을 맺게 된 것이다. 농부는 늙은 노새의 등에 커피 마대를 가득 싣고는 여남은 살이나 된 듯한 아들 녀석을 앞세운 채 마을 이장에게로 향한다. 예멘의 커피는 이렇게 자라나고 있을 것이다.

예멘의 수도 사나Sanaa에 들어섰다. 시리아에서 예멘으로 오는 비행기에서 고생한 기억은 없다. 구시가지 입구 밥알예멘Bab al Yemen(예멘의 문) 근처에 숙소를 정했다. 시설이라야 덩그러니 놓여 있는 삐걱거리는 더블 침대 한 개가 전부이지만 넓기도 하고 무엇보다 큰 창이 있어 시리아에서의 답답함에 비하면 일류 호텔급이다. 배낭을 내리자마자 구시가지로 향했다. 한눈에 봐도 독특하다. 아랍의 전통에 독특함이 더해져 보는 것마다 신비로울 따름이다. 해발 2200미터의 고지대에 성벽으로 둘러싸인 구시가지는 이미 오래전에 시간이 멈춰버렸다. 이곳에서는 현대식 건축물을 찾을 수가 없다. 수백 년 된 집이나 새로 짓는 집이나 비슷하다. 흰 석회로 건물 외벽에 전통 문양을 그려넣는 천 년 전 건축 양식을 그대로 사용하기 때문에 최근에 지었어도 새 집으로 보이지 않는다. 남자들은 누구나 긴 치마를 입고 배를 내밀고 앞에 잠비야Jambiya●를 차고 다닌다. 오후가 되면 이곳저곳에서 카트Qat를 씹느라 한쪽 볼에 탁구공만 한 혹을 붙이고 다니는 사람들의 모습이 보인다. 환각 성분이 있어 서방에서는 마약성 식물로 분류해놓은 카트는 술이 금지된 예멘에서 즐길 수 있는 최고의 기호식품이다.

재래시장은 역시 생기가 넘쳐난다. 호기심 어린 눈으로 우리를 쳐다보는 주위의 시선이 느껴진다. 기분 좋은 신선함이다. 한가한 걸음으로 오후의 사나 풍경을 즐긴다. 간판은 없지만 푸른색 천막에서 '자유'라는 단어를 단박에 떠올릴 수 있는 커피집에서 커피 한 잔을 했다. 햇살 가득한 나무 의자에 걸터앉아 유쾌한 아랍 바리스타의 솜씨로 전통 예멘 커피를 마셨다. 꿀맛이란 이런 맛을 두고 하는 말이 아닐까?

낙타와 당나귀를 이용해 모카 항으로 커피를 실어날랐던 집산지集散地 마나카Manakhah를 찾아 아침 일찍 길을 나섰다. 작년 아프리카 탐험 때 지부티에서 모카 항으로 소 500마리와 함께 홍해를 건넜던 고된 기억이 아직도 생생하다. 전설의 모카 항에서 오리지널 모카 커피는 맛도 못 보고…… 그 모카 항으로 커피를 실어 나르던 마나카를 이제는 반댓길로 돌아 찾아가는 것이다.

16세기, 유럽으로 보내는 하라즈Haraz 지역의 커피는 모두 마나카로 모였다. 수도 사나로부터 서쪽으로 90킬로미터 정도 떨어져 있어 두어 시간이면 족하리라 예상한 길은 군데군데 위치한 검문소에다 시속 50킬로미터 이상으로 달리지 않는 할아버지의 운전 솜씨 덕택에 세 시간 반가량 걸렸다. 결국 우리는 다음날 바로 운전기사를 바꿨다. 시리아의 아이만을 기대하며 숙소에서 자동차와 영어가 가능한 운전기사를 부탁해두었는데 결과적으로 우리는 사나에 머무는 일주일 동안 세 사람씩이나 기사를 바꿔야 했다. 한 사람은 시속 50킬로미터 이상으로는 절대 달리지 않는 느림보 할아버지여서, 한 사람은 쉴 새 없이 떠드는 바람에 정신이 없어 섭섭한 이별을 할 수밖에 없었다. 결국 마지막으로는 하루 종일 카트를 씹어대는 바람에 자동차에 타고 있는 내내 우리를 조바심나게 했던, 말 많은 사이드의 차를 이용했다.

아라비아 반도에서 가장 높은 산인 안나비수얍An Nabi Shuyab(3760미터)의 오르막이 시작될 쯤 커피나무가 나타나기 시작한다. 길옆으로 한가로이 집들이 멀리 보

● **잠비야** 예멘 남자들의 지위와 가문을 상징하는 전통 칼.

해발 2200미터 고지대에 성벽으로 둘러싸인 구시가지는 이미 오래전에 시간이 멈춰버렸다.

인다. 메마른 산들로 인해 하늘은 더욱 짙푸르다. 산은 바위투성이였지만 오랜 세월 풍파에 깎인 탓에 뾰족하지 않아 오히려 험하다 생각되지 않는다. 멀리 산꼭대기와 중턱에 위험하게 집이 모여 있다. 왜 이들이 평평한 곳을 마다하고 비탈진 곳에 집을 짓고 사는지 궁금했다. 그러나 이 궁금함은 이내 해소될 수 있었다.

과거 부족 간의 다툼이 잦았던 시대에 전투에서 유리한 고지를 차지하기 위함이 그 첫번째 이유이겠으나 사실 이 지역에 평평한 곳이라고는 별로 없다. 설령 있다 해도 그곳은 작물을 심어야 하는 곳이기에 결국 사람이 사는 집은 산중턱 비탈진 곳으로 할 수밖에 없었다. 뾰족 지붕이 아닌 옥상이 있는 사각 건물인 것으로 보아 바람이 심하게 분다거나 폭우가 쏟아지는 일은 없음을 짐작할 수 있다. 예멘 커피가 자연건조식을 취하고 있는 것은 선택이 아니라 신이 그들에게 내린 운명이다.

차에서 내려 흙을 만져보았다. 푸석거린다. 작물을 심으려 돌밭을 갈아두었고 커피나무는 가지런히 줄지어 뙤약볕을 쪼이고 있다. 사방을 둘러봐도 물이라고는 보이지 않는데 어찌 커피나무가 자라는건지 궁금했다. 잎이 큰 바나나 나무도 몇 그루 보이지만 따로 심어져 있어 셰이드 그론Shade Grown● 과는 관련이 없어 보였다. 땅이 워낙 메말라 다른 잡초가 없으니 천연 유기농으로 재배되었고, 키는 크지 않았으나 잎은 윤기가 난다. 탐스런 빨간 커피 열매들이 보인다. 2월이면 커피 열매 수확이 한창일 무렵인데 여물지 않은 초록 열매가 섞인 것으로 보아 아직 이

● **셰이드 그론** 바나나 등 잎이 큰 작물과 커피를 같이 심어 자연스럽게 그늘을 만드는 재배 방식.

르다. 10여 마리 염소 떼를 몰고 가는 꼬마 목동과 인사를 나누었다. 예멘의 사나이답게 열 살이 채 안 되어 보이는데도 잠비야를 허리에 멋지게 두르고 있다. 양복저고리가 썩 잘 어울리는 꼬마 목동은 염소의 귀를 잡고 거칠게 다루며 녀석들을 제압한다. 염소들은 커피잎을 따먹느라 정신이 없다. 아이는 커피체리 한 움큼을 따서 깨물고는 몇 개를 내게 선물한다. 주머니에 얼른 받아넣었다. 이 커피체리들은 탐험이 끝나면 우리 박물관 온실에서 겨울을 나다 결국 죽고 말 테지만 언젠가는 우리네 언 땅에서도 커피나무가 뿌리를 내릴 수 있을 거라는 믿음 하나로 십수 년째 커피체리만 보면 가슴이 설렌다. 약간의 돈을 쥐어주려 했지만 한사코 받지 않는다. 그 대신 사진을 찍어달라며 어른스러운 포즈를 취한다. 폴라로이드 필름으로 바로 인화해주었더니 금세 아이로 돌아가 기뻐한다.

마나카 도로표지판을 지나 작은 마을 호테이브Hoteib, Hutayb로 들어섰다. 이슬람의 소수 분파인 이스마일리Ismaili파의 본산으로 12세기에 마을이 생겨난 이래 해마다 순례자들의 발길이 끊이지 않는 이슬람의 성지다. 산꼭대기 거대한 바위 위의 백색 모스크는 마치 내가 선계에 와 있는 듯 몽환적 분위기를 자아낸다. 올라가는 길도 보이지 않는 저곳에 어떻게 모스크를 세웠는지 그 기술이 신의 경지에 닿은 듯하다. 동네 어귀에 있는 모스크에서 수도승들을 만나 이맘을 찾았다. 분명 이슬람 복장이었지만 어딘지 그동안 보아온 무슬림들과 다른 분위기를 느낄 수 있었다. 여든이 다 된 이맘은 우리를 산꼭대기로 안내했다. 천천히 한 계단 한 계단을 오른다. 먼 곳을 찾아가는 구도자의 발걸음이다. 해는 이미 중천에 떠 있는

데다 박 피디는 계단 오르는 이맘의 발자국을 카메라로 좇느라 땀범벅이 됐다. 나는 가파른 돌계단이 모두 몇 개인지 세다가 100개가 넘어가자 잊고 말았다.

발아래로 펼쳐지는 하라즈의 아득한 원경이 나를 압도했다. 마치 금단의 땅에 몰래 들어온 침입자가 훔쳐보는 듯 긴장감이 들었다. 먼 나라에 혼자 있는 느낌이었다. 산꼭대기 작은 모스크에서 이맘의 아잔을 청해 들었다. 울림은 모스크 내부를 잔잔히 휘돌더니 아득한 산 아래로 퍼져나간다. 우마이야 모스크에서 들었던 낭랑함과는 확연히 달랐다. 거칠고 투박한데다 노쇠한 느낌마저 들었지만 천상에서나 들을 수 있을 것 같은 애절함이 스며 있었다.

산 너머로 겹겹이 산이다. 호데이다Hudaydah에서 사나에 이르는 구불구불한 옛길이 보인다. 계획적으로 길을 닦은 것이 아니라 먼 옛날부터 자연적으로 생긴 흔적이 역력하다. 앞뒤 어느 곳을 보아도 평평한 곳은 없다. 지천에 널린 돌로 축대를 만들고 계단식 경작지를 만들어 커피나무와 카트를 심고 있다. 상대적으로 필요한 물의 양이 적어 경작이 쉽고 소득 또한 커피 재배보다 높아 점점 카트 재배 비율이 높아진다며 이맘이 귀띔해준다. 머지않아 카트가 예멘의 모카 커피를 대신하는 대표 작물이 되지 않을까 염려스러웠다.

모스크를 내려왔는데도 손목시계의 고도계는 해발 2500미터를 넘어섰다. 사나가 2300미터였으니 지금 여기 커피밭도 비슷한 높이일 텐데 훨씬 높이 올라와 있는 느낌이다. 아라비카 커피는 높다 하더라도 해발 1800미터 혹은 2000미터 정도를 오르내리는 지역에서 자라는데 이곳의 커피나무는 훨씬 높은 곳에서 자란다.

놀라웠다. 한쪽 구석으로 바닥을 보이는 물 저장 탱크가 덩그러니 서 있다. 줄을 맞춰 심었다고는 하나 터의 생김이 워낙 제각각이라 엉성하게 보인다. 수간樹間은 2미터가 넘어 여유롭다.

여유 있는 집 농부답게 걸음걸이도 느릿한 동네 사람에게 커피 수확하는 모습을 보여달라고 부탁했다. 근처에 뒹굴던 플라스틱 통에 엉거주춤 커피를 따 담는 것으로 보아 그는 성실한 농사꾼 같지는 않았다. 그래도 익숙한 솜씨로 잘 익은 것만 따서 담는다.

하라즈 지역의 커피 모카 하라즈Mocha Haraz는 사나 인근의 모카 사나니Mocha Sana'ani, 바니 마타르 지역의 모카 마타리Mocha Matari와 더불어 예멘을 대표하는 커피다. 예멘 커피는 과거에는 유럽에 주로 수출되었다가 최근에는 이웃 나라인 사우디아라비아와 일본에서 수요가 꾸준히 늘고 있다. 사실 예멘 커피 생두의 생김새는 그다지 훌륭하지 않다. 작고 쭈글쭈글할뿐더러 균일성마저 떨어진다. 수출되는 커피 마대 안에는 자연건조식 커피의 골칫거리인 작은 나뭇가지며 돌조각도 적지 않게 섞여 있다. 그런데도 예멘 커피가 높은 평가를 받는 이유는 무엇인가? 그것은 다른 곳에서는 찾아볼 수 없는 이국적인 향기와 예멘 산악 지역 특유의 건조한 신맛이 고스란히 살아 있기 때문이다. 2월, 커피 수확이 한창이어야 할 이곳 하라즈에서 물 부족과 힘든 싸움을 펼치고 있는 커피나무를 보며 예멘 커피의 미래가 결코 밝지만은 않겠다는 생각에 마음이 무겁다. 치수治水가 예멘 국가정책의 최우선 과제임을 나는 굳게 믿는다.

전통 식당에서 늦은 점심을 먹었다. 전통 춤 잠비야 댄스를 보면서 유쾌한 시간을 보냈다. 아버지와 아들이 하나가 되어 추는 이 춤은, 수확의 기쁨이나 특별한 날을 축하하는 의미가 담겨 있다고 했다. 주인장이 건네준 카트를 치기를 부려 씹어봤지만 특별한 느낌이 없어 '나도 한번 해봤다'는 소리만 할 수 있겠다.

사나로 돌아와 구시가지 안의 커피 파는 집을 찾았다. 대대로 커피를 팔아온 알리 형제는 우리를 마치 큰 바이어 대하듯 자신들이 하는 일들을 자세히 소개해주었다. 형제는 친절하고 정중했으며 매우 진지했다. 하얀 치마를 입었고 역시 배에는 잠비야를 둘렀다. 그 위에는 검은 양복을 잘 차려입었다. 나중에야 알게 된 사실인데, 잠비야는 자기 신분이나 재정 상태를 나타내는 척도로 소중하게 다뤄진다고 한다. 잠비야를 실제로 꺼내 보이는 일은 일상생활에선 거의 없는데 잠비야를 들고 싸우는 일은 상상도 못할 정도의 엄청난 사건이란다. 그들은 매장이며 공장 구석구석을 소개해주었다. 구불구불한 미로를 따라 500여 미터쯤 떨어진 곳으로 우릴 데려가 화려한 금속 장식의 육중한 창고 문을 열어 보인다. 한눈에도 거칠어 보이는, 초록색 글씨가 써 있고 굵은 끈으로 윗부분을 다시 한 번 바느질한 예멘 커피 고유의 커피 마대가 산더미처럼 쌓여 있다. 형제 중 동생이 소중하게 두 손 가득 커피 생두를 담아 내게 건네며 씨익 웃는다. 커피체리의 껍질을 잘 말려 차로도 끓여 마신다고 말해준다. 자연건조식에서만 나오는 커피쉘이 우유와 설탕을 만나면 키시르Qishr라 불리는 '커피차'가 되는 것이다. 예멘 사람들이 많이 마신다고 한다.

알리 형제의 차를 10여 분 뒤따라가서 커피 드라이밀Dry Mill을 방문했다. 예멘 시내는 일본 차 일색이다. 지구촌 구석구석에서 만나는 그들의 재빠른 상술에 또 한 번 감탄하다보니 아랍 커피포트와 커피잔 그림이 아랍 글씨와 썩 잘 어울리는 푸른 철대문 앞에 도착했다. 시큼한 커피체리 향이 진동한다. 구식 방앗간의 모터 돌아가는 소리가 안에서 들려온다. 쉭쉭거리며 체 거르는 소리와 철커덕거리는 모터 소리가 절묘한 앙상블을 이루고 있다. 청년들이 넓지 않은 작업장 안에 빼곡히 자리 잡고 앉아 커피체리를 골라내고 있다. 일에 집중해서인지 힘이 들어서인지 아니면 환각 상태에 있는지 우리가 들어갔는데도 모두들 무표정이다. 다들 카트를 씹고 있다.

우리는 커피체리가 생두로 탄생되는 과정을 자세히 볼 수 있었다. 농부들이 직접 따서 말린 커피체리는 알리 형제 같은 수집상을 통해 이곳 밀로 온다. 도착 후 제일 먼저 사람 손으로 체에 쳐 기계에 넣기 전 나뭇가지나 돌조각 같은 이물질과 상태가 좋지 않은 커피체리를 걸러낸다. 물론 농부들이 집에서 커피체리를 말릴 때에도 하는 작업이지만 밀에 오는 커피체리는 크기가 작거나 잘 익지 않은 것은 물론 불순물들이 섞여오기 마련이다. 커피 수집상들이 커피를 사들일 때 계산은 무게로 하니 농부들은 모르는 척 시치미를 뗄 수밖에.

사람 키의 두 배는 더 되어 보이는 육중한 헐링 기계로 커피체리가 옮겨지면 기계는 굉음을 내며 마른 커피체리의 껍질 생두를 분류해낸다. 쉴 새 없는 작업에 주변은 먼지로 가득하다. 기계 반대편에서는 분리된 생두를 다시 일일이 체로 걸러 섞여 있던 커피쉘을 따로 골라낸다. 이제 마대에 담기만 하면 된다. 뿌려둔 커피 종자가 싹이 트기 시작해 한 잔의 커피로 사람의 입에 다다를 때까지 긴 여정

카트를 씹고 있는 청년들이 작업장 안에서 커피체리를 골라내고 있다.

의 막바지를 향해 치닫는 것이다. 자세히 보니 체는 모두 직접 손으로 만든 것이다. 커다란 양은 쟁반 같은 것에 뾰족한 구멍을 내서 체로 쓰고 있다. 자연건조식이 발달된 브라질에서 헐링 외에도 운반, 선별, 광택, 분류 등 전 가공과정이 기계로 이루어지는 것에 비해 예멘은 모두 수작업이었다. 고된 과정을 통해 신비의 예멘 커피가 만들어지고 있는 것이다.

밀을 나와 구시가지 안을 돌아다니며 역사에 남을 만한 커피하우스를 찾았으나 존재하지 않았다. 지친 발걸음으로 푸른 천막 카페를 다시 찾았다. 바리스타 한 명, 서버 한 명의 단출한 카페다. 말이 바리스타요 서버지 둘 사이 업무가 따로 확실히 정해져 있지는 않아 보였다. 천장을 가린 푸른 천막은 푸른 바다를 연상시키기에 충분했다. 바 뒷면에 덕지덕지 붙어 있는, 메뉴판인 줄 알았던 천조각들을 자세히 살펴보니 이슬람 기도문이다. 2006년 전범戰犯 재판에 회부되어 사형이 집행된 이라크 지도자 사담 후세인의 사진과 바그다드 시내 사진도 조각조각 붙어 있다. 작년 우리가 처음 예멘을 찾았을 때 느꼈던 두려움에 순간 소름이 돋는다. 테러 세력이 판치는 가장 위험한 나라라는 말, 여기저기서 들려왔던 자살폭탄 테러 소식이나 젊은 미국인이 참수되는 동영상을 접했던 탓에 도저히 밖을 돌아다닐 엄두가 나지 않아 옷이며 가방에 붙은 나이키 상표를 모두 떼고 두리번거리며 몰려다녔었다.

이듬해 나는 미국 뉴욕 공항의 입국심사대에서 따로 골방으로 불려가 두 시간 동안 심문을 받았다. 시리아와 예멘의 스탬프가 찍힌 여권 때문이었다. 심사관은

푸른 천막 카페_간판은 없지만 푸른색 천막에서 '자유'라는 단어를 단박에 떠올릴 수 있다.

나에게 왜 그곳에 다녀왔는지를 집요하게 캐물었다. 탐험 때 늘 쓰던 모자를 쓴 것이나 수염을 기른 것이 정장 차림의 여권 사진과는 판이해서 그렇기도 했겠지만 실제 내 모습이 테러리스트처럼 위험해 보이기도 했던 모양이다. 그때 내가 만약 직업란에 박물관장이라 쓰지 않았거나, 시리아와 예멘의 이슬람 커피역사를 줄줄이 꿰지 않았더라면 더 큰 곤욕을 치렀을지도 모른다.

커피 주전자와 물 주전자가 따로 손님 맞을 준비를 하고 있다. 주문이 들어오자 미리 끓고 있던 큰 주전자의 커피를 계량해 작은 이브리크로 옮겨 붓는다. 굵은 철근을 잘라 가스 불판을 만들어 그들만의 커피머신으로 쓰고 있다. 이브리크는 뜨거운 불길을 맞는데 손잡이 끝이 뜨겁지 않게 천으로 여러 겹 감쌌다. 이 이브리크는 청년 바리스타의 전 재산이다. 그는 한마디 말이 없다. 끝까지 흐트러지지 않는 자세는 진지함의 정수다. 누구에게 배워서일까, 아니면 처음부터 몸에 밴 것일까? 여러 개의 주문이 한꺼번에 들어오자 재빨리 유리컵에다 분필로 주문 내용을 미리 써둔다. 1분이 채 안 되어 어제 맛본 꿀맛 예멘 커피가 나왔다. 절로 감탄이 나온다. 차, 커피, 시나몬, 카르다몸 외에도 분명 그 어떤 비밀스런 향신료가 들어갔을 것이다.

전쟁 후 새롭게 생겨난 우리나라 다방에는 지금의 바리스타 격인 '주방장'이 있었다. 그 시절 커피의 품질이라고 해야 다들 그만그만한 수준인데다, 인근 다방과 경쟁이 치열해지던 때였던지라 각 다방에서는 '원두는 같은데 특별히 맛있는 커피를 만든다'고 소문난 유명 주방장을 서로 모셔가기 위한 스카우트 전쟁이 일었었다. 다방의 주방은 칸막이로 가려져 있어 안을 볼 수 없었고 반달 모양으로 작은 구멍을 내어 커피잔 서너 개만 겨우 드나들 수 있었다. 주방장의 허락 없이는 감히 누구도 들어갈 엄두를 못 내던 그런 엄격한 공간이었다. 커피는 대개 직원들이 출근하기 전 아침 일찍 아무도 몰래 준비했다. 어떤 이는 커피 원두에 담배꽁초 한 개비를 풀어 섞기도, 어떤 이는 계란 껍데기나 귤 껍질을 섞기도, 또다른 어떤 이는 소금 한 움큼을 넣어 끓이기도 해 이른바 자신만의 비법으로 커피를 만들어냈다. 이제는 아득하기만 한 예전의 풍경이다.

넘치는 커피 주전자를 아주 센 불에 내렸다 다시 올렸다 하는 일을 수차례 반복한다. 청년의 어깨 너머로 모카 항에서 봤던 연유캔이 보인다. 한국에 돌아와 아무리 그 맛을 내려 해도 안되던 것이 바로 이 단맛을 내는 공공연한 비밀 레시피, 연유 때문이리라. 커피는 적당히 묵직했다. 잘 차려입은 예멘 신사가 나무 테이블에 걸터앉아 주문한다. 그윽이 눈을 감으며 커피 한 잔을 들이켠다. 그의 자세에서 멋스러움이 절로 풍긴다. 친구들이 오고 있다며 차 한 잔과 커피 여러 잔을 더 시킨다. 도대체 이 멋스러움은 어디서 오는 것일까?

나는 해마다 여름방학이 끝나갈 무렵이면 청년들과 무리를 지어 전국의 다방을 돌아다닌다. 사라져가는 다방의 흔적을 모으고 기록을 정리하기 위해서다. 그 옛날 다방을 드나들던 사람들을 일컬어 '다방깨나 다니던 양반'이라고 표현한다. 지식인 축에 속하거나 적당히 풍류를 즐길 줄 안다거나, 아니면 사는 데 제법 여유가 있다거나 하는 이들을 말한다. 나는 이 초라한 푸른 천막 커피하우스에서 옛 우리 어른들의 '여유로움'을 보았다. 잠시 후면 올 친구들을 기다리며 커피를 시

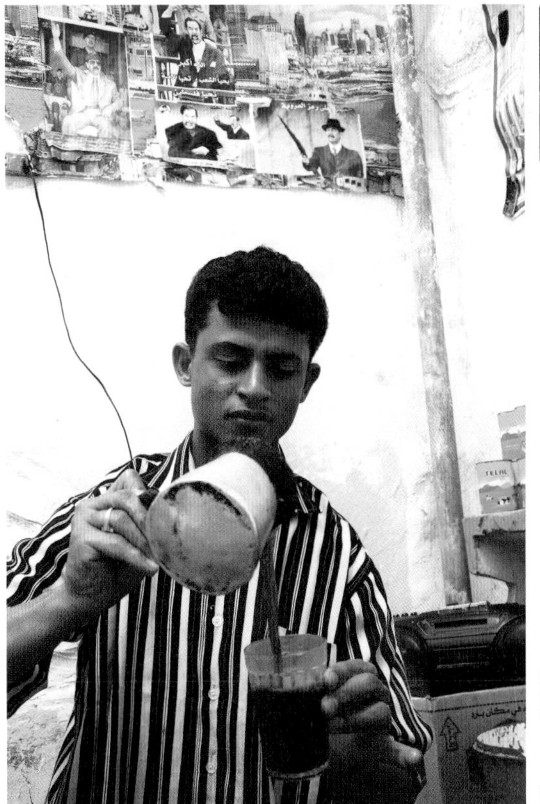

يس
القرآن الحكيم

킨다. 좀 식으면 어떤가, 커피맛이 무에 그리 대순가. 평소 누군가가 식은 커피를 내어오거나 좀 싱거운 커피를 내어올 때면 어김없이 한소리 해야 직성이 풀리던 스스로를 돌아본다. 보고 싶은 친구를 기다리는 마음이나, 기다리는 동안의 여유는 대수롭지 않은 것이라 여기고 단세포적으로 '커피맛'에만 탐닉하고 사는 것은 아니었을까. 테이크아웃 컵에 담아 바쁜 걸음을 재촉하고 가공된 캐러멜 향과 다디단 생크림에 열광하며 커피를 즐기는 우리의 오늘에 탄식을 금할 길 없다. 여기서는 커피를 끓이는 사람은 정성을 다해 준비하고 마실 사람은 충분히 즐길 여유를 갖고 기다린다. 그가 기다리던 친구가 반갑게 인사하며 그의 곁에 앉는다. 영화 속 한 장면처럼 떠나지 않는 기억이다. 그들의 커피 마시는 모습에 반해 한동안 천막 카페를 떠나지 않았다.

바쁜 하루가 지나간다. 구시가지에 땅거미가 내려앉으면 예멘의 여인들은 거리에서 자취를 감춘다. 여성을 보호하기 위한 예멘의 전통이다. 먼 옛날, 언제 일어날지 모르는 전쟁에 대비해 칼을 차고 다녔던 예멘 남자들. 그들은 새로운 것을 추구하기보다는 자신들의 전통을 지키는 데 자부심을 갖는다. 그 덕에 사나에는 오늘날에도 아라비아의 신비가 살아 숨 쉬고 있다.

메마른 땅 위의 신성한 커피

밥알예멘의 아침은 이곳저곳에서 들려오는 아잔 소리와 사람들의 웅성거림으로 꾸물거릴 틈이 없다. 모카 마타리를 찾아 바니 마타르로 나섰다. 어제 만난 할아버지 운전사를 다른 사람으로 바꿨다. 너무 서툰 운전 솜씨로 시간이 지체돼 바꿨는데 오늘은 어떨지 걱정이다. (앞에서 말한 두번째 운전기사가 바로 이 사람이다.) 차를 타자마자 깨달았는데 이 친구는 말이 참 많았다. 핸드폰을 새로 샀는지 운전 중에도 누군가와 끊임없이 통화중이다. 아이만이 얼마나 훌륭했는지 그가 그리웠다.

어제 알리 형제에게 물어 바니 마타르 가는 길을 알아두었다. 그려준 지도가 간단해 찾기 쉬울 줄 알았는데 그렇지 않았다. 가는 도중에 시장엘 들러 자동차를 바꿔 탔다. 승용차로는 갈 수 없는 길이라 한다. 트럭은 30년은 족히 넘었을 것 같다. 타이어도 부실하기 짝이 없어 보였다. 울퉁불퉁한 비포장 급경사 내리막길을 가는 동안 트럭 뒷자리에 서서 난간을 잡고 버텨야 했는데 트럭이 낡아 부스러질 것 같다. 박 피디는 내려오는 내내 계곡길을 카메라에 담느라 여념이 없었는데,

나는 한손으로는 난간을 다른 한손으로는 그의 허리띠를 잡고 있었다. 50킬로미터 남짓이라 했는데 족히 두 배는 넘는 것 같았다. 길은 위험하기 짝이 없었다. 천길 낭떠러지가 발아래에 있다. 계곡 아래로 한번 내려가면 다시는 못 돌아올 것 같다는 생각이 들었다. 온몸으로 용을 쓰며 버텼다. 가는 동안 자동차는 한 대도 마주치지 않았다. 계곡 깊숙한 산골 오지답게 중간중간 집이 보여 다 왔나보다 하면 또다시 내려갔다. 푸석거리는 돌이 트럭 바퀴에 미끄러져 아래로 굴러떨어진다. 예멘에 오면서 미국 관광객의 참수 소식을 듣고는 테러가 걱정돼 나이키 마크가 들어간 모자며 옷가지를 배낭 밑바닥에 깊숙이 넣어두었다. 그렇지만 지금 이 순간 테러가 아니라 비포장 고갯길을 달리다 추락사할 지경이다. 도저히 길 아래를 쳐다볼 수가 없어 눈 감고 기도만 드렸다.

천신만고 끝에 바니 마타르 지역의 중심 이즈바Izbar 마을에 도착했다. 온몸에 힘을 쓴 탓에 맥이 빠진다. 안도의 한숨을 내쉬었다. 모카 마타리의 생산지 바니 마타르, 100여 개의 커피 농업조합들이 모여 모카 마타리라는 하나의 이름으로 세상 밖에 커피를 전하는 이곳에 드디어 온 것이다. 우리가 내려온 길을 보려 뒤돌아봤지만 굽이굽이 산들로 막혀 있어 보이지 않는다. 마을 앞에 시커먼 바닥을 드러낸 계곡은 아직도 한참 발아래에 있다. 산과 계곡의 모습이 지구 밖 모습 같다. 하늘은 뿌옇다. 시커먼 바위산에는 단 한 점의 초록도 없다. 절개지切開地처럼 드러난 절벽 면으로 조각품처럼 새겨진 단층이 얼마나 오랜 세월이 흘렀는지 말해준다. 오래전 이곳 계곡에는 물이 흘렀으리라. 흔치 않은 이방인의 방문에 마을에서 작은 잔치가 벌어졌다. 동네 남자들이 모두 나와 한 사람씩 일일이 우리와 악수했다. 유명 인사가 된 듯했다. 커피차 키시르와 먹을거리가 나왔다. 키시르는 기대했던 것보다 묽었는데 우리의 보리차를 짙게 우려낸 정도였다.

비탈진 언덕에 커피나무가 힘없이 서 있다. 돌을 쌓아 계단식으로 만들기는 했지만 돌보기가 쉽지 않아 보였다. 야생종은 아니나 그에 가까워 보일 정도로 커피나무에는 사람의 손길이 닿지 않았다. 모두 비쩍 말라 있다. 줄지어 커피 나무를 심을 형편이 아닌 탓에 수간이 좁아 줄기는 옆으로 퍼지지 못하고 모두 하늘을 향해 있다. 키만 뻘쭘하게 큰 형국이다. 이곳에서의 커피 재배가 결코 쉽지 않다는 것은 굳이 설명을 듣지 않고 주변을 둘러보는 것만으로도 충분히 알 수 있었다. 한창 수확기인 줄 알았는데 그렇지 않은 모양이다.

호기심에 가득 찬 마을 사람들이 우리 뒤를 따른다. 가장 웃어른인 80세의 아메드 씨에게 커피 재배에 대해 물었다.

"과거에는 물이 흔해 농사가 잘돼서 사람들이 여기 많이 모여 살았어요. 산꼭대기는 물이 없지만 계곡으로 내려올수록 물이 많기 때문이지요. 그렇지만 이젠 형편이 달라졌어요. 물이 제일 큰 문제예요."

그는 긴 한숨을 내쉰다. 주위를 둘러싼 동네 사람들은 모두 그 말에 고개를 끄덕인다.

"대도시 사나에 지하수를 많이 설치하면서 이곳의 수량이 줄어들고 있어요. 작년까지만 해도 이 정도는 아니었는데 올해 들어서 너무 눈에 띄게 줄었어요. 몇 달째 비도 전혀 오지 않아 우물이 다 말랐어요."

재배 환경은 점점 나빠져 올해 수확은 크게 기대할 수 없는 형편이라 한다. 커피나무가 잘려나가고 그 자리에 카트가 심어진다는 이야기가 이어진다.

"대부분의 커피 농가들이 이제 카트를 재배하려고 해요. 카트가 커피보다 훨씬 가뭄에 강해 키우기도 수월하지요. 커피가 1년에 한 번이나 두 번 수확하는 데 비해 카트는 네 번이나 되니 돈을 더 벌 수 있어요."

안타까운 현실이다. 메마른 땅 위에 힘겹게 뿌리내리고 있는 커피나무와 바닥을 보이는 마을공동의 물 저장 탱크가 커피 재배의 어려움을 잘 나타내고 있다. 그럼에도 불구하고 아직까지 이들은 커피 재배를 하고 있다. 왜일까?

커피는 15세기에 아덴 항 인근 남부 예멘의 수피교도들에 의해 세상에 알려졌고 예멘을 떠나 메카가 있는 북으로 향하면서 전파됐다. 그때를 예멘 커피의 시작으로 보면 이곳의 커피 경작은 이미 600년의 세월 동안 이어져왔다. 지금의 농부들이 몇 년 전부터, 자신의 몇 대조 할아버지부터 커피 농사를 지었는지 알 리는 없다. 그들은 오직 자신의 선조들이 유구한 세월 동안 간직해온 일, 농사짓는 일 외에는 할 줄 아는 것이 없어 커피를 재배하고 있다. 다른 선택이 가능한 형편도 아니다. 거리상으로는 도시와 그리 멀지 않지만 철저히 문명과 떨어져 사는 이들이 커피 열매 따는 일이며, 농기구를 수리하는 일, 커피 상인들이 찾아오면 적당히 값을 흥정해 한 닢이라도 더 받을 궁리를 하는 일 외에 무엇을 더 할 수 있겠는가. 지금의 삶을 마땅히 주어진 운명으로 알고 그렇게 살아가는 것이다. 이제 곧 그들은 커피를 수확할 것이다. 비쩍 말랐지만 수확할 커피나무와 인정 넘치는 이

웃이 가득하다. 비탈진 곳에서 하는 커피 농사에는 신성한 땀이 절대적으로 필요해 열매를 딸 때, 딴 열매를 말릴 때, 그것을 운반할 때의 일이 모두 마을 사람들 공동의 몫이다. 모두 한데 모여 옹기종기 살아갈 수밖에 없는 행복한 이유이기도 하다.

바니 마타르에서 커피 수확은 특이하게 타이어 튜브를 가방처럼 만들어 어깨에 둘러메고 한다. 한 동네 청년이 막 딴 커피 열매를 보자기에 담아 자랑스럽게 내왔다. 탐스러운 커피체리가 아름답다. 이 커피체리는 그대로 천막 조각 위에 놓여 옥상 위나 산비탈 중 조금이라도 평평한 곳에서 말려진다. 물기는 빠지고 색은 점점 짙어질 것이다. 농부들은 커피체리가 짓무르지 않게 자주 뒤집어줘야 한다. 자연건조식의 특징인 발효 비법의 숨겨진 과정이다.

커피 원두 가공 방법 중 자연건조식은 가장 고전적인 방식이다. 날씨에 따라 달라지지만 대개 한 달여를 농부의 집 앞마당이나 옥상에서 말리는데 적정한 건조가 생두의 품질에 직접적인 영향을 준다. 너무 많이 건조하면 열매의 껍질을 벗겨내는 헐링 과정에서 생두가 쉽게 부서지고 반대로 너무 덜 건조되면 박테리아 번식 등 변질이 일어나기 쉽다. 세계시장에서는 대개 자메이카 블루마운틴이나 하와이 코나처럼 명성 높은 커피에서 사용하는 방식인 수세식을 자연건조식에 비해 높게 평가한다. 이곳에서야 엄두도 못 낼 일이지만 물이 충분하다면 수세식을 쓰는 것은 당연하다. 수세식이 특별히 좋아서라거나 더 우수하기 때문에 그 방식으로 결정되는 것이 아니다. 주어진 환경에 따라 가공 방법이 결정되는 것이다. 균일성이나 등급 매기기의 투명성 그리고 이물질 함유량 등에서 수세식이 자연

평평한 곳에 커피체리를 깔고 짓무르지 않게 자주 뒤집어주는 것, 자연건조식의 발효 비법이다.

건조식보다 우수한 것은 사실이지만 역설적으로 말하자면 예멘 커피가 수세식으로 가공된다면 그것은 더이상 예멘 커피가 아니다.

농부들은 무거운 커피 마대를 어깨에 둘러메고 옥상으로 올라간다. 옥상은 유일하게 햇빛이 잘 드는 평평한 곳이다. 고된 일이지만 여기 사람들은 운명으로 받아들이며 살아간다. 지금은 커피나무를 베어내고 카트로 작물을 바꾸는 것을 전통을 거스르는 위험한 일로 생각하는 이들이, 언젠가 큰돈이 된다면 결국 카트로 작물을 바꾸게 될지도 모를 일이다. 아니 곧 커피나무가 카트로 바뀔 것 같다. 적어도 바니 마타르는 그렇다. 더이상 물을 구할 수 없어 고향을 등지게 될 날이 그리 멀지 않을지도 모르겠다.

역사와 전통을 지키는 것과 변화에 적절하게 대응하는 것이 마치 남사당의 밧줄 타기처럼 위험천만하게 좌우를 살피며 걷는 일임을 절감하게 된다. 우리는 너무 쉽게 살아가는 방식을 바꾸는 것은 아닐까. 작년에 산 핸드폰을 새로 나온 스마트폰으로 바꾸면서 빠른 속도와 편리함만을 좇는 것은 아닐까. 최근에는 알함다니Al-Hamdani 같은 예멘의 커피 대기업이 바니 마타르에 지사를 두어 농부들이 생산한 커피를 직접 사들인다는 소식이 들린다. 이 소식이 농민들에게 어떤 희망을 줄지, 아니면 더 고통을 줄지 지켜봐야 할 것이다.

돌아오는 길은 마음도 무거웠고 자동차도 힘이 없었다. 절벽 오르막길에서 시동이 꺼졌다. 낭떠러지를 보며 다시 두려움이 몰려왔다. 모두 내려 트럭을 밀었다. 박 피디는 촬영에 열중한다. 다큐멘터리 피디로서 박 피디가 가장 원하는, 뜻하지 않은 돌발 변수가 생겨서 기뻐하는 눈치다. 운전수는 대수롭지 않다는 듯 차가 멈출 때마다 내리라고 했다. 여러 번 내려서 밀었다. 물 문제뿐 아니라 도로 문제도 심각했다. 모카 마타리는 세계 커피 시장에서 높은 가격으로 거래되고 있다. 이대로라면 생산량은 점점 줄어들고 가격은 계속 오를 것이다. 농민들의 삶의 질도 오를 것인가. 마을에서 만났던 사람들의 근심 어린 표정이 내내 머릿속에서 사라지지 않는다. 눈을 꼭 감고 기도드리다 잠이 들었는지 어느새 사나에 도착했다. 올드 사나의 푸른 천막 카페에서 진한 커피 한 잔으로 하루를 마무리한다. 아름다운 불빛. 해가 지면 다시 올드 사나는 붉게 물든다.

커피의 고향은 예멘이다?

곤하게 자고 일어났다. 오늘은 모처럼 아침시간이 여유롭다. 사나 대학Sana'a University의 역사학자 유스르M. Yusr 교수와 점심 이후에 만나기로 했기 때문이다. 혼자 숙소 앞 화단에 걸터앉아 지나가는 사람들을 쳐다본다. 버스를 기다리는 검은 베일 속의 여인이 인상적이다. 슬쩍 보이는 굽 높은 구두에서 베일 속에서도 아름답게 보이려는 여인들의 본능을 훔쳐본다. 가족들의 나들이도 보인다. 아이들의 미소는 아름답기가 어딜 가나 같다. 화단의 이름 모를 꽃들은 아침햇살을 받아 더욱 색이 곱다. 절대자의 섬세한 창조력에 새삼 경의를 표하지 않을 수 없다. 평화로운 아침이다.

유스르 교수와는 한국에서부터 미리 연락을 주고받았던 덕에 반가움이 더 컸다. 작은 체구의 그는 사람 좋아 보이는 온화한 눈빛을 지녔다. 우리는 학교 총장실로 안내되어 정치성 짙어 보이는 총장으로부터 학교 자랑을 들은 뒤 살레Saleh 대통령 사진을 배경으로 기념촬영을 했다.

교정 벤치에 앉아 유스르 교수에게 사나의 역사 이야기부터 들었다.

"사나의 역사는 기원전 1세기부터 시작되는데 이슬람 시대에 크게 발전했습니다. 이슬람 세계의 중요 도시가 되면서 여러 개의 큰 모스크가 지어지고 사람들이 모여들면서 지금의 올드 사나가 된 것입니다."

그는 본격적으로 커피역사에 대해 설명하기 시작했다.

"커피가 처음 예멘에 전해진 시기는 15세기 중반 이후입니다. 1228년, 남부 지역 타이즈Taizz에 새로운 왕조가 들어서면서 수도 타이즈가 번성합니다. 이로 말미암아 지리적으로 가까운 모카 항과 아덴 항이 활기를 띠게 되었고 이때 수피즘이 알려지기 시작합니다. 수피즘이 예멘에 이른 것에 대해서는 지금 말한 것 같은 역사 기록이 있으나, 그렇다고 이 시기에 커피가 같이 존재했다고 보지는 않습니다. 커피는 그때까지 알려지지 않았던 것이지요."

예멘 커피의 역사 기록에 대해서는 와일드A. Wild의 『Coffee』를 참고할 수 있다. 1271년에 라줄리드Rasulid 왕이 여러 식물 종에 대해 기록을 남겨두었으나 커피에 관한 기록은 없었다. 타이즈를 방문해 꼼꼼한 방문기를 남긴 여행가 이븐 바투다Ibn Battutah의 1330년 기록에도 커피에 관한 것은 없다. 1430년에 하라르로부터 카트를 들여온 기록이 있기는 하나 이 역시 자세히 살펴보면 사실로 받아들이기에는 어려움이 있다.

"1454년까지 계속된 라줄리드 왕조 말기, 수피교도들은 커피가 밤새워 기도드릴 때 잠에서 깨 있도록 해주는 힘 외에도 신비한 힘이 있다고 믿게 됩니다. 커피를 볶는 과정에서 수피교도들은 특별한 경험을 하게 됩니다. 영혼에서 심장으로, 커피를 볶는 행동이 신성한 의식으로, 전이가 이루어집니다. 커피가 육체와 영혼에 모두 작용한다는 것이지요. 그리고 이때를 예멘에 커피가 처음 전해진 시기로 봅니다."

그렇다, 예멘은 이슬람 세력 이전까지는 와인 생산지였다. 이슬람에 의해 예멘은 커피 생산지로 변했으며 이슬람은 다시 예멘에 의해 급속히 세력을 팽창하게 된다.

"그렇다면 커피가 예멘에서 처음 재배된 시기는 언제인가요?"

"커피 재배는 16세기 말 북부 고산지대에서 시작되었다고 봅니다. 1689년에 예멘을 방문한 프랑스의 여행가인 로크J. Roque의 저서 『Voyage de L'Arabie Heureuse』에 커피나무 재배에 관한 자세한 기록이 있습니다."

> "예멘에 있는 왕의 정원은 그 나라에 흔했던 온갖 종류의 나무로 꾸며졌는데 그다지 특별한 것은 없었다. 그 나무들 중 커피나무가 있었는데 최고의 나무였다. (……) 왕은 '커피나무는 우리나라에서는 흔하지만, 그것 때문에 커피나무가 덜 소중한 것은 아니다. 늘 푸른 초록이 나를 기쁘게 했으며 또한 다른 곳에서는 만날 수 없는 과실을 만들어낸다는 것도 나를 기쁘게 한다. 나의 정원에서 그 과실이 열렸을 때 내 손으로 직접 심은 나무에서 나온 열매라 말할 수 있는 것은 나의 큰 자랑거리이다'라고 말했다."
>
> —W. Ukers, 『All about Coffee』

칼디의 전설에 대해 이야기를 꺼내자 그는 즉답한다.

"에티오피아 커피 기원설은 그야말로 전설입니다. 그렇지만 지금 제가 말씀드린 예멘의 역사는 기록으로 존재합니다. 역사를 논하면서 전설로 대신할 수는 없지 않습니까? 커피는 처음 예멘에서 시작되었습니다."

나는 달리 반박할 말이 생각나지 않았다. 아니 그의 말이 맞았다. 커피의 고향 에티오피아 짐마에서 만난 아두나Adugna 학장도 자신은 농학자이니 역사 이야기는 자신 없다고 한 말이 떠올랐다. 그렇다면 내가 지금까지 알고 있었던 사실, 즉 에티오피아에서 800년경에 커피가 발견되었다는 설은 잘못됐다는 말인가? 나는 여태 우리 박물관에서 커피역사 이야기를 하면서 에티오피아 카파Kaffa, 즉 짐마 지역이 커피의 고향이라는 것을 한 번도 의심해본 적이 없었다. 그러나 유스르 교수의 주장을 들은 후 어쩌면 그럴 수도 있겠다는 생각을 갖게 되었다. 충분히 설득력이 있는 이야기다. 에티오피아 역사학자와 토론이라도 벌여보겠다며 그는 자신 있는 태도다. 나는 한국으로 돌아가 박물관협회에 도움을 청해, 한자리에 두 나라의 역사학자를 모아 그들이 조사해온 커피역사에 대해 열띤 토론을 벌여야겠다는 궁리를 했다. 그에게 한국에 와서 역사 이야기를 들려달라는 부탁을 거듭했다.

우리가 학생들을 만나보고 싶다 하자 그는 자신의 제자 몇몇을 불러 소개해주고는 강의시간에 늦었다며 아쉬운 작별인사를 나누고 떠났다. 베일 속의 학생들은 뜻밖에도 자유분방함으로 넘쳐났다. 한결같이 아름다운 미소를 지녔다. 누가 이곳을 자살폭탄의 땅이라 하겠는가. 미국에 적대적이라는 예멘 학생들의 영어 실력은 수준급이었다. 히잡에 대해 물었다.

"저는 무슬림이 아니에요. 그냥 우리 전통 문화를 존중하기 위해 히잡을 쓰고

자신만의 행복의 틀을 만들어놓고 그 틀을 벗어나 사는 사람들은 모두 불행하다고 믿는 것은 아닐까?

있는 거지요. 무슬림 여자는 원래 히잡을 써야 돼요. 이슬람 종교 규칙 중에 여자가 히잡을 쓰는 규칙이 있기 때문이에요. 그렇지만 나는 이 규칙과는 상관없이 히잡 쓰는 게 좋아요."

꽃무늬가 그려진 화려한 히잡을 쓴 학생이 말한다.

"그 모든 것은 우리 스스로가 선택한 거예요. 쓰라고 하는 사람도 없고 우리도 강제적으로 하는 게 아니죠. 그리고 불편한 게 없어요. 색깔도 다양하고요. 히잡을 쓰고 싶어 하거나 니깝Niqab● 을 쓰고 싶어 하거나 사람마다 취향이 다 달라요."

커피 마실 때가 궁금해 물었더니 검은 니깝을 쓴 학생이 말을 잇는다.

"여자들만 있는 곳이라면 그냥 젖히고 커피 마시면 돼요. 사람들은 불편할 거라고 생각하는데 우리는 그렇지 않아요."

그녀들의 생활을 짧은 대화로 다 알 수는 없겠지만 쾌활한 학생들과의 시간을 통해 내가 얼마나 지독한 편견을 가지고 있었는지 깨달을 수 있었다. 사람들은 저마다 자신에게 행복한 것이 다른 이들에게도 행복하리라 믿는다. 자신만의 행복의 틀을 만들어놓고 그 틀을 벗어나 사는 사람들은 모두 불행하다고 믿는 것은 아닐까? 헤어지며 손 흔들어주는 그녀들을 한국에서 다시 볼 수 있으면 좋겠다는 생각을 했다.

밥알예멘 꼭대기에 올랐다. 높은 빌딩이 없는 덕에 탁 트여 멀리까지 잘 보인다. 모스크 미나레트만 군데군데 둥글게 솟아 있다. 멀리 산들이 야트막하게 구시가지를 감싸고 있어 유구한 역사의 현장이 한눈에 들어온다. 아 고색창연함이여! 저녁, 황금빛으로 사나 구시가지가 물들어간다. 푸른 천막 커피집도 환하게 불을 밝히고 있다.

● **니깝** 눈을 제외한 전신을 가리는 이슬람 전통 복장.

커피나무 한 그루를 심다

모카 사나니 산지를 찾아 마투브Mathoob로 향했다. 잘 닦인 도로에 상쾌한 바람이 분다. 건조하기는 큰 차이가 없지만 서북쪽으로 향하는 길은 탄탄대로에 차도 많지 않아 쾌적하다. 멀리 산중턱 위로는 여전히 돌산이어서 삭막하지만 잘 닦인 도로를 사이에 두고 길 양쪽으로는 나무가 보기 좋게 심어져 있다. 집들도 하나씩 새로 지어지고 있다. 인도와 차도의 경계가 따로 없는 길을 아이들이 걷고, 쓰레기 조각들이 길옆으로 나뒹군다. 근대화와 그 폐해를 나란히 보는 듯해 씁쓸하다.

커피나무가 눈에 띄기 시작한다. 얕은 언덕 위 잘 자란 커피나무 사이로 농부의 모습이 보인다. 그는 불쑥 찾아간 일행을 보자마자 어서 오라 손짓한다. 여기 사람들의 친절은 어딜 가나 한결같다. 언제부터 커피 농사를 지었느냐는 질문에 쉬지도 않고 답한다. 활기찬 표정이다.

"어릴 때부터 해오던 일이에요. 이제 새로 땅을 일궈 좀더 많은 나무를 심으려고 해요. 어서 이리와봐요. 여기 잘 익은 커피나무들이 있어요. 이쪽은 옛날부터 있던 나무들이고 저쪽은 새로 심을 땅이에요."

나뭇가지를 들추며 그중 잘 익은 가지 한 줄을 꺾어 보여준다. 입에 물고 크게 한 바퀴 돌며 춤을 춘다. 그의 우스꽝스런 춤사위에 웃음꽃이 피었다. 그는 신이 나서 어린 묘목을 키우고 있는 천막 안으로 우릴 안내한다.

"이것 봐요. 내가 우리 커피가 왜 좋은지 지금부터 알려줄게요. 이 녀석이 우리 커피가 얼마나 좋은지를 보여주는 건데 이 작은 녀석들이 흙 속을 돌아다니며 배설물을 쏟아내고 흙 속에 작은 구멍을 내고 다녀요. 그러면 이 나무들은 충분한 영양분을 먹고 잘 자라게 되는 거지요. 하하하."

작은 벌레를 손바닥에 올려놓고 보라며 호탕하게 웃는다. 씨앗을 심어 떡잎이 나오고 떡잎이 제 기능을 상실할 때쯤이면 본엽本葉이 나와 커피나무는 튼실해진다. 그늘막 아래 가지런히 줄지어 자란 어린 묘목들은 여러 달을 기다려 이제 막 이식할 채비를 마쳤다. 여린 잎들은 영롱한 초록빛을 띤다. 보람찬 기다림이다.

최근 들어 곳곳에서 국내산 커피 재배에 성공했다는 소식이 들려온다. 강원도 어디에서 '경제성이 있는 커피 재배 첫 상업화 성공'이라느니, 제주도에서는 '직접 재배한 커피를 맛볼 수 있는 축제를 연다'느니 야단법석이다. 20년이 다 되도록 커피 노지 재배를 연구하며 해마다 실패의 쓴잔을 마시고 있는 나로서는 경천동지할 소식들이다. 1992년에 일본 잡지 『커피와 홍차 연구』에서 "두 사람이 합쳐 168살 된 부부가 일본에서 커피 재배 성공"이라는 제목의 기사를 보고 나는 커피 재배에 대해 처음으로 관심을 갖게 됐다. 잡지 속 주인공과 여러 차례 장문의 편지를 주고받던 이듬해 나는 일본으로 건너가 노부부의 커피나무 '신세계' 이야기를 듣고 깊은 감명을 받았다. 그때부터 나는 '우리나라의 산골 오지에서도 커피

나무가 자랄 수 있게 하는 것'을 일생의 사명으로 삼았다. 우리나라에서 커피가 안되는 이유는 단 한 가지 '온도' 때문이다. 매서운 겨울 한파를 어떻게 견딜 수 있을까? 이른바 '내한성' '내랭성耐冷性'을 키우는 일이 가장 중요하다. 온실에서 키울 때는 겨울을 나기 위해서 온도를 높여주면 그만이다. 많은 연료비를 들이는 만큼 살아남는 것은 문제가 되지 않는다. 물론 온실의 열악한 환경 탓에 깍지벌레 등이 골칫거리이지만 그렇다고 그것이 생사를 결정지을 정도로 심각한 문제는 아니다. 온실에서 커피체리 몇 킬로그램, 몇 마대를 수확했다고 어찌 그리 호들갑을 떠는가?

지난해 박물관 온실에서는 세계 각지에서 채종한 고지대 아라비카 커피 15개 종種, 353주株가 겨울을 나며 단 3주만 살아남았다. 해마다 지온 계측기를 이용해 온실 온도를 낮춰주고 있는데 처음 시작할 때 최저온도 15도이던 것을 지난겨울에는 4도로 낮추었다. 단 세 그루이기는 하지만 이 커피나무는 3대째 한국 땅에 뿌리를 내린, 강한 내한성 인자를 지닌 나무다. 초록의 커피나무를 기대하고 박물관을 찾은 관람객들이 얼어 죽은 커피나무를 보고 실망하는 것을 나는 잘 안다. 관람을 위해 온도를 올려 살리는 것이 맞는 일일까? 어려운 현실을 있는 그대로 보여줄 필요가 있는 것일까? 그러나 다른 도리가 없다. 진정함이란 누가 알아주지 않아도 서운할 일이 없고 가벼움이란 알아보면 안 되는데도 알아주기를 바란다. 진정함은 가려도 진정함이고 가벼움은 숨겨도 가벼움 아니겠는가.

잠시 상념에 잠긴 사이, 농부는 큰 소리로 집에 있던 두 아들을 불러 커피를 준비시킨 뒤 언덕 위에 새로 일군 땅으로 우리를 안내한다. 막 심어둔 어린 나무가

힘겹게 뿌리를 내리고 있다.

잘 갈아 엎어놓은 흙에 구덩이를 파고는 어린 나무 한 그루를 소중히 두 손으로 감싸 구덩이에 묻는다. 무릎을 꿇고 신께 기도드리는 것을 잊지 않는다. 고운 흙을 뿌리 옆에 뿌려준다. 그 위로 거친 흙을 덮고 엄지발가락과 검지발가락 사이에 나뭇가지를 끼우고는 꾹꾹 밟아준다. 특이한 방식이다. 주변에 있는 나무 막대기 몇 개와 돌로 벽을 만들고, 언제 가져다 놓았는지 그 위에 종이 박스를 비스듬히 덮어 그늘을 만들어준다. 작은 플라스틱 양동이에 담긴 물을 붓고 나면 마침내 이 집안의 소중한 살림밑천인 커피나무 한 그루를 심는 일이 끝난다. 큰일을 끝낸 것처럼 득의양양하다. 그의 허리춤에 찬 잠비야와 미소가 빛을 발하는 순간이다.

집 앞마당 나무 그늘 아래에 자리가 깔려 있다. 기댈 수 있는 큼지막한 베개도 놓여 있다. 어디를 가나 사람들이 비스듬히 기대앉는 것으로 미루어보건데, 예멘 고유의 풍습인 듯했다. 작은아들이 커피를 들고 나왔다. 건배와 러브샷을 거푸하며 잠시 가벼운 즐거움에 빠졌다. 커피잔을 다 비워갈 무렵 농부는 진지한 표정으로 아들 녀석을 한국으로 데려가줄 수 없겠냐고 부탁한다. 아프리카 짐마에서 만난 아홉 아이를 둔 농부가 했던 똑같은 내용의 간절한 부탁이 떠오른다. 자식 잘되기를 바라는 부모 마음이야 크게 다를까. 부탁을 받을 때면 그러고 싶은 마음이 앞서지만 앞뒤 생각해보면 늘 쉽지 않다는 쪽으로 결론이 나 딱한 심정이다. 커피 묘목 한 주에 200예멘리알, 1달러 정도 하는 커피나무가 그의 두 아들에게 앞으로 30년 동안 사나니 커피라는 이름표를 달고 큰 기쁨을 전해줄 것이라 위안해본다. 나무를 심는다는 것은 자식을 위한 아버지의 기쁨이리라.

해발 2750미터 절벽 위의 요새 마을 코카반Kawkaban에서 절경과 마주쳤다. 세차게 부는 바람을 맞으며 아득한 절벽 아래 끝없이 펼쳐진 광활한 대지를 품으려 크게 심호흡했다. 절로 숙연해진다. 하늘 높은 곳에 세워진 다른 세계의 사람들답게 코카반 사람들에게서는 왠지 용맹스러움이 배어났다. 부족 간의 잦은 분쟁에서 살아남기 위해 절벽 위에 터를 잡은 코카반 사람들. 그날 때맞춰 전통 결혼식이 열린 덕에 우리는 그들의 진기한 결혼 풍습을 가까이서 지켜볼 수 있었다. 긴 행렬의 꽁무니를 졸졸 쫓아다니며 그들과 친구가 되었다.

코카반 아랫마을 시밤Shibam으로 내려와 화려한 카페에서 뜻밖의 호사스런 시간을 보냈다. 커피를 마셨지만 정작 커피에 대한 기억보다는 카트에 대한 기억이 더 강하게 떠오른다. 점심시간이 지나 노곤한 시간, 아치형의 전통 창 카마리아● 를 통해 들어오는 신비한 햇살이 붉은 카펫을 비추고 있다. 사람들은 벽에 빙 둘러진 화려한 문양이 돋보이는 좌식 소파에 몸을 비스듬히 기대고 있다. 왕이 된 듯 모두 거만한 자세다. 차와 커피 그리고 간단한 먹을거리가 테이블 위에 놓여 있지만 대부분은 카트에 몰입해 거들떠보지 않는다. 좌우 옆 사람과 소곤소곤 이야기를 나눈다. 박 피디와 나는 이번에도 다시 카트의 유혹에 빠져봤지만 역시 특별한 감흥은 없었다. 나오면서 둘러보니 족히 스무 명은 들어갈 정도의 큰 방이 여러 개 있었다. 예멘만의 진풍경이다.

● **카마리아** 달 모양 창. 카마르는 달을 뜻한다.

저녁 늦게 사나로 돌아와 푸른 천막 카페에서 커피 한 잔 하고 알리 형제네 커피 상점에 들렀다. 늦은 시간이라 문을 닫지는 않았을까 걱정했는데 불이 환히 켜져 있다. 그동안의 고생담을 들려주며 소리 내어 웃었다. 향신료가 가득 들어간 예멘 커피 봉지를 사면서, 이 커피를 맛보고 고개를 갸우뚱거릴 박물관 직원들과 커피 교실 학생들이 떠올라 싱긋 웃었다. 동생 알리와 뜨거운 포옹으로 아쉬운 작별 인사를 나누었다.

사나의 마지막 밤이 저물어가고 있다. 작년 모카 항에서 느꼈던 적막감, 영화로웠던 과거를 지키지 못하고 몰락했지만 수피교도의 신비스러움이 곳곳에 묻어 있던 타이즈에서의 생경함, 아덴에서 커피점을 찾아 반나절을 헤매던 황망함을 기억 저편에서 꺼내어 반추해본다. 바니 마타르, 하라즈의 마나카, 사나니의 마투브…… 이름만 되뇌어도 가슴 설레어 한걸음에 다시 달려가고픈 아라비아 커피의 나라 예멘을 이제 떠난다.

사막을 지나온
커피가 머무는 곳

시타델Citadel에 올라 해 지는 카이로를 내려다본다. 피라미드가 아득히 보인다. 줄기차게 내리쬐던 한낮의 태양은 사람들의 피곤한 삶을 잠시나마 쉬게 해주려는 듯 천천히 노을 속으로 사라진다. 카이로는 변함이 없다. 같은 사물이라도 보는 시간에 따라 달리 보이는 것이 세상 이치인데 카이로는 한 달여 전과 똑같은 얼굴을 하고 있다. 짧은 날이었지만 카이로와 나 사이에는 어떤 친밀감이 생겼다. 사람들 때문이리라. 엘피샤위 식구들과 칸엘칼릴리 시장 사람들. 그들은 마치 죽마고우를 만난 듯 반겨준다. '믿지 못할 카이로 사람들'이라는 말도 듣지만 적어도 내가 만난 카이로 사람들은 낙천적인 순박함을 지니고 있었다. 저녁노을이 현란한 밤의 빛으로 바뀌어가고 있다.

아침햇살이 아름다운 이곳 알후세인 모스크 앞 숙소 테라스에서 광장을 내려다본다. 추위를 견디지 못하고 알레포에서 산 내복을 입은 내 모습에 박 피디는 연신 카메라 셔터를 눌러대면서 구부정한 어깨와 잘 어울린다며 할아버지라 놀려댄다. 행복한 시간들이 흐른다. 이보다 큰 호사가 있을까. 인적 드문 마을 뒷동산에 올라 잠시 쉴 때 느껴지는 그런 안온함이다. 시장으로 산책 가는 중에 길거리 카페에 들러 커피 한 잔을 마신다. 가게라야 반 평 남짓이지만 선하게 웃는 주인과 옹기종기 잘 정돈된 커피 기구가 정겹다. 나이가 들어가면서 작은 것, 사소한 것에 정이 간다. 커피 로스터기 제작소도 보인다. 최신식이라고 말해도 철공소 수준이라 쉽게 믿음이 가지 않았다. 번쩍번쩍 광이 나는 스테인리스와 철판의 조합은 아무리 봐도 어색했다.

박 피디가 평소 궁금해하던 이집트의 한류에 대해 알아보기 위해 아인샴스 대학Ain Shams University에 들러 한국어과 학생들을 만나 이야기를 나누며 한류 스타들의 위용에 놀랐다. 주이집트 한국 대사를 만나서는 박물관장으로서 이집트와의 문화 교류에 대해 깊이 얘기를 나누었다. 그러고는 늦지 않게 항구도시 알렉산드리아로 떠났다.

늘 싸구려 숙소만 찾아다닌 것이 박 피디에게 미안해 마지막 여정인 알렉산드리아에서는 좋은 호텔에서 지내자며 벼르고 별러 최고급 호텔 르 메트로폴을 찾았다. 익숙지 않은 분위기의 현관문을 들어서며 머뭇거린다. 우리는 누가 먼저랄 것도 없이 서로를 바라본다. 남루한 행색은 아무리 봐도 기품 있는 호텔 분위기와는 어울리지 않는다. 큰 덩치에 창작하는 사람 특유의 게으른 분위기와는 다르게 실제로는 깔끔 떠는 박 피디는 그래도 봐줄 만하다. 그러나 나는 그렇지 못했다. 낮밤을 가리지 않고 쓰고 다니던 땀에 전 모자, 한 달여 동안 단 두 벌로 버틴 셔츠, 달랑 한 벌뿐인데다 한 번도 빨지 않아 누렇게 색이 변한 바지 그리고 작년 아프리카 탐험 때부터 신고 다닌 너저분한 운동화. 게다가 박물관 전시에 쓰일 유물이며 자료가 하나씩 둘씩 늘어 배낭이고 다른 가방이고 터지기 일보 직전이라 내 모습은 영락없이 고물 장수다. 그동안 깎지 못해 덥수룩한 수염은 또 어떤가? 어색하기 짝이 없었지만 비싼 곳인 만큼 먼저 방을 보여달라고 했다. 과연 훌륭했다. 화려함은 평범한 사람들의 소박함이 있어 더 빛을 발하는가보다. 샹들리에와 소파는 은은하게 반짝였고 벽에 걸린 그림이며 장식물들은 그 자체가 예술품이다. 침대는 화려함의 정수를 보여준다. 방으로 안내해준 중년의 벨 보이를 앞에 두고 서 있는 것만으로 마치 중세의 귀족이 된 듯하다. 그러나 한 가지, 창이 작고 테라스가 없었다. 방 안의 분위기는 과연 고귀함이란 무엇인가를 보여주기에 충분했으나 정작 우리에게 필요한 것은 지중해를 향한 테라스였다. 돌아 나와 무거운 짐을 지고 다시 해안가를 따라 20여 분 걸었다. 지중해가 훤히 내려다보이는 싸구려 호텔의 꼭대기 방에 짐을 풀었다. 팔자소관이려니 했다.

지중해를 바라보며 걸을 수 있도록 해안을 따라 둥근 달 모양으로 곧게 난 아름다운 길. 그 길에 서니 소금기 섞인 바다 내음이 물씬 풍긴다. 해무海霧가 드리워져 사방이 조금 흐리다. 잔잔한 바다가 고풍스러운 건물과 어우러져 멋스럽기는 해도 아스라한 고도古都를 상상하며 온 나로서는 지나치게 현대화된 도시 같다는 느낌을 지울 수 없다. 여느 관광지처럼 한눈에 보여주기보다는, 숨겨놓은 것이 훨씬 더 많은 도시이기를 바라며 해안을 따라 걷는다. 사랑하는 사람과 걷는 길은 가까운 길이요, 미워하는 사람과 걷는 길은 먼 길이라 했는가. 지금 나는 무심히 걷고 있다. 다만 카이로에서 잠시 머물다 사하라 사막을 지나온 커피가 이곳 알렉산드리아에서 다시 지중해를 건너 유럽으로 먼 길을 떠나는 모습을 상상할 뿐이다.

알렉산드리아는 기원전 4세기에 알렉산드로스 대왕이 세운 세계 문화의 중심지였다. 정복지에 자신의 이름을 붙인 수많은 알렉산드리아 중 가장 번성했던 도시였으며 세계 문명의 시발점이기도 했다. 대왕은 그리스와 오리엔트 세계의 지식과 문화를 하나로 아우르는, 이른바 후세가 말하는 '헬레니즘'을 구현하기 위해 이 도시를 건설했다. 지리적으로도 아프리카 대륙의 북쪽 끝과 지중해 건너 유럽, 그리고 동방이 서로 교차하는 지점에 있어 지중해 세계의 진정한 수도였다. 그러나 영화로운 세월을 지낸 알렉산드리아는 이슬람이 주도권을 잡는 7세기가 되면서 쇠퇴의 길로 접어든다. 이슬람은 전통적으로 바닷길보다는 육로를 통한 교역을 선호했고 새로 건설한 이슬람 도시 푸스타트Fustat●가 바로 근처 카이로에 들어섰기 때문이다. 이슬람 제국의 영토가 지중해 반대편인 이탈리아보다는, 서쪽으로는 스페인과 포르투갈의 이베리아 반도로, 동쪽으로는 인도와 중국 서부로 뚜렷하게 확대됐기 때문이기도 했다.

10세기가 지나면서 제노바, 베네치아 등 북부 이탈리아 상인들이 알렉산드리아에 상관商館을 설치해 본격적으로 이슬람 산물을 실어나르면서 다시 교역의 물꼬가 트였다. 활발했던 교역은 1453년 오스만튀르크가 지중해 패권을 차지하면서 다시 흔들리기 시작했다. 이 시기 유럽 열강들은 저마다 앞다투어 신대륙 탐험에 나섰는데 지중해를 통하지 않는 동인도와의 직항로를 새롭게 발견하면서 새 항로를 통해 동서양 간의 직접 교역을 시작했다. 이로 인해 지중해 교역은 점차 그 빛을 잃게 되었다. 긴 세월이 흘러 1869년 수에즈 운하가 완공되고서야 알렉산드리아는 지중해의 중심항으로 거듭나면서 오늘에 이르게 되었다.

알렉산드리아는 대왕이 도시를 건설한 이후 세월이 흐르는 동안 무수히 많은 변화를 겪었다. 정복자의 구미에 따라 그때그때 모습이 달라지는 바람에 도시는 뚜렷한 제 색깔이 없다. 혹자는 알렉산드리아를 두고 '그리스도 시리아도 이집트도 아닌 하나의 잡종'이라 폄하했을 정도다. 중세의 모습인 것 같기도, 19세기인 것 같기도, 어찌 보면 현대의 모조품 같기도 한 모습 때문에 유구한 역사적 가치는 묻혀버렸다. 지금 도시의 모습으로 봐서는 과거 제국 간에 벌어진 침략 전쟁 중에 잃어버린 유산보다는 앞으로 세월이 흐르며 사람들의 무관심으로 묻혀버릴 유산이 더 많지 않을까 불길한 생각이 든다.

카이베이Qaitbay 시타델에서 커피가 유럽으로 향한 지중해 북쪽을 바라본다. 성채에 올라 바라보는 지중해에는 무언지 모를 안쓰러움이 스며 있다. 지중해 사람들에게 바다는 희망이요 꿈이다. 동의 시리아든, 서의 스페인이든 혹은 북의 이탈리아든 그들에게 바다는 그렇다. 바다를 통해 약탈을 당하기도 했으나 그런 아픈 기억보다는 가슴 깊이 타오르는 바다를 향한 희망이 더 절실하다. 커피는 희망이라는 배를 타고 지중해를 넘어 유럽으로 향했다. 희망에 가득 찬 바다 건너 베네치아의 상인들을 떠올린다.

● **푸스타트** 이집트 옛 수도명

베네치아 식물학자 알피니P. Alpini는 1580년부터 3년간 이집트에 머물며 커피에 깊은 관심을 두었다. 알렉산드리아를 거쳐 베네치아로 돌아온 그는 저서 『이집트 식물지Book of Egyptian Plants』(1592)에서 커피나무를 처음으로 유럽인들에게 이렇게 소개했다.

> "이 나무는 (……) 푸른 사철나무속屬 촛대나무같이 생겼는데 잎이 약간 더 두껍고 단단하다. 항상 푸른색이 나무 위에 남아 있다. 열매는 부나Buna라고 불린다. 헤이즐넛보다 더 크고 길고 둥글다. 한쪽이 빼죽하며 양쪽이 고랑져 있는데 두 쪽으로 나뉠 만하되 그 양쪽에는 각각 작고 긴 낱알 하나가 있어 둘이 맞닿는 곳이 납작하다. 노란색을 띠고 신맛을 내지만 한편으론 씁쓸하기도 한 과피에 싸여 있고, 어두운 잿빛을 띤 얇은 껍질에 싸여 있다. 이 열매는 주로 아라비아와 이집트, 그리고 튀르크인들의 영토에 있으며 그들은 이를 달여먹는데 그들에겐 포도주와 같아 보통 선술집Tappe house에서 판매한다."
>
> —M. Ellis, 『The Coffee House』

당시만 해도 유럽에서 커피는 여행가, 학자, 귀족 등 일부 계층에게만 어렴풋이 그 존재가 알려졌었다. 또한 커피라고 해야 낙타 등에 실려 긴 사막을 겨우 넘어 전해진, 튀르크 영토에서나 맛볼 수 있는 쓰디쓴 커피가 전부였으니 지중해를 통해 베네치아로 간 커피는 그야말로 유럽 문화에 일대 변혁을 가져올 획기적인 관심거리였다. 17세기 베네치아는 커피의 수도였으며, 1700년대에 들어서는

200개가 넘는 커피하우스로 넘쳐났다. 그 베네치아의 지중해 반대편에 바로 이곳 알렉산드리아가 있는 것이다.

오후의 따스한 봄기운은 나를 성채에 오랫동안 머물게 했다. 해안가에는 오밀조밀 고깃배들이 한가로이 떠 있다. 성벽에 걸터앉아 높이 든 깃발을 뒤따르는 일본인 단체 관광객들을 바라본다. 가벼운 옷차림이 편안해 보인다. 돌이켜보면 길 떠난 후 한시도 편안함을 가까이 해본 적이 없다. 불편함이 가져다주는 행복한 시간을 어찌 편안함과 견줄 수 있겠는가.

한 달 내내 점심 끼니를 길거리 치킨으로 때운 탓에 한동안은 치킨집 간판도 보기 싫어할, 강팍한 길동무가 있어 속으로는 진저리 쳤을 박 피디에게 누군가 여행길이 어땠느냐 묻는다면 그는 틀림없이 고개를 절레절레 흔들 것이다. 매일 아침 '이제 일어날 시간이야' 하면 어김없이 그 큰 덩치를 일으키며 아침인사를 건네던, 어쩌다 한번쯤은 짜증을 낼 법한데도 긴 여정 내내 나를 존중하던 고마운 친구. 그를 생각하면 나는 언제나 기분이 좋아진다. 생업을 팽개쳐야 하는 탐험길에 내년에도 같이 가자 청한다면 그건 정말 후안무치한 일일 게다. 성채의 망루 안에서 햇살의 기운이 떨어지는 것을 느끼면서 내가 왜 그토록 오랫동안 바다만 바라보고 있었는지, 무슨 생각을 그리 오래 하고 있었는지, 나는 굳이 박 피디에게 내 심정을 설명하지 않았다. 숙소로 돌아가는 길에 산 이집트 와인으로 알렉산드리아의 마지막 밤을 아쉬워만 했다.

게으름을 피우며 조금 늦게 일어나 로마 시대의 원형극장을 찾았다. 시내 한복판에 있는 극장은 입구에서 내려다볼 때 작은 도심 공원 같은 느낌이다. 모래바람과 사투를 벌이면서도 아름다움에 넋이 나갔던 팔미라 원형극장, 먼발치에서 바라보고 하릴없이 발길을 돌려야만 했던 보스라 원형극장의 모습이 막 꿈에서 깬 것처럼 생생하다. 평소 같으면 극장 옆 수크로 먼저 달려갔을 테지만 오늘은 극장 계단에 앉아 한동안 나른한 시간을 보냈다. 제법 시간이 흘렀다.

주랑柱廊을 따라 한쪽으로 곧은 길이 나 있다. 거기엔 지중해를 건너갈 커피가 사고팔리던 옛 수크 터와 유물이 고스란히 남아 있다. 알렉산드리아는 이집트와 지중해의 중심에 자리한 덕에 아프리카와 아시아, 그리고 유럽의 산물이 한데 모이는 커다란 수크였다. 이곳에서는 커피를 포함한 곡물 시장뿐 아니라 참깨, 아마 등 진기한 기름 시장이 발달했었다. 여기서 항구와의 거리는 멀지 않다. 바다로 오고갔을 긴 나귀 행렬을 상상해보았다. 일찍부터 햇빛을 받아 뜨거워진 돌무더기로부터 과거를 유추해내는 기쁨에 흠뻑 빠져들었다.

시내를 천천히 돌아 오래된 커피하우스를 찾아나섰다. 1900년에 문을 연 카페 아티네오스Athineos다. 벽에는 1882년 영국의 폭격에 파괴된 알렉산드리아의 시가지 사진이 걸려 있었다. 100년이나 된 매장답지 않게 깔끔하고 쾌적했다. 높은 천장, 그를 떠받치고 있는 코린트식 기둥 그리고 바닥에 깔린 단순한 문양의 조각 대리석이 절제미를 더했다. 도로를 향해 난 아치형 창문 너머로 햇살이 가득하다. 커피 한 잔에 모든 상념을 털어내려는 듯 심각한 표정의 한 알렉산드리아인에게 사라져가는 커피하우스 이야기를 들었다. 주로 정치가들의 실정 탓에 쇠퇴해가

1900년에 문을 열었지만, 100년이나 된 매장답지 않게 깔끔하고 쾌적했다.

는 도시의 문화유산에 대한 안타까움이었다. 정치가들에 대한 불신을 안주 삼아 씹어대는 우리네 모습과 크게 다르지 않았다. 노신사들의 세련된 서빙 솜씨에 감탄하며 카푸치노와 터키 커피 한 잔씩을 마셨다.

또다른 커피하우스를 찾아나섰다. 1908년에 문을 열었으니 그곳 역시 100년이 넘는 역사를 가진 곳이다. 오후가 되자 알렉산드리아 도심은 자동차로 북적인다. 5분이 지나도 도로의 차들은 꿈쩍 않는다. 마차, 자동차, 트램이 한데 뒤섞여 있다. 말은 자동차 배기열에 더위를 참으려 거친 숨을 몰아쉰다. 시내 한복판에서 최신식 디자인을 뽐내고 있는 브라질 커피하우스를 무심히 지난다. 노랑, 검정의 택시들은 연신 빵빵거린다. 연상력聯想力은 상상력의 원천이라 했던가, 경적 소리에 나는 곧 카이로를 떠올린다. 이유는 알 수 없었지만 길에 양복점이 많이 눈에 띈다. 사람들은 친절하다. 마주치는 사람들은 우리에게 반가운 눈인사를 건네고 우리도 "살람" 하고 답한다. 오래된 도시답게 도로는 미로처럼 엉켜 있다. 도심 한복판을 걷는 내내 알렉산드리아가 그리스로부터 상당한 문화적 영향을 받았다는 사실을 느낄 수 있었다.

설립자의 이름을 매장 이름으로 쓰는 커피하우스 소피아노폴로M. Sofianopoulo를 찾았다. 커피하우스라기보다 커피 상점에 더 가까웠다. 1980년대까지 이집트 대통령 관저에 커피를 공급했다고 한다. 100년 전통을 지닌 매장답게 오랫동안 일한 나이 지긋한 직원들의 자부심이 빛났다. 그들은 물 흐르듯 익숙한 솜씨로 움직였다. 선대의 사진이 벽면 중앙에 걸려 있고 손때 묻은 그라인더와 구식 기구가

SOFIANOPOULO

M. SOFIANOPOULO
COFFEE SHOP
كوفي شوب
سفيانوبولو

SOFIANOPOULO
Saad Zaghloul St. Alex.

고고한 빛을 발한다. 거칠게 조각 장식을 한 진열장은 투박하면서도 매우 단단해 보인다. 아랍 특유의 향료가 커피와 함께 진열되어 있다. 유리 칸막이로 앞을 막은 계산대에는 커다란 구식 금전등록기가 당당히 자리 잡고 있다. 바 반대편 구석으로 커피 마대와 구식 로스팅 머신이 보인다. 호퍼Hopper•와 본체에 소복이 쌓인 세월의 먼지가 정겹다. 부러 꾸밀 수 없는 절대적인 아름다움이다. 나는 번쩍거리고 매끈한 현대 문화보다는 고리타분하지만 지난 이야기가 담겨 있는 세월의 숨결에서 더 큰 의미를 찾는다. 일견 집착 같기도 하지만 나는 이를 두고 진지한 문화의식이라 말한다.

손님이 차를 마시거나 휴식을 취할 의자는 단 한 개도 없다. 이곳에서는 바에 한쪽 팔을 걸치거나 서서 커피를 마신다. 그렇게 오랜 세월을 흘러와서인지 누구도 불평하지 않는다. 앞으로도 크게 달라지지 않겠구나 하고 결론짓는 데 는 박피디와 내가 에스프레소 한 잔씩을 마시는 시간으로 충분했다. 바 카운터에 새초롬히 앉아 있는 젊은 사장에게 다가갔다. 무표정한 그에게 인사하고 매장의 역사를 들려달라 청하자 몇 마디 짧게 답한다. 자부심을 찾을 수는 없었다. 뜨거운 열정이나 따뜻한 향토애, 아니면 변화를 갈망하는 강한 몸부림 같은 것도 찾을 수 없었다. 그저 떠맡은 일을 하고 있을 뿐인가. 선대의 사진과 바 카운터의 최신식 금장 에스프레소 머신이 각각 다른 빛을 발하고 있다.

유서 깊은 커피하우스에서 그 시대로 돌아가 역사 속 인물들과 교감하며 커피

• **호퍼** 원두 투입구.

한 잔 하는 행복한 순간을 뒤로하고 바다로 향했다. 박 피디도 두고 혼자 간 바닷가에는 아무도 없었다. 나 혼자였다. 바다는 하늘과 맞닿아갈수록 점점 보라에 가까워지더니 사방이 어두워짐에 따라 차츰 잿빛으로 변하고 있었다. 해안에 부딪히는 파도 소리와 가까이서 나는 갈매기 울음소리만이 나 아닌 다른 무언가의 존재를 일깨워줄 뿐이었다.

나는 세상에 혼자 있는 듯했다. 떠나올 때의 다짐은 과연 지금 어떤가. 긴 여정을 떠올리며 지중해와 작별하려는 순간 벅찬 감정이 치밀어 올랐다. 고개를 들어 하늘을 바라보았다. 특별한 이유가 있어 그런 것은 아니었다. 아마도 저녁바람이 주는 나긋한 봄기운에다 먼 길을 잘도 견뎌온 스스로가 대견하다는 생각이 한데 뒤섞여 그동안 참아왔던, 가슴 깊은 곳에 숨겨왔던 서러움이 끓어올랐기 때문일 것이다.

검푸르게 변한 지중해를 한없이 바라본다. 서서히 알렉산드리아를 가슴에 담는다.

카이로에서 잠시 머물다 사하라 사막을 지나온 커피가 이곳 알렉산드리아에서
다시 지중해를 건너 유럽으로 먼 길을 떠나는 모습을 상상한다.

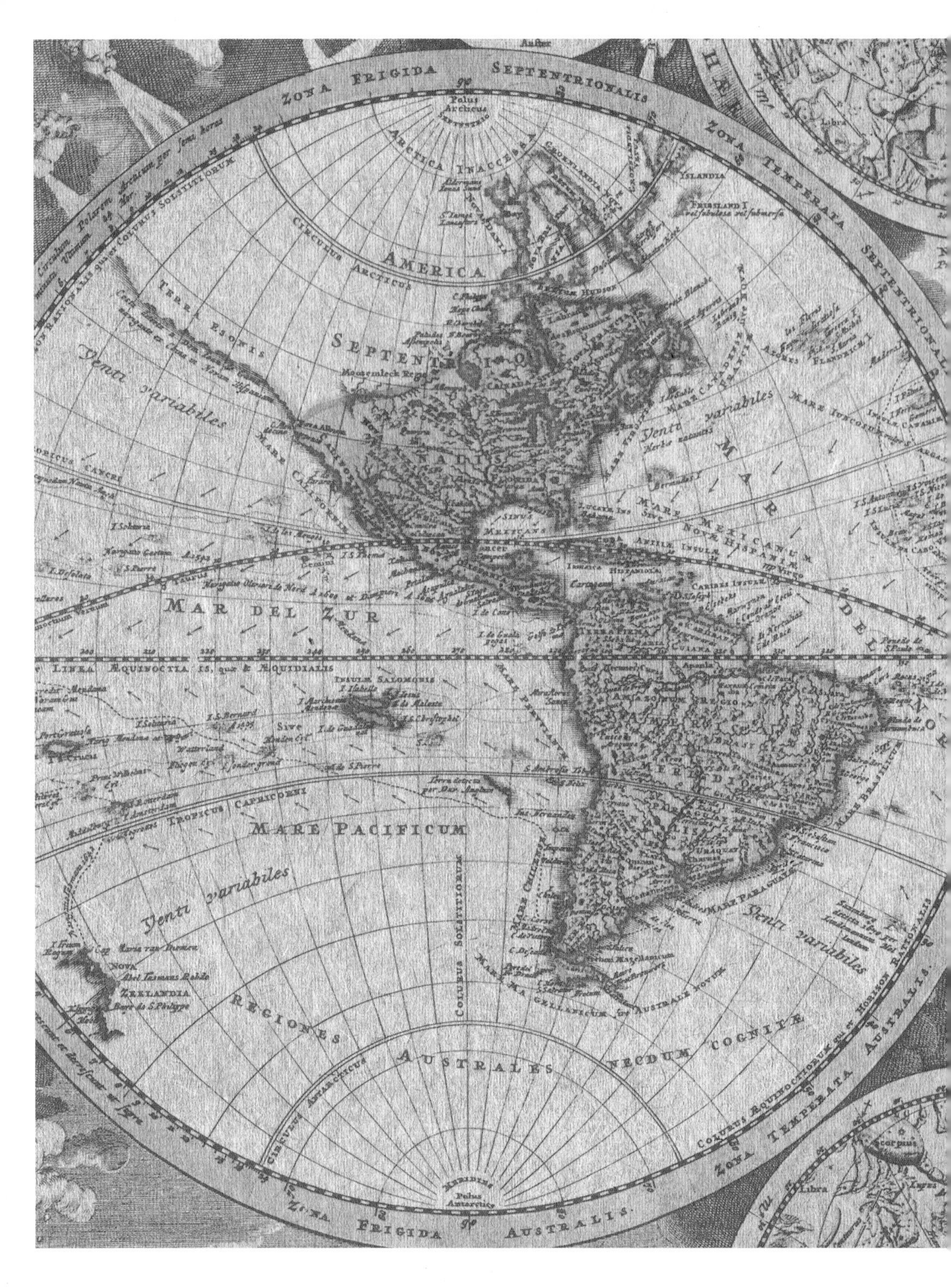

ZONA FRIGIDA SEPTENTRIONALIS
Polus Arcticus
ARCTICA INACCESSA
CIRCULUS ARCTICUS
AMERICA
SEPTENTRIONALIS
TERRA ESONIS
Venti variabiles
ZONA TEMPERATA SEPTENTRIONALIS
YSLANDIA
FRIESLAND I
MARE MEXICANUM
SINUS MEXICANUS
MAR DEL ZUR
LINEA ÆQUINOCTIALIS
INSULÆ SALOMONIS
MARE PACIFICUM
TROPICUS CAPRICORNI
NOVA ZEELANDIA
REGIONES AUSTRALES NECDUM COGNITÆ
COLURUS SOLSTITIORUM
CIRCULUS ANTARCTICUS
Polus Antarcticus
ZONA FRIGIDA AUSTRALIS
ZONA TEMPERATA AUSTRALIS
Libra
Scorpius

2 카페의 꽃, 유럽

ⓒ경희대학교 혜정박물관

마드리드의 좋은 징조

2009년 2월, 마드리드로 가는 이지젯EasyJet●을 기다리며 파리 공항 카페에서 커피를 마시고 있다. 해마다 동행했던 박 피디는 인천 공항에 배웅 나와 아쉬운 눈길만 주고받았다. 서로가 좋아서 한 일이라지만 나에게 탐험 나서는 일은 그 자체가 삶의 의미인 데 반해, 자신의 일을 포기하고 가야만 하는 박 피디에게는 경우가 다르다. 더구나 이젠 어엿한 다큐멘터리 프로그램 제작사의 대표가 되었으니 한 달씩 자리를 비우는 일은 더욱 어려워졌다.

단출해진 행장行狀을 보니 아프리카 탐험 때가 떠오른다. 네 명이 각자 80리터짜리 대형 배낭 한 개씩을 둘러멘데다 추가로 2인 1조로 들 수 있는 식량 가방 그리고 박 피디의 촬영 장비 가방까지, 그야말로 거창했다. 떠나기 전에 팀 단합을 위해 절친한 친구의 펜션에서 합숙하며 눈 덮인 산을 오르는 체력 훈련을 했었고, 명동에서 하룻밤을 꼬박 지새우며 치밀한 사전회의까지 마쳤다. 마지막으로 박

● **이지젯** 영국의 저가 항공.

물관에서 금요음악회가 있던 날 밤 지인들 앞에서 출정식까지 치렀다. 황열병, 말라리아 같은 예방 주사를 양팔에 네 대나 맞고 마치 전장에라도 가듯 의지를 불태웠다. 서로 의지할 이들이 있어 배낭 외에도 큰 가방 두 개를 더 꾸릴 수 있었지만 이제는 사정이 전혀 딴판이다. 유럽이라지만 내가 가야 할 길이 관광 코스가 아닌 탓에, 더구나 이번은 여러 나라를 계속 이동해야 하기에 가능한 한 짐을 줄여야 했다. 짐이 무거워 가야 할 곳을 포기하는 일만은 피해야 했다. 바퀴 달린 가방이 편하기는 할 테지만 계단을 오르내릴 때나 버스에서 갑자기 내릴 때처럼 민첩함을 요하는 경우 때문에 엄두를 낼 수 없다. 무엇보다 혼자 화장실을 갈 때 큰 낭패를 볼 것이 뻔하다. 양말 세 켤레, 팬티 세 벌, 내복 한 벌, 티셔츠 한 벌, 장갑, 세면도구, 책 한 권, 자료 조사 프린트물, 홍삼절편 그리고 카메라가 짐의 전부였다. 바지, 신발, 점퍼는 입고 신은 것뿐이어서 한 달 동안의 행장으로는 부족해 보였지만 이것만으로도 충분히 무거웠다. 게다가 지나는 곳마다 하나둘 배낭 속에 챙겨넣을 박물관 전시 자료들의 무게까지 생각하면 연필 한 자루라도 빼내야 할 판이었다.

밤 10시가 다 되어서야 마드리드에 도착했다. 출구를 찾아 두리번거린다. 스페인어가 낯설어 지하철 티켓판매기 앞에서 주춤거리고 있을 때 미모의 스페인 아가씨가 다가와 어디로 가냐며 묻는다. 숙소 주소를 보여주자 자신도 같은 방향이라며 같이 가자 한다. 고마움에 "그라시아스Gracias"를 연발했다. 스페인에 좀도둑이 많은 것이야 익히 알고 있었기에 경계심이 전혀 없었던 것은 아니었지만 아름다운 아가씨의 호의를 의심한다는 것은 방문객의 도리가 아니라고 생각했다. 지하철을 타고 가는 한 시간이 채 안 되는 시간 동안 정열적인 스페인 아가씨와 많은 이야기를 나누었다. 친절하게도 그녀는 떠들썩한 카페를 지나 골목길 끝에 있는 숙소 입구까지 나를 데려다주었다. 지하철에서 사진을 몇 장 찍긴 했지만 연락처도 받지 않고 헤어질 때 고맙다는 말도 제대로 못한 것이 두고두고 후회되었다. 밤늦게 길을 헤매고 다닐 이방인을 염려해준 그녀의 마음씨가 고왔다. 마드리드에서는 여행의 징조가 좋았다.

동트기 전 눈을 떠 아침 산책에 나섰다. 이베리아 반도의 한가운데 내륙 지대라 따뜻할 걸로 생각했는데 의외로 쌀쌀했다. 사람들의 옷차림이 두껍다. 간밤에 떠들썩했던 카페는 야외용 간이 의자를 키보다 높게 쌓아 굵은 쇠사슬로 전봇대에 묶어놓았다. 거리 밖에서 보는 카페는 19세기 분위기를 느끼기에 충분했다. 미술관에서 걸작을 보듯 길거리에서 한동안 카페를 쳐다봤다. 마드리드 출신의 저명한 스페인 극작가 티르소 데 몰리나Tirso de Molina를 그린 화려한 외부 그림 앞으로 사람들은 대수롭지 않다는 듯 무심히 지나친다. 아침을 여는 사람들의 바쁜 발걸음 때문이리라.

몇 발짝 움직이니 마드리드를 찾는 대다수의 관광객들이 여행의 출발점으로 삼는다는 솔 광장Puerta del Sol이 나온다. 나에게는 마드리드 혁명의 근원지 카페 로렌치니Lorenzini가 있어 의미가 있는 광장이다. 호세 로렌치니José C. Lorenzini가 1820년 문을 열었고 새로운 사회를 갈망한 진보 인사들에게 꿈과 희망을 심어주었던, 그

역사적인 카페를 어슬렁거리며 찾는다. 쉽게 눈에 띌 거라는 생각과는 달리 서너 바퀴나 돌면서 광장을 두리번거려도 보이지 않는다. 광장에는 말을 탄 카를로스 3세의 동상이 우뚝 서 위용을 자랑한다. 길 건너 카페 앞에 세가프레도 커피의 빨간 배송차가 멈춘다. 가까이 가보고 싶었지만 이미 산책 나온 지 한참 되어 나중으로 미룬다.

마드리드는 활기로 넘쳐났다. 마침 시내 중심가에는 매년 세계를 순회하며 열리는 공공예술 프로젝트인 카우 퍼레이드Cow Parade가 열리고 있다. 나는 처음에 '역시 투우의 나라답게 소가 여러 형태로 사람들 곁에 있구나' 하고 생각했지만 이는 마드리드만의 것이 아니라 지구촌 모든 도시의 이벤트였다. 2009년 3월까지 마드리드 시내 중심가 도로변에 화려하고 독특한 디자인의 소 모형물이 전시된다고 한다. 사람들은 저마다 소 모형 앞에서 사진 찍기에 여념이 없다. 도로는 곧게 뻗어 있고 그 옆으로 충분한 녹지가 조성되어 있어 천천히 걷기에 안성맞춤이다. 잘 관리되고 있는 옛 건축물들이 역사의 존재감을 일깨워준다.

서점에 들러 마드리드의 오래된 커피하우스에 대한 자료를 뒤졌다. 역사적인 카페 로렌치니를 비롯해, 세계에서 가장 오래된 레스토랑으로 기네스북에 오른 보틴(1725)이 마드리드에 있고 그 외에도 100년이 넘은 카페가 헤아릴 수 없을 정도로 많았다. 그러나 레스토랑 보틴은 나의 관심 밖이었다. 레스토랑에서 커피를 팔지 않는 것은 아니나, 카페에서 먹을거리를 팔지 않는 것도 아니나 분명 둘 사이에는 엄연한 경계가 존재한다는 게 평소 나의 생각이기 때문이다.

카페 히혼_마드리드 지식인들의 '회합의 장'인 이곳은 카페를 사랑한 작가들의 흔적으로 가득했다.

스페인어로 쓰인 문학 작품을 대상으로 1949년부터 매년 '카페 히혼상賞'을 수여하고 있는 카페 히혼Gijón을 찾았다. 유심히 쳐다보지 않았으면 지나쳐버릴 뻔한 카페 히혼의 첫인상은 소박했다. 색이 바래 짙은 흑색으로 변한 동판에는 1888년에 문을 열어 100주년을 지냈다고 적혀 있다. 창 너머로 카페 안 사람들이 이야기꽃을 피우고 있는 모습은 100년 전에도 크게 다르지 않았을 것 같다. 나이 지긋한 웨이터가 길가까지 나와 어서 오라 인사한다.

카페의 내부는 밖에서 본 투박한 모습과는 달리 구석구석 섬세한 손길이 닿아 있다. 세월의 흐름을 굳이 감추려 하지도 않았고 그렇다고 애써 드러내려 하지도 않았다. 짙은 나무색 벽면은 잘 닦아 빛이 났고 그 벽면을 장식한 작품은 모두가 카페 히혼과 깊은 관련이 있는 것들이었다. 카페 내부를 그린 그림이라든지, 주변 길거리 풍경 스케치라든지, 사람들의 모습을 담은 시 등 모두 히혼의 뒷얘기를 담고 있다.

친절한 지배인의 안내로 평소 낮에는 열지 않는다는 지하실로 내려갔다. 선실 내부처럼 꾸며진 지하는 갤러리로 손색이 없었다. 크리스티노 말로Cristino Mallo, 후안 발레스타Juan Ballesta, 호세 톨라José Tola 등 작가들의 이름을 일일이 소개해주어 내내 고개를 끄덕였지만 이름만으로 주옥같은 스페인 거목의 진면목을 속속들이 알 수는 없었다. 번뜩 우리나라의 유명 식당에서 스타의 사진과 함께 흔히 볼 수 있는 '잘 먹었어요, 번창하세요' 같은 큼지막한 사인을 코팅해 걸어둔 것은 어디에도 없다는 사실을 깨달았다. 카페 히혼에는 그들이 손수 쓴, 땀 흘려 그려낸 작품들만 있었다. 사방은 온통 카페를 사랑한 작가들의 흔적으로 가득했다. 헤밍웨

카페 히혼(위) 뉴히혼(아래)

이가 자주 들러 작품을 썼다기에 그의 흔적을 찾아보려 했으나 찾지 못했다.

서버들은 흰 양복에 붉은색 견장을 어깨에 단, 군복 같은 복장으로 독특한 모습이었다. 정중하면서도 손님들과 스스럼없이 얘기를 나누며 웃음 짓는 모습이 서버라기보다는 오랜 친구 같은 느낌이었다.

주인장을 만나고 싶다는 청에 지배인은 어디론가 전화를 했고 채 5분이 지나지 않아 미겔 바스케스 씨가 달려왔다. 예순두 살인 그는 이제 3세대인 아들 호세 마누엘에게 운영을 맡기고 자신은 카페를 찾는 사람들과 친구가 되어 즐기기만 한다며 호탕한 웃음을 짓는다. 사람을 다정히 대하는 호세의 모습에서 가업을 이어받을 준비가 잘된 사람임을 알 수 있었다. 그는 커피를 마시는 동안 히혼이 켈트해Celtic Sea를 향하고 있는 스페인 북쪽의 아름다운 항구 이름이라는 것과 세기말의 스페인 카페 역사에 대해 긴 이야기를 들려주었다. 무엇보다 그는 자신의 카페가 마드리드 지식인들의 '회합의 장'이라는 데 큰 자부심을 가지고 있었다.

길모퉁이를 돌아 새로 낸 카페가 하나 더 있다며 나를 데려간다. 젊은 사람들이 모일 수 있도록 잔뜩 멋을 부린 도시 감각의 카페로, 변화하는 소비자의 욕구에 발 빠르게 대처하려는 노력이 돋보였다. 커피바 쪽을 열심히 쳐다보는 내게 호세는 다시 커피를 권한다. 카페 히혼 '본점'에서 마신 커피도 그랬지만 이곳 커피 역시 뚜렷한 특징이 있다거나 특별히 깊은 맛이 있지는 않았다. 카페 히혼의 역사가 담긴 책자 여러 권을 받아들고 발길을 돌린다. 부자는 내가 시야에서 사라질 때까지 현관에 서서 손을 흔들어준다. 서로를 존중하며 대를 이어가는 그들의 모습이 오랫동안 내 기억 속에 남을 듯하다.

솔 광장으로 돌아가는 길에 마주친 골목길 칼레데카디즈Calle de Cadiz에서는 19세기 아르누보풍의 건축물들이 모여 있는 '카페 골목'을 발견했다. 좁은 골목길을 사이에 두고 다닥다닥 붙은 카페들이 제각각의 색을 뽐내고 있다. 독특한 무늬의 창문을 보며 오스트리아의 예술가 훈데르트바서F. Hundertwasser가 이곳에서 영감을 받지 않았을까 하는 생각이 들었다. 창문마다 붙어 있는 베란다와 처마 실루엣이 하늘과 맞닿아 완벽한 조화를 이룬다. 아직 이른 시간인 탓에 문을 열지 않은 곳이 더 많다. 저녁 늦게 다시 오면 동화 속 나라 같으리라는 생각이 든다. 가까이 마주 앉아 서로를 애절히 갈구하는 눈빛을 주고받는 젊은 커플을 지나친다. 베란다에서 그들을 내려다보는 사람이 있어 오페라의 한 장면을 떠올리기에 충분했다.

늦은 오후가 되자 솔 광장은 인파로 북적거린다. 거리의 예술가들이 저마다 행인을 유혹한다. 이들을 보면 확실히 내가 이방인이라는 느낌이 든다. 발걸음이 가벼워진다. 백화점의 화려한 입구에서 익숙한 마리아치Mariachi● 음악 소리가 들린다. 나는 이 마리아치 음악을 들으면 왠지 슬퍼진다. 여러 해 전, 멕시코 커피 산지인 치아파스Chiapas를 찾아 험난한 산을 넘은 기억이 떠올라서다.

당시 나는 가능한 한 고지대에 분포하고 있는 자생 커피의 종자를 얻기 위해 멕시코를 찾았다. 험준하고 가파른 산악 지형, 척박한 토양에서 자라난 커피라면 우리네 강원도에서도 잘 자랄 수 있지 않을까 하는 즐거운 상상을 하면서 툭스틀라

● **마리아치** 멕시코 민속 음악을 연주하는 악단. 현악기에 트럼펫, 기타 따위가 섞여 있다.

구티에레스Tuxtla Gutiérrez 공항에 도착했다. 찬란한 마야 문명의 발상지인 이곳은 1994년, 가난한 원주민들을 위해 토지분배와 처우개선을 요구하며 반정부 투쟁 단체(사파티스타 민족 해방군)가 무장봉기를 일으키기도 했다. 아직도 그 상흔이 남아 있는 분쟁 지역이다. 건조한 흙먼지가 휘날리는 황량한 공항 밖 풍경을 보니 일순 긴장감이 몰려들었다. 과달라하라Guadalajara에서 나를 배웅한 친구의 걱정스런 눈빛도 떠올랐다. 에어컨은 물론 시계도 라디오도 없는 고물차를 렌트하고 어렵사리 영어로 된 인근 지도를 구해들고는 해가 지기 전 서둘러 공항을 빠져나왔다.

오랜 기간 동안 자생해온 커피 종자를 찾고자 했기 때문에 대규모 농장보다는 작은 농가가 밀집한 지역을 찾는 편이 좋을 것 같았다. 공항에서 비교적 가까운 산간 오지 체날로Chenalho로 차를 몰았다. 거리는 200킬로미터 정도였는데 가는 길은 순탄치 않았다.

멕시코 산악 지역의 험로를 한국의 국도 정도로 생각하곤 세 시간이면 되겠구나 예상했는데 오산이었다. 나는 운전하는 내내 깊이 후회하고 있었다. 첩첩산중은 이럴 때 쓰는 말일 게다. 끝이 보이지 않는 좁은 산길을 고물 렌터카로 그저 터덜거리며 달리기만 했다. 이미 사방엔 칠흑 같은 어둠이 내렸다. 평생 처음 보는 짙은 안개로 겨우 전조등의 코앞만 볼 수 있었다. 심산深山의 기온은 밤이 되자 급격히 내려가 추위에 벌벌 떨어야만 했다. 멀지 않은 곳에서 총소리와 대포 소리가 들려와 왈칵 겁이 났다. 앞도 보이지 않는 한밤중 산길을 자라목을 한 채 얼마나 겁에 질려 달렸던지 십 년이 훨씬 지난 지금 생각해도 위험천만한 일이었다. 후에 알게 됐지만, 그날 넘은 산은 여러 개의 산이 연이어져 안개산Montañ Neblina이라 불

AR
CO
ma
drid_
9_ INDIA
28 FERIA
RNA
DE ARTE
CONTEMP
DE M
O GE

리는 위험한 곳으로, 주민들조차 해가 지면 넘지 않는다 했다. 나를 위협했던 총성은 피에스타Fiesta● 때문일 거라는 말에 실소를 터뜨렸다.

다섯 시간이 훨씬 지나서야 체날로로 가는 길목의 작은 역사 도시 산크리스토발San Christobal에 도착했다. 해발고도가 2200미터인 산악 지대로 치아파스의 중요한 커피 산지 중 한 곳이다. 현대식 고층건물은 단 하나도 찾아볼 수 없는 고즈넉한 주택가를 지나 시내 중심가 광장에 이르자 전혀 예상치 못했던 광경이 눈에 들어왔다. 저녁 늦은 시간임에도 불구하고 거리를 가득 메운 인파가 무슨 좋은 일이 있는지 모두 큰 소리로 웃고 있다. 나는 어느새 인파 너머 아스라이 들려오는 마리아치의 나팔 소리를 향해 걸어가고 있었다. 가슴이 요동쳤다. 사람들과 한데 어울려 밤늦도록 마리아치 연주에 흠뻑 빠졌다. 마리아치의 음악 소리는 흥겨움과 슬픔을 한데 표현하는 묘한 구석이 있었다. 길거리 카페에서 거친 나무 향 가득한 진한 커피를 마시며 겨우 벅찬 가슴을 진정시켰다. 마리아치 음악 소리는 나를 스페인에서 멕시코로, 다시 스페인으로 데려다 놓았다. 그들의 정복자 스페인 땅에서 듣는 마리아치 음악은 내겐 애잔하게 들렸지만 어쩌면 그들은 자부심을 느끼고 있을지 모를 일이다. 세월이 너무 흘러 스페인어를 쓰는 자신들을 그들의 형제쯤으로 생각하고 있는지도 모를 일이다.

마드리드 오페라하우스 앞 카페 라트라비아타La Traviata에서 아침 끼니를 해결했다. 메뉴는 크루아상 한 조각과 커피 한 잔이다. 유럽에서 지내는 한 달 내내 공

● **피에스타** 보통 스페인어권 국가의 종교적 축제나 파티.

짜 아침을 주는 숙소를 제외한 모든 곳에서 이걸 먹었다. 대개 2, 3유로 이상 하니 당시 환율로 3500원에서 5000원쯤이라 단출한 메뉴에 비해 값이 결코 만만하지 않았다. 대리석 탁자 위로 에스프레소와 아메리카노의 중간쯤 되는 커피가 각설탕, 크루아상과 함께 나왔다. 앞 테이블 게이 커플과 눈이 마주치자 그들은 같은 메뉴를 먹고 있다며 반갑게 손짓한다. 천천히 커피를 음미한다. 창밖으로 오페라하우스를 바라보며 망중한에 빠진다. 문만 열면 오페라하우스인데…… 오늘 저녁 열린다는 슈베르트와 후고 볼프 그리고 가브리엘 포레의 갈라 콘서트에 가고 싶은 충동에 깊이 빠져든다.

의도한 건 아니었는데 스페인 국립도서관에 가는 길에 카페 히혼을 지나야 했다. 어찌 그냥 지나치겠는가. 커피 한 잔 하러 들렀다. 다시 보니 구석구석 낡은 부분이 많이 보였다. 담배 연기가 자욱했고 카페 내부에 음악 소리가 들리지 않았다. 여전히 많은 사람들로 붐비는 이곳에서 어제 없던 서버가 나를 힐끗힐끗 쳐다본다. 분명 처음 보는 사람인데 자신을 뺀 나머지 사람들은 다들 반갑게 인사하는 것이 이해가 가지 않는다는 표정이다. 싱긋 웃었다. 마침 호세가 왔기에 어제 부랴부랴 나가는 바람에 챙기지 못한 카페 히혼의 컵 한 개를 박물관에 진열하게 달라고 청했다. 흔쾌히 싸준다.

국립도서관에서 커피와 관련된 스페인 역사 자료를 찾느라 시간 가는 줄 몰랐다. 오페라하우스에 갔으면 하는 바람은 어쩌면 처음부터 그저 바람이었는지 모르겠다. 마드리드의 마지막 밤이 그렇게 저물어갔다.

탐험가들이 신세계를 향해 떠난 이베리아 반도의 남쪽 끝 포르투갈을 향해 아침 일찍 숙소를 떠났다. 버스 타고 주변 경치 구경하기에 딱 좋은 날씨다. 며칠간 시내 중심가를 걸어다닌 덕에 방향 감각은 꽤 있어 지하철 타는 데는 별 어려움이 없었다. 남부 지방으로 가는 버스터미널로 가기 위해서는 지하철을 한 번 갈아타야 하기에 그 역 이름을 외우는 일에 집중해야 했다. 한국에서도 시골에 사는 탓에 평소 지하철 탈 일이 많지 않은 나는 마드리드 지하철이 출근시간에 얼마나 붐비는지 그 사정을 알지 못했다. 큰 실수였다. 전동차가 출발하자 차가 움직이는 대로 사람들 곁으로 이리저리 떠밀렸다. 바로 옆에 선 키 큰 친구가 유난히 많이 밀어댔다. 한국 사람 특유의 눈총을 쏘고 슬쩍 짜증도 내봤지만 그는 별 반응 없이 흐느적댈 뿐이다. 주위 사람들은 모두 대수롭지 않다는 듯 무표정이다. 몇 정거장을 더 가야 하는데 안 되겠다 싶어 다음 역에 내리기로 마음먹었다. 그런데 지하철 문이 열리자 그 친구가 먼저 내린다. 다행이다 싶었는데 그 친구가 뒤돌아보면서 쓰윽 내게 미소 짓고 저만치 간다. 그제야 정신이 번쩍 났다. 지하철 타면서 배낭을 앞으로 멨으니 걱정 없다 생각했었는데 바지와 점퍼 주머니는 이미 전부 털린 상태였다. 그 유명한 유럽 소매치기였다. 다행히 여권이 든 여행용 지갑은 따로 목에 둘러 배 앞에 단단히 묶어둔 덕에 안전했지만 잔돈푼이며 메모 노트, 손수건, 심지어 껌까지 모두 다 털렸다. 무엇보다 심각한 일은 휴대폰이 사라진 것이었다. 한 달간 그때그때 연락해야 할 회사 일이 많을 텐데 낭패였다.

환승역에 내려 잠시 마음을 진정시켰다. 헛웃음만 나왔다. 큰 봉변을 당한 것은 아니었고 그동안 여러 곳을 돌아다니며 가끔 겪은 일이었지만 그래도 가슴이 두근거린다. 다시 배낭을 둘러메고 지하철을 갈아타기 위해 걸었다. 긴 계단을 지나 승차장 쪽으로 가는 모퉁이에 십대 소녀 대여섯이 모여 앉아 재잘거리고 있다. 조금 불량기가 있어 보여 발걸음을 빨리했다. 마침 타야 할 전동차가 오고 있다. 다행히 사람들은 많지 않았다. 문이 열리고 재빨리 차 안으로 몸을 싣는데 누군가 뒤에서 "헤이" 하고 큰 소리로 부른다. 무심코 몸을 돌려 소리 나는 쪽으로 돌아봤다. 빨간색 야구 모자를 쓴 잘생긴 청년이 기분 좋은 웃음을 지으며 내게 무언가를 던진다. 받아보니 등 뒤로 멘 배낭 지퍼 끝에 묶어둔 맹꽁이 자물쇠였다. 여러 해 전 스위스 여행길에 샀던 번호 자물쇠인데 도난 방지에는 최고라고 철석같이 믿은 그 자물쇠를 어느새 열어 배낭 안을 들여다본 모양이었다. 차창 밖의 청년은 잘 가라며 손까지 흔들어준다. 100여 미터 남짓 걷는 그 짧은 사이 언제 그런 일이 벌어졌는지 알 수 없었다. 기가 막힐 노릇이었다.

그러나 놀랄 일은 여기서 끝난 게 아니었다. 잠시 전 걸어올 때 만났던 소녀들이 이미 전동차 안에서 내 주위를 빙 둘러싸고 있었다. 마치 먹이를 앞에 둔 포식자처럼 날카로운 눈초리로 나를 쳐다본다. 자기들끼리만 알아들을 수 있는 신호를 주고받으며 먹이를 낚아챌 순간만을 기다리고 있다. 좌우를 둘러보니 사람들은 모두 딴전을 피우고 있다. 도와달라 아무리 소리쳐도, 아무리 주먹을 휘둘러도, 아무리 달려도 소용없는, 마치 꿈속 같은 상황이 실제로 벌어지고 있었다. 배낭을 다시 가슴 앞으로 옮겨 메고 노약자석이 있는 전동차 벽 쪽으로 붙었다. 그녀들은 대형을 유지한 채 어슬렁거리며 내게 다가왔다. 모처럼의 먹이를 순순히 포기할 기세가 아니었다. 한꺼번에 달려들어 몽땅 털어갈 심산이었다. 출근시간

지하철에서 대담하게 벌이는 십대 소녀들의 겁 없는 행동이 놀라울 따름이었다. 도저히 피할 수 없겠다는 생각에 두 주먹 불끈 쥐고 소리를 질렀다.

"Go away. Get away! Don't do that! Stop it!"

말이 될지 안 될지 신경 쓸 것도 없이 소리쳤다. 한 사람 한 사람 눈을 마주치며 그러지 말라고 했다. 나는 계속 뭐라뭐라 지껄였지만 더이상 기억나지는 않는다. 그제야 그녀들은 아무 일 없다는 듯 뒤로 한 발짝씩 물러난다. 나서서 도와주려는 사람, 관심 가져주는 사람은 아무도 없었다. 마드리드 지하철에서는 마치 밀랍인형들과 같이 있었던 것 같았다.

버스터미널 대합실 의자에 걸터앉아 생각을 정리했다. 나는 그동안 여러 곳을 여행하면서 몇 차례 소매치기를 경험한 바 있어 그에 대해서는 어느 정도 자신감이 있었다. 누군가 내게 여행길에 소매치기 당한 이야기를 들려주면 "뭐 그 정도야 다반사지"라고 말하든가 "그런 일이야말로 여행의 참맛이지" "대처를 잘하면 그런 일은 당하지 않지"라며 우쭐대기까지 했었다. 그러던 내가 정작 이곳 마드리드에서 불과 30분 만에 세 차례나 혼이 났다. 사필귀정이지 싶었다. 앞으로 얼마나 오랫동안 마주치는 사람들에게 경계심을 풀지 못할까 걱정이 앞선다. 혼자 하는 여행길에 사람을 믿지 못하면 할 수 있는 일이 많지 않다는 것을 누구보다 잘 알기에 '가슴을 활짝 열고 문밖을 나서라'고 평소 외쳐오지 않았는가. 다시 마음을 가다듬고 리스본으로 가는 버스에 몸을 실었다. 첫날 도착할 때 느꼈던 '좋은 징조의 마드리드'라는 인상을 결국 '억세게 일진이 사나운 마드리드'로 기억하며 떠난다.

버스 창밖으로 메마른 대지가 이어진다. 낮은 키의 관목이 군데군데 서 있을 뿐 초록보다는 창백한 땅 위로 높이 솟은 송전탑의 잿빛이 먼저 눈에 띈다. 한때 스페인이 세계에 떨쳤던 영화는 현재 도시 밖에서는 찾아볼 수가 없다. 대지는 크되 쓸모 있는 땅은 많지 않아 그런지 수수한 모습이다. 열 시간여 동안 달리는 버스에서 익숙지 않은 바깥 풍경을 감상하는 것이 호사처럼 여겨진다. 평소 같으면 지겨울 법도 한데 안전이 유지된 채 평온함을 느낄 수 있다는 게 감사할 따름이다.

포르투갈의 국경 근처 휴게소에서 버스는 잠시 쉬어간다. 휴게소 카페에 들러 커피 한 잔과 샌드위치를 주문했다. 사람이 많지 않아 카페 내부가 한눈에 쏙 들어온다. 맞은편 테이블에 등을 돌리고 커피를 마시는 두 남자가 눈에 띄어 몇 차례 셔터를 눌렀다. 매부리코에 근사한 옆모습을 가진 한 사람이 놀란 듯 험상궂은 표정으로 변하더니 내게 다가온다. "헬로" 하고 인사를 건넸지만 다짜고짜 소리를 높여 말한다.

"왜 우리를 찍는가?"

"커피 마시는 모습이 보기 좋아서……"

"당장 지워라. 좋은 말 할 때 지워라. 안 그러면 경찰에 신고하겠다."

하는 수 없이 촬영한 것을 지워야 했다. 두 남자는 빠른 걸음으로 식당을 나가 버렸다. 나는 그 사람이 왜 그렇게 화를 내며 위협적으로 대했는지 알 수 없었다. 나는 두 남자가 해치우고 간 빈 접시와 커피잔만을 카메라에 담았다. 주문한 커피가 나왔지만 달콤할 리 없었다. 긴 하루가 그렇게 지나가고 늦은 저녁이 다 되어서야 리스본에 도착했다.

신대륙으로 향하는 리스본 항

간단한 아침이 제공되는 숙소는 가격에 비해 훌륭했다. 신선한 과일과 빵, 무엇보다 갓 내린 커피는 최고급 호텔 이상이었다. 영국에서 온 젊은 친구들에게 어제 스페인에서 겪은 일을 들려주었다. 눈이 휘둥그레지며 내일 마드리드로 갈 텐데 걱정이라 한다. 애써 대수롭지 않은 체했다.

역사적인 구시가지 바이샤 Baixa 지역의 숙소는 발코니가 있는데다 바다와 아주 가까웠다. 테주 Tejo 강 상류라 바다라 부르지 않고 강이라 한다지만 내 눈앞에 펼쳐진 것은 분명 대서양으로 향한 바다다. 갈매기가 무리 지어 날고 안개 너머로 아스라이 샌프란시스코의 금문교와 비슷하게 생긴 4월 25일교 Ponte 25 de Abril 가 보인다. 바다를 향해 우뚝 솟은 두 개의 돌기둥이 신대륙을 향한 관문이라는 듯 담담히 서 있다. 바다의 고요한 물결은, 16세기 세계 대양을 휩쓸고 동방 끝까지 세력을 펼쳤던 포르투갈의 영화가 덧없음을 깨닫게 한다.

코메르시우 Comércio 광장은 하수관 공사가 한창이다. 궁전이었던 곳이 1775년 리스본 대지진 이후 광장으로 조성되었고 주변에는 리스본의 중요 시설이 들어

서 광장을 에워싸고 있다. 거대한 개선문에 바스코 다 가마Vasco da Gama의 조각상이 있다 해서 찾아보았다. 부드러운 인상의 여러 조각상 중에 유독 힘이 있어 보여 탐험가답다고 생각했다. 우리나라에서는 건물 벽 색깔로 잘 쓰지 않는 노란색이 인상적이다. 자칫 우중충할 법한 고건축물이 강렬한 햇살을 받아 원색의 조화를 이루고 있다. 태양의 나라답게 대부분의 건물 창에는 발코니가 딸려 있어 마음이 활짝 열리는 듯하다. 누구 하나 미소 짓지 않는 사람이 없는 듯했다. 시내 구석구석을 활개치고 돌아다녔다.

카페 마르티뉴 다 아르카다Martinho da Arcada를 마주보고 섰다. 아직 이른 시간이라 문을 열지 않았다. 건물을 뻥 둘러 안에 청소하는 사람이라도 있나 들여다봤지만 인기척이라고는 없었다. 넓은 회랑에 야외용 테이블이 놓여 있다. 다른 카페들은 아침저녁으로 야외용 테이블을 뺐다 넣었다 하지만 마르티뉴는 오른쪽이 건물의 끝인데다 비 걱정을 하지 않아도 될 정도로 높고 긴 회랑이 있어 일일이 옮길 필요가 없었다. 짙은 초록색의 육중한 문 위에 금색 글씨로 1782가 새겨져 있다. 1782년에 문을 연 마르티뉴는 1775년 11월 1일 대지진이 일어난 이후 새롭게 형성된 리스본 카페 문화의 시초가 되는 역사적인 곳이다. 개점하면 다시 들르기로 하고 코메르시우스 서쪽 광장 끝 역사 전시관Ministério da Agricultura(현재 농업청으로 쓰이는 건물의 일부분을 전시장으로 활용)을 찾았다.

전시관은 많은 부분을 대지진에 할애하고 있었다. 지진이 발생한 지 고작 3년 후에 대규모 도시 계획인 '바이샤 플랜'을 시행한 그들의 기술력에 감탄하지 않을 수 없었다. 치밀한 설계 도면에도 놀랐지만 구식 계측 기구, 기중기, 말, 고작 해야 말 탄 사람, 마차가 전부였던 시대에 어떻게 이런 거대한 계획 도시를 만들 수 있었는지 믿기 힘들었다.

역사 기록을 꼼꼼히 살펴봤다. 수세기 동안 이슬람 세력하에 있던 포르투갈은 이슬람 문화를 적극적으로 받아들여 자주권을 회복한 1253년 이전부터 어느 정도 경제 발전을 이루어 이미 대국으로 성장할 기반을 갖추고 있었다. 1358년 봉건귀족과의 싸움에서 승리한 상인계층이 아비스Aviz 왕조를 옹립하면서 새로운 전기를 맞았다. 이후 득세한 상인들은 돈벌이를 위해, 귀족들은 실추된 지위 회복을 위해 신대륙 개척에 나서게 되었다. 1492년 콜럼버스가 서인도제도를 발견한 데 이어 1497년 바스코 다 가마가 희망봉을 거쳐 인도 무역로를 개척했다. 이는 포르투갈을 세계 해상 교역의 선두에 서게 만들었다. 실크로드와 지중해 루트가 전부였던 당시에 새로운 교역로가 생긴 것이다. 16세기에는 인도를 거점으로 아시아 각국에 상관을 두어 후추와 향신료를 비롯한 산물을 유럽에 실어날라 막대한 이윤을 남겼다. 17세기에 들어 네덜란드와 영국의 동인도회사가 시장 쟁탈에 나서자 포르투갈은 그들과 치열한 각축을 벌였다.

그러나 이처럼 일찍이 신대륙 개척의 선봉에 나선 포르투갈에 커피는 1700년대에 도입된다. 1555년에 하킴과 샴이 콘스탄티노플에 처음 커피하우스를 열었던 것을 상기하면 매우 늦었다고 볼 수 있다. 지리적 여건상 지중해를 통한 신대륙과의 교류가 상대적으로 늦었던 당시 포르투갈 사람들은 이제 막 새로운 것을 발견하는 데 분주했다. 17세기까지는 특히 동양에서 가져온 향신료에 빠져 있었

카페 마르티뉴 다 아르카다_1782년 문을 연 이곳은 리스본 카페 문화의 시초가 되었다.

다. 18세기 이후부터 커피가 역사에 등장한다. 1755년 대지진 이전부터 리스본을 찾은 외국 상인들이 바이샤 지역의 카페에 드나들었다는 기록이 있다. 이 시기 리스본은 작은 광장, 좁은 골목길, 갖가지 상점으로 지저분했다. 그러나 대지진 이후의 리스본은 도시 계획에 따라 사각형으로 반듯하게 구획되고 넓은 도로를 갖춘 신도시로 복구되었다. 리스본은 새로운 시대의 요구를 처리해주는 세계 교역의 중심지가 되었으며 사람들의 사는 모습은 그림처럼 아름다웠다. 대지진 이전의 도시 외관이 지저분했다고는 하나 카페의 모습은 아름다웠을지도 모른다고 상상해본다. 그리고 그때도 지금도 의심의 여지 없이 아름다운 바이샤를 생각한다.

지진 이후 가장 먼저 시작한 카페 마르티뉴는 아직까지도 성업중이다. 1782년 문을 열 당시 마르티뉴는 커피보다는 깊은 산속에서 리스본까지 수송해온, 당시로서는 매우 귀했던 '눈(얼음)' 음료로 사람들을 불러모았다. 광장 이름을 따 '카페 두 코메르시우Cafe do Comercio'라 간단히 불리기도 한 이곳에는 정치가, 문학가, 예술가 들이 모여들었다. 특히 이 카페에 혁명당원 같은 과격한 정치가나 저항 문학가가 모여들면서 지식인들의 카페로 이름을 드높였다. 그러나 리스본 카페가 정확히 커피하우스로, 레스토랑이 아닌 카페라는 이름으로 불린 것은 19세기의 일이다.

전시실에 있는 직원에게 명함을 건네고 커피역사 때문에 왔다는 얘기를 하자 사무실로 안내해주었다. 나는 큐레이터 리아나를 만날 수 있었다. 그녀는 65세의 여성이라고 믿기지 않을 만큼 활기찼고 내 질문에도 거침없이 답했다.

"리스본에 커피가 처음 소개된 곳이 카페 마르티뉴라고 알고 있습니다. 그 외에 초기의 카페들은 어떤 것들이 있을까요?"

"단연 카페 니콜라Nocola와 브라질레이라Brasileira지요. 정치가, 문학가 같은 단골손님들은 카페 니콜라를 학술원Academia이라 칭하며 높게 평가했습니다. 그들은 포르투갈의 3대 시인 중 한 명으로 추앙받는 보카즈Manuel M. B. du Bocage의 시를 경청하러 와서 커피를 마셨고 보카즈는 즉석에서 많은 소네트를 만들어 발표하기도 했습니다. 니콜라는 포르투갈 정치 이야기에서부터 사람들의 소소한 일상 이야기까지 들을 수 있는 그야말로 리스본 지식인의 보물창고였지요."

"언제 문을 열었나요?"

그녀는 한참 동안 책 여러 권을 찾아보았다. 그중 낡은 책에서 한 구절을 발견하고 내게 답한다.

"문을 연 시기는 더 이전일 것으로 추정되지만 공식적인 기록은 1787년이군요. 본격적으로 카페 니콜라가 명성을 얻은 것은 한 이탈리아의 양초업자가 '니콜라'라는 이름의 양초를 바이샤 전 지역에 팔면서부터입니다. 오늘날 카페 니콜라는 리스본을 대표하는 카페이자 호시우Rossio 광장에 마지막으로 남은 카페입니다. 긴 세대가 지나면서도 같은 가문이 계속 소유하고 돌본 그들의 헌신이 놀라울 뿐이지요. 많은 카페가 생겼다 없어졌지만 200년도 더 된 카페 니콜라가 지금까지 남아 있다는 것은 우리 리스본 사람들의 자랑입니다."

"카페 니콜라에 얽힌 특별한 에피소드를 좀 들려주시죠?"

"우리나라 지폐 중 1960년대에 발행한 100에스쿠도Escudos짜리를 보면 앞면에는 시 쓰는 보카즈의 모습이, 뒷면에는 카페 니콜라가 있는 호시우 광장이 새겨져 있습니다. 카페 니콜라의 역사적 의미를 한층 높여주는 자료지요. 보카즈에 관한 일화도 있어요. 보카즈가 호시우 광장 길을 걷다가 한 경찰관에게 불심검문을 받고는 이런 시구로 답했답니다."

나는 보카즈 Eu sou o Bocage
니콜라에서 왔다네 Venho do Nicola
다른 세계로 간다네 Vou p'ro outro mundo
방아쇠를 당긴다면 Se dispara a pistola

어떤 문학적 가치가 있는지는 알 수 없었으나 노래하듯 읽어내리는 그녀의 억양에 잠시 동안 흥겨움에 빠질 수 있었다. 그것으로 충분했다. 한참 동안 그녀는 니콜라에 관한 에피소드를 책을 펼쳐가며 내게 들려주었다. 그녀와의 대화는 점심시간이 다 되어서야 끝이 났다. 포르투갈어를 모르는 나로서는 얼마나 큰 도움이 되었는지 헤어지면서 여러 번 감사의 뜻을 전했다. 그녀가 했던 한국은 지금 전쟁중이 아니냐는 질문은 아직까지도 나의 마음을 무겁게 한다. 우리나라와 포르투갈이 교류가 많지 않음을 잘 알 수 있게 하는 대목이었다.

호시우 광장은 오가는 사람의 지친 발걸음을 멈추게 할 정도로 꼭 알맞은 위치에 자리하고 있다. 오후의 뜨거운 볕을 시원한 분수의 물줄기가 식혀준다. 그늘이 있는 곳이면 어디든 사람들이 있다. 여행객으로 보이는 젊은 여인 두 명이 분수에 걸터앉아 큼지막한 샌드위치를 먹고 있다. 먹음직스럽게 보인다. 두 사람 바로 옆에 걸터앉아 역사적인 카페 니콜라를 바라본다. 테라스라고도 할 수 없이 인도의 일부를 가로막은 파라솔 아래 사람들이 앉아 있다. 노란 식탁보가 인상적이다. 관광객은 별로 없고 대부분 지역 사람들로 보인다. 오후가 되면 저절로 그늘이 생기는 니콜라의 자리는 가히 명당이라 할 만하다. 입구는 그리 크지 않다. 길거리 악사가 행인과 손님 들의 귀를 즐겁게 해준다. 잘 차려입은 웨이터들이 익숙하게 손님을 맞는다.

길거리 테이블에 앉아 포르투기스 수프와 맥주를 주문했다. 하와이 코나에서 잠시 머물며 커피공부를 할 때 때때로 아침이면 달려가 우리네 해장국처럼 즐겨 먹던, 언젠가 포르투갈에 가면 진짜 포르투기스 수프를 먹어봐야지 했던 그 수프다. 기대가 크면 실망도 큰 법이라던가. 기대만큼 특별한 맛은 아니었다. 니콜라 커피를 주문했다. 역사적인 카페에서의 커피는 수프만큼이나 별다른 인상을 주지 못했다. 식은 커피잔을 앞에 두고 19세기 문학가가 되어 시상을 떠올리며 몇 자 긁적인다.

태양이 내리쬐는
카페 니콜라에
더이상 옛 영화는 없다
그리움이 깊어서인지
아니면

마땅히 다른 쉴 곳이 없어서인지
카페 테라스는 사람들로 넘쳐나지만
빈 웃음만 가득하다

분수가 솟구치는
호시우 광장에
너그러움이 찾아든다
그저 긴 세월을 견뎌냈다는 것만으로
언제든
다시 찾을 수 있다는 사실만으로도
고마워해야 할 일이기에
무덤덤한 커피지만 향기롭다

지배인에게 부탁해 카페 내부를 소개받았다. 역사적인 카페답지 않게 내부는 매우 현대적이다. 카페의 이름과 역사는 잇고 있지만 시대에 맞춰 변해가는 모습이 왠지 너무 앞서간 느낌이 들어 아쉬웠다. 최신식 에스프레소 머신이 주방 한가운데 버티고 있다. 인상적인 것은 주방 뒷면의 그림으로 생선 기름으로 불을 밝힌 램프, 군모를 쓴 프랑스 군인과 성직자 들이 큰 화폭에 담겨 있어 니콜라의 상징처럼 보였다. 매장 깊숙한 곳 한가운데에는 보카즈의 동상이 높은 곳에 자리 잡아 매장 안을 내려다보고 있다. 손님들이 동상 주변 테이블을 제일 좋아한다고 지배인이 귀띔해준다. 사람들은 보카즈와 같이 커피를 마시며 그가 소네트를 들려주길 기대하나보다.

카페보다 레스토랑에 더 가깝지 않느냐는 질문에 지배인은 그렇지 않다고 답한 뒤 친절하게도 매장 뒷문으로 나가면 연결되는 또다른 카페 니콜라를 소개해준다. 온전히 니콜라 커피를 마실 수 있는 공간이었다. 사람들의 소곤거림이 오히려 달콤하게 들리는 포근한 공간. 그곳에서 한 중년 부부가 내게 커피 한 잔 같이하자 청한다. 철도 공무원이라는 바깥양반은 아직 아시아 여행을 해보지 않아 동양에 대한 호기심이 가득했다. 리스본까지 시간이 얼마나 걸리는가, 계절은 어떤가, 물가는 어떤가, 축구는 좋아하는가 등등 질문이 많았다. 나는 커피까지 한 잔 얻어 마시고 마치 콜럼버스가 탐험을 다녀와 신대륙이 어떤지 이야기를 들려주듯 부부와 즐거운 시간을 보냈다. 카페 니콜라는 학술원이라는 별칭답게 많은 친구를 만들 수 있는 곳이었다.

발길을 돌려 언덕길로 향했다. 대지진 이후 위정자들은 곧게 뻗은 길을 만들려 애썼지만 언덕길만큼은 뜻대로 되지 않았던 모양이다. 전 세계 구시가지의 공통점인 노상 주차는 리스본에서도 크게 다르지 않았다. 좁은 도로 한쪽은 주차된 차들이 차지하고 그 옆으로 겨우 차 한 대가 다닌다. 길바닥은 차도건 인도건 사각모양의 작은 돌이 깔려 있어 운치가 있다. 닳고닳아 반질거린다. 뜨거운 햇빛을 피해 사람들은 그늘진 한쪽 인도로만 다닌다. 기분 좋은 완만한 경사가 이어지고 돌계단도 정겹다. 트램 레일이 깔린 굽은 길은 그 자체로 예술품이다. 골목길 헌

Aprovado
Lisboa
Obra a obra,
Lisboa melhora!
NICOLA
Gazela
Sabe bem com a vida.

책방에서 역사책 한 권을 샀다. 매력적인 여인이 커피를 마시고 있는 사진이 담겨 있었다. 한참 언덕길을 올라와 뒤돌아본다. 유럽 전역을 여행하고 마지막으로 리스본에 도착한 어느 작가가 집집마다 테라스에 걸린 빨래를 보며 '남루한 유럽의 끝'이라 했다. 나는 그 표현이 적절하지 않다고 생각한다. 그 자체가 하나의 예술 작품이었다. 미풍에 흔들리는 빨래, 바다를 향해 열린 창문, 사람들의 친절한 미소 그 무엇 하나 아름답지 않은 것이 없었다. 사람들은 자유롭고 발걸음에는 생기가 넘친다. 이유는 알 수 없지만 나는 이곳에서 노란색과 흰색이 특별히 기억에 남는다.

언덕 위 작은 광장에 많은 사람들이 모여 있다. 카페 브라질레이라가 자리한 시아두Chiado 지역이다. 브라질레이라는 1905년에 문을 열었다. 20세기는 바이샤, 호시우, 시아두가 리스본의 코스모폴리탄을 이끌던 유일한 축이었다. 왕국에서 공화국으로, 독재 정권에서 혁명까지 역사의 한복판에서 고난의 20세기를 거치면서도 살아남은, 큐레이터 리아나가 '순수한 커피하우스'라 칭송하던, 여기는 카페 브라질레이라다.

카페는 손님들로 발 디딜 틈이 없고 직원들은 모두 바빠 어쩔 줄 몰라 한다. 매일 이런 사정이라고 한다. 나이 지긋한 바리스타에게 비카Bica 한 잔과 그들의 자랑거리 에그 타르트를 시켜 맛봤다. 둘의 조화가 뛰어났고 커피맛은 확실히 달랐다. 코끝을 강하게 자극하는 숯향에다 탄맛 바로 직전까지 끌고 간 쓴맛은 짙은 구릿빛 피부색을 닮은 끈적끈적한 목 넘김을 통해 내게 강한 인상을 남겼다. 그렇

d'A Brasileira

지만 매장 내는 차분히 커피를 마실 분위기가 아니었다. 잠시 걸터앉을 자리조차 없는데도 사람들이 밀려들었다. 이곳에서 심각한 고민을 나눈다든지 화난 이야기를 한다든지 하는 일은 상상하기 힘들다. 모두 환한 표정이다. 리아나와 대화할 때 메모해둔 노트를 꺼내들며 내용을 떠올린다.

"브라질레이라가 처음 문을 열 당시에는 커피와 함께 헨리 2세풍의 고가구를 팔았어요. 1908년에 르네상스풍으로 장식된 의자와 탁자를 들여 커피하우스로서의 모습을 갖추었죠. 이후로도 여러 차례 매장을 확장했는데 1925년에 획기적으로 외관을 바꾸면서 리스본 사람들의 사랑을 한 몸에 받게 되었지요. 1970년에 발코니 확장과 내부 그림 교체를 위해 잠시 문을 닫은 적이 있었는데 영영 문을 닫았다고 잘못 전해들은 시민들이 혼란에 빠졌죠. 그제야 브라질레이라가 리스본이 잃어서는 안 될 소중한 보물이란 걸 깨닫게 된 거예요. 브라질레이라는 리스본의 전설이 되어버렸어요."

19세기를 지나면서 리스본에는 커피에다 치커리, 곡물 알갱이, 카카오, 식물 껍질, 심지어 석탄까지 섞어 파는 가게가 적지 않았다. 이에 반해 브라질레이라는 커피의 순수함에 열정을 쏟았다. 1905년 손님들에게 제공된 커피는 물 100밀리리터에 커피 15그램을 넣은 것으로 집에서도 똑같은 비율로 마실 것을 신문광고를 통해 권장했다. 초기 브라질레이라의 커피가 굉장히 약하다고 불만을 제기한 사람들을 위해 후에 그들은 에스프레소 기계를 사용했다. 베체라L. Bezzera가 1901년에 만든 에스프레소 머신이 없었다면 과연 브라질레이라가 지금까지 건재할 수 있었을까 하는 생각을 문득 해보았다.

바깥 테라스에 자리가 나지 않을까 하고 한참을 기다렸다. 조바심 내는 내가 안쓰러웠던지 신문 보던 한 할아버지가 자신의 앞자리가 비었다며 앉으라 한다. 50년이 넘는 단골이란다. 테라스 안쪽 동상을 가리키며 내게 말한다.

"이곳은 처음 열었을 때부터 포르투갈의 대시인 페르난두 페소아Fernando Pessoa의 단골 가게였어요. 위대한 문인, 예술가 들이 멋진 이곳에 많이 모여들었지요."

사실 처음에는 그 동상이 좌석과 섞여 있어서 동상인지 손님인지 알아보지도 못했다. 잠시 후 할아버지는 내 등 뒤를 가리키며 푸념 섞인 어투로 말했다.

"그런데 나는 매번 이곳에 올 때마다 저 추기경 안토니우 히베이루Antonio Ribeiro의 동상이 눈에 거슬려요. 왜 대시인의 동상보다 높은 곳에서 아래를 내려다보는지 모르겠어요. 나이로 봐도 시인이 1888년생이고 추기경이 1928년생이니 훨씬 아래인데 말이에요. 추기경이 시인보다 더 높단 말이야? 쯧쯧."

그러고 보니 테라스와 광장에는 두 개의 동상이 서로 위아래에 마주하고 있다. 대시인은 말없이 무언가 깊은 생각에 잠겨 있고 추기경은 무슨 신나는 일이 있는지 환히 웃고 있다. 추기경이라는 이야기를 듣지 않았다면 유명한 희극 배우 정도로 생각할 뻔했다. 시인의 동상 뒤로는 19세기 이래로 리스본에서 가장 유명하다는 담배 가게 카사 아바네자Casa Havaneza가 보인다. 리스본 미술대학을 비롯해 시아두 광장에는 명물이 한자리에 모여 있다.

브라질레이라에서 가장 눈에 띄는 것은 '컵 속의 커피 마시는 남자'였다. 나는 처음에 이 컵 속의 남자를 봤을 때 '브라질 이민자가 정복자의 땅 포르투갈에 와서 어렵게 일궈낸 성공담의 주인공'이라 생각했다. 그런 내용을 이야기하자 할아버지는 크게 웃으며 고개를 끄덕인다.

"많은 사람들이 그렇게 생각할 거예요. 그렇지만 컵 속의 인물은 카페와는 아무런 상관이 없는 실존하지 않는 인물이에요. 처음 이 이미지는 독일의 상품 카탈로그에 있던 것 중 하나를 골라낸 것이라고 해요."

사람들은 시아두 광장의 이 작은 공간을 리스본에서 가장 고상하고 도시적인 공간으로 여기는 것 같다. 야외 테라스에 앉아 사람들을 쳐다보며 하루 종일 앉아 있고 싶었다. 리스본에서 본 세 카페의 느낌은 각각 달랐는데, 카페 니콜라는 아카데믹한 느낌이 강한 반면 브라질레이라는 대중적이었고 카페 마르티뉴는 상류층을 위한 조금은 대중과 단절된 듯한 느낌이었다.

일요일 아침 코메르시우 광장에서는 벼룩시장이 열린다. 아침 일찍부터 광장 안 긴 회랑에는 준비하는 사람들로 분주하다. 골동품, 책, 유리 공예품, 잔 등 온갖 잡동사니가 다 모여든다. 마음씨 좋게 생긴 아저씨에게 빨간 꽃무늬가 있는 커피잔 하나를 샀다. 유쾌한 흥정이었다. 카페 마르티뉴에서 커피 한 잔 할 생각으로 계속 두리번거렸지만 여전히 안에서는 인기척이 없다. 언제 문을 여는지 지나가는 사람마다 물어봐도 아는 사람이 없다. 하는 수 없이 브라질레이라를 다시 찾았다. 어제와 똑같이 비카 한 잔과 에그 타르트를 시켰다. 어제 본 나이 든 바리스타는 보이지 않는다. 이른 시간이라 그런지 사람들이 많지 않아 조용하다. 어제 그 맛이 나지 않는다. 역시 브라질레이라 커피는 시끌벅적한 분위기에서 쫓기듯 마시는, 경황없이 마시는 커피가 제격인 듯하다. 그 와중에도 나만의 시간을 가질 수 있겠지. 세상 사람들이 주위에서 다 떠들고 웃고 해도 꿋꿋이 모른 척 신문만 들여다보던 대시인 동상 옆 멋쟁이 남자가 생각난다.

알파마Alfama 지역 포르타스 두 솔Portas do sol 광장을 향해 리스본의 골목길을 구석구석 걷는다. 언덕길 꼭대기, 뜨거운 태양, 나는 이런 온전한 나만의 시간이 좋다. 내려오는 골목에서 하늘을 향해 열린 문과 마주쳤다. 무엇이든 이곳에서 소원을 빌면 다 들어줄 것 같은 그런 작은 문이었다. 아름다운 풍경은 이런저런 모습으로 리스본에 지천으로 널려 있다. 잘 짜인 조각 같은 아름다움이 아닌, 서유럽에서 느끼는 것과는 다른 리스본만의 특별한 아름다움이다.

테주 강이 한눈에 보이는 광장 테라스에 앉아 리스본의 소박함에 흠뻑 빠진다. 맞은편 여행자가 커피 한 잔을 앞에 두고 글 쓰는 모습이 매력적이다. 이미 식어버린 커피잔을 곁에 두고 주변 풍광을 스케치북에 담는 여행객도 눈에 띈다. 커피는 과연 이 모든 것을 가능케 해주는 연결 고리가 분명하다. 커피잔이 아닌 물잔이어도, 와인잔이어도, 맥주잔이거나, 콜라잔이어도 별문제가 없겠지만 이 시간 이 풍경에 딱 맞는 것은 틀림없이 커피잔이다. 커피는 글쓰기와 그림 그리기 같은 창의적인 일에 좋은 영감을 준다. 사람들이 떠나고 빈 커피잔만 놓인 테이블마저도 아름다운 것은 커피가 배를 채우기 위한 것이 아니라 영적인 데 소용 있음을 잘 말해준다. 내려오는 골목길의 아르데코적 감각으로 보아 이곳에 사는 사람들 모두 수준급의 작가라 해도 손색이 없을 것이라는 생각이 들었다.

오후에도 여전히 마르티뉴는 문을 굳게 걸어닫고 있다. 어제는 나중에 천천히 시간을 갖고 들러야지 하다 못 들어갔고 오늘은 이 모양이다. 일요일이라 문을 열

지 않는 것이 틀림없다. 결국 리스본의 가장 오래된 '눈의 카페' 마르티뉴는 들어가보지 못했다. 눈 메뉴를 꼭 청해보리라 했는데 그러질 못했다.

벼룩시장은 오후가 되자 활기를 띤다. 세계를 호령하던 대제국 포르투갈의 제1도시 리스본의 한복판에서 벼룩시장이 열리고 있다. 세월의 덧없음이라고나 할까. 커피역사에서 리스본은 브라질에서 보내온 커피를 유럽 내륙에 전한 유서 깊은 무역항이다. 그럼에도 불구하고 오늘날 그에 걸맞은 주목을 받지 못하고 있다. 늦은 밤 호시우 광장 구석 선술집에서 포르투Porto 와인 한 잔을 들이켜며 포르투갈 전통민요 파두Fado를 듣는 것으로 리스본의 마지막 밤을 보냈다.

콜럼버스의 신세계와 커피

리스본에서 밤차로 다시 마드리드로 간다. 끔찍한 기억의 장소로 돌아가는 게 썩 내키지 않지만 카디스로 가는 기차를 타기 위해서는 어쩔 도리가 없다. 마드리드까지 와서 카페 마르티뉴에서 커피 한 잔 못하고 사고 싶은 커피잔과 책을 포기한 것이 내내 후회된다. 그래도 배낭이 조금씩 무거워진다. 사고 싶은 것들을 사서 중간에 소포로 보내면 될 것 아니냐고 하겠지만 그때그때 어디 붙어 있는지도 모르는 우체국이나 DHL 사무소를 찾기란 여간 번거롭지 않다. 게다가 비용도 만만치 않다. 마드리드 역에서 악몽 같은 지하철을 또 한 번 긴장하며 탄 후에야 비로소 카디스로 출발하는 기차에 몸을 실을 수 있었다. 2등석인데도 시설은 매우 훌륭했다. 기차 안도 텅텅 비어간다. 말동무나 할 겸 옆에 누구라도 타면 좋았겠지만 한편으론 혼자만의 이런 여유가 좋기도 하다.

세비야를 거쳐 카디스까지 긴 기차 여행을 했다. 카디스에서 버스로 갈아타고 곧장 콜럼버스가 신대륙을 향해 두번째 항해를 시작한 항구도시 엘푸에르토 데 산타마리아El Puerto de Santa María로 향했다. 스쳐 지나가는 풍경에서 이슬람의 향취가 느껴진다. 도착해서는 과달레테Guadalete 강 하구로 나가 낙조를 바라본다. 조용한 마을의 깊은 곳까지 긴 수로가 연결되어 있다. 우리의 서해안처럼 길게 갯벌이 펼쳐져 있다. 안달루시아의 상큼한 바닷바람이 코끝을 스친다. 지금 눈앞에 보이는 항구가 그 옛날 신대륙을 향해 출발했던 곳이다. 현대식 접안 시설이 잘 갖춰져 있다. 16, 17세기에 스페인 왕실 범선의 겨울 항구로 쓰일 만큼 온화한 기후를 자랑하는 엘푸에르토. 콜럼버스는 이곳의 지명을 따 자신의 배에 '산타마리아호'라는 이름을 붙였다. 일몰을 바라보며 밤이 깊어갈 때까지 바닷가 바위에 걸터앉아 있었다. 과연 콜럼버스의 신대륙 탐험과 커피는 어떤 연관이 있는가?

교역은 유럽을 발전시킨 중요한 요인이었다. 그런데 1453년, 오스만튀르크가 콘스탄티노플을 점령하면서 그때까지 해상 교역이 활발히 이루어지던 지중해 항로가 폐쇄되고 만다. 이에 스페인과 포르투갈은 새로운 항로 개척에 나선다. 이베리아 반도의 남서쪽 끝에 있어 출발이 용이했던 리스본과 카디스를 교두보로 삼아 신세계에 대한 갈망을 실현하기 시작한다. 당시는 커피가 이슬람 지역에만 머물러 있었는데 콜럼버스의 대탐험은 유럽 커피 교역에 단초를 제공했다. 그곳이 바로 여기 엘푸에르토 데 산타마리아다. 나는 지금 그 새로운 시작의 출발점에 서 있다.

다음날 세비야에 밤늦게 도착해 숙소를 찾아 헤매느라 기진맥진했다. 방에 들어서자마자 쓰러져 어떻게 잠을 잤는지 기억이 나질 않는다. 한 방에 여덟 명이

자는 방이어서 평소 같으면 인기척에 여러 번 잠을 깨 뒤척였을 텐데 간밤에는 세상모르고 잤다. 이른 아침이라 아직 다들 곯아떨어져 있다. 세비야의 아침은 찬 기운이 남아 있다. 시내는 안달루시아의 주도州都답게 깔끔하게 잘 정돈되어 있다. 우리 박물관 금요음악회 때 늘 빠지지 않고 등장하는 오페라 〈세비야의 이발사〉 〈피가로의 결혼〉 그리고 〈카르멘〉의 무대, 세비야의 한복판에 나는 감격스럽게 서 있다. 세비야 대성당이 웅장한 모습으로 눈앞에 버티고 있다. 이슬람 모스크의 미나레트였던 것이 기독교 대성당의 종탑 히랄다Giralda로 변해 뾰족하게 높이 솟아 있다. 기하학적 무늬가 반복되는 이슬람 양식과 수직적 상승감이 돋보이는 고딕 양식이 한데 뒤섞여 역사의 변천을 잘 보여준다.

이슬람이 세비야에 족적을 남기기 시작한 것은 북아프리카의 베르베르인을 정복하고 이베리아 반도로 급격히 세력을 확장한 8세기 초부터다. 그후 13세기까지 수백 년 동안 세비아는 이슬람 세력하에 있었다. 스페인의 기독교인들이 벌인 국토회복운동(재정복운동) 레콘키스타Reconquista의 결실로 영토를 회복할 때까지 긴 세월을 이슬람 문화를 받아들이며 살아왔다. 그래서 세비야에는 곳곳에 이렇게 이슬람 양식의 건축물이 산재해 있다. 대성당 앞으로 아침 일찍부터 중세풍의 마차가 관광객을 맞을 준비로 분주하다. 오페라의 무대를 마주하고 있는 듯하다.

1492년 콜럼버스가 신대륙을 향해 첫발을 내디딘 항구를 찾아 우엘바Huelva 행 버스에 올랐다. 세비야에서 그리 멀지 않아 오후 늦게 다시 돌아올 계획으로 배낭을 숙소에 그대로 두었다. 오랜만에 홀가분하다. 우엘바는 안달루시아 해변의 휴

양도시답게 좁은 골목길의 건물이 옛날 그대로 정겨운 모습이다. 작은 상점이 골목마다 가득하다. 간판이 크지 않아 보기가 좋다. 유럽의 마을 중심에는 대개 오래된 교회나 성당이 있고 그 앞으로 광장이 있어 그곳으로 사람들이 모여든다. 노인들이 길거리에서 반갑게 인사를 나눈다. 작은 도시 우엘바는 친근함이 가득했다. 콜럼버스의 항구를 찾기 위해 이곳저곳 기웃거리며 수소문했다. 시골로 갈수록 영어 쓰기가 힘들다. 관광안내소 직원도 사정이 별반 다르지 않았지만 손짓 발짓을 다해 겨우 팔로스 데 라 프론테라Palos de la Frontera에 대한 정보와 찾아가는 길을 알 수 있었다.

다시 버스를 타고 관광안내소에서 알려준 대로 팔로스로 향한다. 버스 안에 노선표 같은 것이 없어 도대체 어디서 내려야 할지 내내 긴장하고 있었다. 안내 방송을 해준다 해도 알아듣지 못하겠지만 그것마저도 없다. 버스 기사에게 "팔로스 데 라 프론테라"라 해도 고개를 끄덕이고 웃으며 무슨 말을 하지만 당최 알아들을 수 없다. 버스 안에는 도와줄 사람이 아무도 없다. 눈치껏 내릴 수밖에. 차창 밖으로 문득 우뚝 솟은 콜럼버스 동상이 보인다. 멀리 망망대해를 바라보며 고귀한 모습을 하고 있다. 바다인지 큰 강인지 알 수 없으나 분명 내려야 할 곳이 멀지 않았다는 것을 직감할 수 있었다. 언뜻 길거리에 산타마리아라 쓰인 간판이 스쳐 지나간다. 급하게 차를 세웠다. 잊지 않고 "그라시아스"를 외치고는 얼른 뛰어내렸다. 그런데 내리고 보니 인기척이라고는 없다. 분명 집은 길게 늘어서 있는데 다니는 사람이 아무도 없다. 해는 중천에 떠 뜨겁게 내리쬐기 시작한다. 지도를 펼쳐들었다. 두번째 갈림길에서 내려야 할 것을 콜럼버스 상에 정신이 팔려 그만

첫번째 갈림길에서 내린 것이다. 다시 버스를 기다리려 했으나 언제 올지 모를 일이다. 택시도 없고 지나가는 차를 잡아보려 손을 올려보았으나 꾀죄죄한 이방인을 태워줄 리 만무했다. 막막했다. 걷기로 맘먹었다. 마침 큰 배낭은 세비야에 두고 와 작은 배낭에 카메라만 있으니 천천히 걸으면 되겠다 싶었다. 아름드리 소나무가 도로 옆으로 잘 심어져 있다. 적당히 그늘도 만들어져 기분 좋은 걸음이다. 아 아름다운 안달루시아여. 천천히 걸으면서 알게 되었지만 버스에서 급히 내리기 전 내가 본 간판의 산타마리아는 산타마리아 농원, 산타마리아 호텔, 카페 산타마리아 같은 것이었다. 가는 곳마다 산타마리아였다. 계속 걸었다. 호젓한 나무 그늘은 불과 몇백 미터가 전부였다. 조금 지나니 보이는 것이라고는 드넓게 펼쳐진 평원밖에 없었다. 왜 그렇게 햇볕은 뜨겁던지 이베리아 반도의 열기가 온통 내 머리 위로 전해져왔다. 물을 살 곳이 없어 고통스러웠다.

한 시간 넘게 걸어서야 팔로스에 도착했다. 팔로스까지 걷는 동안 같은 방향으로 가는 버스는 한 대도 보지 못했다. 버스를 기다리지 않고 걸어온 보람이 있었다. 멀리 언덕 위 붉은색의 교회가 보인다. 나는 열기 속에서 걷느라 지쳐 정신이 혼미했는데도 벽돌로도 이렇게 정교하고 단아한 건축물을 지을 수 있다는 사실에 감탄했다. 종탑 위에 둥지를 튼 새집을 그대로 두어 신의 자비로움이 더 고귀해 보인다. 구석진 벽면에 낀 세월의 때는 그 어떤 위대한 예술가의 걸작도 한낱 인간의 손놀림일 뿐 자연의 섭리에는 미치지 못함을 일깨워준다. 콜럼버스가 첫 항해를 시작하기 전, 자신은 물론 아들 페르난도와 선원들의 무사귀환을 간절히

기도했던 성 조지Saint Georges 교회다.

틴토Tinto 강의 충적토는 세월이 흐르는 동안 옥토로 바뀌어 끝이 보이지 않는 포도밭이 되었다. 키 작은 포도나무 사이로 소금기가 느껴지는 미지근한 바람이 불어온다. 첫 항해 때 산타마리아 호와 함께 고락을 같이한 니냐Niña, 핀타Pinta 호의 두 선장 핀손Pinzon 형제의 동상이 저 아래 보인다. 이 마을 출신의 용맹스러운 형제는 지금이라도 선뜻 위험을 무릅쓸 기세다. 세 대의 범선이 출항할 때 그 배에 물을 공급했던 전설적인 마을의 우물 폰타닐라Fontanilla도 나란히 자리하고 있다. 이곳 팔로스 데 라 프론테라는, 대부분 팔로스 사람이었던 120명의 거친 선원들과 콜럼버스가 신세계를 향해 출발한 바로 그 포구다. 곧 대서양과 만날 틴토 강 하류가 보인다. 포구는 조용하다. 찾는 사람이 없어 쓸쓸함이 깊다. 콜럼버스의 기념비에는 누군가 푸른 글씨로 낙서를 갈겨놨다. 눈살 찌푸리게 하는 짓은 지구 어느 곳에나 있는 모양이다. 나는 뙤약볕 아래서 촬영하고 기록하느라 기진맥진했다.

팔로스 버스정류장에서 아주머니들과 수다를 떨었다. 동양인이 잘 찾지 않는 이곳에서 나는 그들의 관심사가 되어 유쾌한 시간을 보냈다. 힘들게 걸어왔던 길을 편안하게 버스로 돌아갔다. 걸을 때와 사뭇 풍경이 다르다. 힘은 들었지만 천천히 걸어온 일도 추억으로 남을 것이다. 걸을 때는 셀 수 없을 정도로 많아 일일이 사진 찍기도 힘들었던 방패 문양의 기념비를 버스 안에서는 휘익 지나쳐 무엇인지 알아챌 수도 없었다. 천천히 걷지 않았으면 알 수 없었을 대탐험 참가자에 대한 기록이었다.

이번에는 아주머니들의 도움으로 정확히 안달루시아 국제대학Universidad Internacional de Andalucia에 내려 틴토 강을 향해 걸었다. 콜럼버스가 첫 항해를 나가기 전 2년간 머물렀던 라비다La Rábida 수도원이 정갈한 모습으로 나를 맞는다. 이 수도원은 프란체스코회의 유적지로, 13세기 처음 지어질 당시에는 작은 요새 같았고 틴토 강을 굽어보는 전망대 역할도 했다고 한다. 1755년 리스본 대지진 때 심각한 피해를 입은 이후 대대적으로 보수하여 지금 모습에 이르게 된다. 수도원다운 경건한 분위기에 나도 모르게 옷깃을 여민다.

강 쪽으로 난 작은 계단을 따라 콜럼버스 박물관을 찾았다. 바구니, 항아리, 냄비 같은 생활 도구를 비롯해 선원들에게 빠져서는 안 될 와인 오크통, 소금에 절인 고기 보관통 같은 탐험 당시 배에서 썼던 도구가 전시되어 있다. 나침반, 컴퍼스, 모래시계, 손으로 그린 단순한 해도海圖가 항해 도구의 전부로 해, 달, 별 그리고 바람만을 의지해 험한 대서양을 건넌 15세기의 이야기다. 강에는 대포가 갖춰진 세 척의 범선이 실물 크기로 하구에 정박해 있다. 크기가 가장 큰 산타마리아 호, 가장 빨랐던 핀타 호 그리고 가장 작은 니냐 호에 올라 이곳저곳 기웃거린다.

박물관 사무실을 찾아 큐레이터 에바 마리아에게 궁금한 점들을 물었다.

“콜럼버스는 많은 항구 중에서 왜 팔로스에서 출발하게 되었나요?”

“네, 무엇보다 대서양으로 나가기 위한 가까운 항구이기 때문이죠. 그는 이 지역 사람은 아니었지만 오랫동안 이곳에 머물렀고 누구보다 이 지역을 잘 알았어요.”

“그렇다면 팔로스보다 우엘바가 더 가깝고 훌륭한 항구 아닌가요?”

“팔로스는 배를 만드는 기술이 오랫동안 전통으로 내려온 곳이었어요. 물론

산타마리아 호_배를 만드는 기술이 오랫동안 전통으로 내려온 팔로스에서 콜럼버스는 항해를 시작했다.

항해 기술이 뛰어난 핀손 형제 같은 좋은 선원들도 많았지요. 우엘바는 항구도시이자 상업도시로 팔로스와는 성격이 전혀 다른 곳이에요."

전시실을 안내받으며 자세한 항해 경로며 선원들의 생활상 등 평소 궁금해하던 내용을 스페인 여인의 거침없고 활달한 설명을 통해 자세히 들을 수 있었다. 박물관 폐관시간이 다 되어서야 이야기는 끝이 났다. 능숙하지 않은 영어로 힘들게 이야기를 들려준 그녀에게 고맙다는 말만 전한 채 돌아왔다. 서로 연락하자며 주고받은 이메일 주소만 내 수첩에 남아 있다.

돌아오는 버스에서 보니 거대한 콜럼버스 상이 노을 속으로 사라지고 있다. 혹자는 "보이지 않는 세계와 보이는 세계는 공존한다. 보이지 않는 세계가 보이는 세계보다 비교할 수 없이 크다. 결국 보이지 않는 세계가 보이는 세계를 움직인다"고 했다. 눈앞에서 사라져가는 콜럼버스의 동상과 이미 보이지 않는 그의 생애가 엄연히 다름에도 나는 그들이 공존한다고 믿는다. 세비야에는 자정이 되어서야 도착했다.

골든 타워
탈출기

대성당이 바라보이는 햇살 잘 드는 창가 자리에 앉아 아침으로 크루아상과 커피 한 잔을 시켜 마셨다. 거의 매일 아침을 비슷한 메뉴로 해결하고 있지만 나는 여행중에 맞는 이런 아침의 여유가 좋다. 해마다 커피를 좇아 재배 산지며 문화가 발달된 곳 구석구석을 돌아다니면서도 아직 여유 있게 하루를 푹 쉬지 못한다. 아침 일찍 일어나 무슨 일이라도 하지 않으면 나를 지지해주는 사람들에게 죄를 짓고 있다는 마음이 든다. 나의 이 커피역사 탐험 비용은 순전히 박물관 관람객들의 입장료 중 일부를 1년 내내 푼푼이 모은 것과 아내의 쌈짓돈이다. 흔쾌히 큰돈을 내어주고 언제나 나를 격려해주는 아내에 대한 고마움이야 더 말해 무엇하랴.

어쩌다 일찍부터 비라도 쏟아지는 날이면 모를까 그렇지 않으면 나는 온종일 돌아다닌다. 그런 면에서 보면 나는 진정한 자유인이라 말할 수 없다. 관광지를 돌아다니는 여행객도 아니고 산골 오지만을 찾아다니는 모험심 가득한 탐험가도 아니다. 간혹 나는 "지금까지 얼마나 많은 나라를 여행했습니까?"라는 치기 어린 질문을 건네는 사람을 만난다. 그때마다 "아직 못 가본 곳이 더 많지요"라고 답한다. 사진 몇 장 찍고 며칠간 지내고 온 나라가 몇 개라는 게 과연 무슨 의미가 있겠는가? 나는 때때로 '마음 가는 곳에서 몇 달이고 눌러앉아 자신만이 느끼는 순간과 감정을 즐기는' 그런 자유인을 동경한다. 그렇지만 나는 그렇지 못하다. 아니 그러고 싶지 않은 마음이 더 크다. 아마도 나는 가슴속에 방랑자의 피가 끓지 않거나 어느 곳에서나 안식할 수 있는 자유로운 영혼이 아닌 모양이다.

책방에 들러 문고판 커피책 한 권을 샀다. 스페인어라서 이해하기 힘들지만 무겁지 않은 내용이라 주머니에 넣고 때때로 보기 편했다. 누에바Nueva 광장 벤치에 앉아 밀린 글을 썼다. 근처에 앉은 할아버지는 털옷을 껴입은 채 안경 너머로 신문의 축구 기사를 보고 있다. 어디서 빵빵거리면 혹시 누가 자기를 부르나 해서 뒤돌아본다. 핸드폰 소리가 울리면 꺼내서 쳐다보는 것으로 보아 필시 누군가를 기다리고 있는 모양이다. 내 주머니도 뒤져본다. 핸드폰은 없는데…… 손님 없는 마차가 쏜살같이 내달린다. 달리는 마부는 눈물을 흘리고 있다. 급한 연락을 받고 집으로 돌아가는 것이 틀림없으리라. 무슨 사연일까?

점심 먹으러 들어간 작은 카페에서 고등학교 역사 선생님 헤수스를 만나 세비야와 콜럼버스 얘길 들었다. 점심이라고는 하지만 오후 2시까지 일하고 4시 반까지가 점심시간이라 하니 우리나라로 치면 점심 먹을 시간이 한참 지난 때였다. 세비야 토박이 헤수스는 콜럼버스와 세비야에 대한 자부심이 컸다. 특히나 자신의 전공과목인 역사 이야기이니 더욱 신이 났다. 처음 들어갈 때부터 카페 안은 소란스러웠는데 맥주 한 잔이 들어가자 자연스레 우리도 목소리가 커졌다.

헤수스는 콜럼버스와 세비야에 대한 자부심으로 유쾌한 대화를 이어갔다.

"금은보화, 향료, 열대과일 같은 새로운 것들이 아메리카로부터 대서양을 건너 과달키비르Guadalquivir 강을 따라 세비야로 들어왔어요. 16, 17세기에는 어느 곳보다 앞선 상업 중심 도시가 되었지요."

커피역사 때문에 세비야에 왔다고 하자 놀라 물었다.

"아시아 사람들은 커피보다는 차를 많이 마시지 않나요? 커피도 마시나요?"

"옛날에는 그랬지만 지금은 많이 달라졌어요. 어떻게 그런 사실을 알고 있어요?"

그는 책에서 그리고 텔레비전 다큐멘터리에서 보고 들었다 했다. 이베리아 반도의 세비야에서 아시아는 아직 먼 곳이요, 한국은 동방의 어느 조용한 나라쯤으로 인식되는 모양이었다. 커피가 언제쯤 세비야에 왔는지 아느냐고 물었다.

"커피에 대해 잘 알지는 못합니다만, 16세기 말 그러니까, (잠시 자신의 가방에서 책을 하나 꺼내 펼쳐 보더니) 정확하게 1585년 멕시코의 베라크루스에서 코코아를 실은 배가 공식적으로 처음 세비야에 도착했습니다. 내 생각으로는 그 무렵이 아닐까 합니다만……"

그러나 헤수스의 생각은 사실과 다르다고 말할 수밖에 없었다. 왜냐하면 멕시코는 19세기가 되어서야 자메이카에서 커피를 소개받았기 때문에 식민지 멕시코로부터 커피를 들여온 것은 이보다 한참 후의 일일 것이다. 그렇다면 스페인에 커피는 19세기 후반이나 되어서야 들어왔다는 것인가? 그렇지 않다. 스페인의 커피는 포르투갈의 리스본을 비롯한 이베리아 반도의 여러 항구를 통해 18세기에 들어온 것이다. 그와의 유쾌한 대화는 점심시간이 끝날 때까지 이어졌다.

잔물결이 눈부신 과달키비르 강은 산텔모San Telmo 다리와 잘 어울려 세비야를 더욱 매력적인 곳으로 만든다. 쾌적한 환경과 좋은 기후에 사는 사람들은 대체로 낭만적이거나 낙천적이기 때문일까, 세비야에는 무언지 모를 흥겨움이 묻어 있다. 오페라의 희극적 인상이 깊어서일까?

골든 타워Torre del Oro가 강 옆에 버티고 있다. 13세기부터 군사전망대로 쓰이던 것이 대항해 시대에는 감옥으로 쓰였고 오늘날에는 해군박물관으로 사용되고 있다. 한눈에 보아도 탑이 주는 메시지는 간결했다. 기나긴 항해를 마치고 돌아오는 선원들의 눈에 비친 탑은 아침이면 떠오르는 태양으로 눈부셨을 것이고, 해질녘이면 찬란한 노을에 황금색으로 빛났을 것이다. 헤수스와의 긴 점심 때문에 이미 늦은 오후가 되어버려 혹시 입장시간이 끝나 못 들어가면 어쩌나 하고 서둘러 들어갔다. 두 사람이 일을 하고 있었지만 망루로 올라가는 나를 보지 못했는지 아니면 문 닫을 시간이 아직 멀었는지 특별한 제지는 없었다. 3층 망루에 올라 세비야 시내를 내려봤다. 쾌청한 하늘 아래 고요히 흐르는 강 위로 유유히 떠다니는 유람선을 바라보니 평온함에 젖어 길거리 소음은 하나도 들리지 않았다. 마치 꿈결 같았다. 관광객이라면 누구나 접근할 수 있는 열린 공간이 분명할 텐데 마치 남들은 얻지 못할 특권을 운 좋게 거머쥔 양 몹시 흥분했다. 금방이라도 누군가 올라와 이제 그만하랄까봐 정신없이 셔터를 눌러댔다. 지금이야 군데군데 다리가 놓여 범선이 드나들지 못하게 되었지만 망루에서 본 세비야의 과달키비르 강은 콜럼버스의 대항해 시대를 떠올리기에 충분했다.

너무 긴 시간을 몽환에 잠겨 있었던 것일까? 아래층으로 내려갔는데 불이 모두

골든 타워_13세기부터 군사전망대로 쓰이던 것이 대항해 시대에는 감옥으로 쓰였고 오늘날에는 해군박물관으로 사용되고 있다.

꺼져 있다. "올라?" 하며 소리를 내어봤다. 아무런 인기척이 없다. 무슨 일인가 곰곰 생각해봤다. 문 닫을 시간이 임박해서 입장해 슬그머니 망루에 올라가는 나를 못 본 직원들이 나를 남겨둔 채 문을 잠그고 퇴근해버린 것이다. 사방은 어두컴컴해 두려움이 몰려든다. 마치 스파이 영화의 한 장면 같다는 생각이 들었다. 혹시 도둑으로 오인받는 것은 아닐까? 여권은 주머니에 있는가? 바로 몇 해 전 마드리드에서는 1800여 명이 다치는 테러가 있지 않았는가? 스페인 정부의 이라크 전쟁 지원과 파병에 대한 보복으로 알카에다 조직원들이 열차 선로에 폭발물을 설치한 사건이었다. 일이 꼬여 험한 꼴을 보는 것은 아닌가? 컴컴한 계단의 벽체를 겨우 더듬고 내려와 굳게 닫힌 성문을 마구 두드리며 소리쳤다. 중세에 감옥으로 썼던 건물인 만큼 두꺼운 나무 문이라 두드려도 별 소리도 나질 않았다. 문틈으로 지나가는 사람이 보일 때면 "헬프 미!"를 큰 소리로 외쳤지만 아무도 관심을 갖지 않았다. 뛰어내려볼까 하고 작은 창문을 열어보았지만 꿈쩍도 하지 않는다. 옥상으로 올라가 소리쳐볼까도 생각해봤지만 일을 더 키울 것 같아 그러지도 못했다. 경찰들이 몰려와 틀림없이 꼬치꼬치 캐물을 것이다. "왜 그곳에 혼자 늦도록 있었는가?" 스페인어가 되지 않아 더 답답할 텐데 무어라 답해야 할까? 통역이 올 때까지 몇 시간을 기다려야 할지도 모르겠다. 없어진 유물이 있나 없나 확인할 때까지 어쩌면 하룻밤을 유치장에서 보내야 될지도 모를 일이다. 내일 새벽 아를 행 기차와 숙소도 예약해두었는데 점점 난감한 상황만 떠오른다. 박물관 안 조각상이 무섭게 느껴졌다. 좋은 유물이 많아 하나쯤 슬쩍해도 되겠다는 생각도 들었지만 빨리 나가고 싶은 마음이 굴뚝같았다.

숨을 깊이 들이켜며 생각을 가다듬는다. 커피를 가득 실은 배는 세비야의 젖줄 과달키비르 강을 따라 내륙 깊숙이 들어와 이곳 골든 타워에 닿는다. 시대가 다를 뿐 똑같은 공간에 선원과 죄수 그리고 나는 함께 이곳에 있다. 어쩌면 골든 타워는 내게 그들을 잊지 말라고 당부하는 것인지도 모른다. 작은 창틈으로 한줄기 햇빛이 들어온다. 문 앞에 있는 책상을 더듬거려 전화기를 찾았다. 어슴푸레한 빛 아래 명함이 보였다. 이것저것 가리지 않고 통화를 시도한 끝에 누군가 전화를 받았다. 다급한 목소리로 외쳤다.

"올라? 안에 사람 있어요, 도와주세요, 꺼내주세요!"

뭐 이런 식의 영어였는데 상대는 도무지 알아듣지 못한다. 다른 명함으로 전화했다. 무덤덤하게 전화받던 이가 내 이야기를 듣더니 갑자기 태도가 확 바뀐다.

"뭐라고요? 타워 안에 계시다구요? 그게 무슨 말씀이세요?"

"네, 내려와보니 아무도 없고 문은 잠겨버렸어요."

"아, 아니 잠시만 기다려주세요. 꼼짝 말고 그냥 그대로 기다려주세요. 곧 가겠습니다."

안도의 한숨을 내쉬었다. 그는 경찰에 연락하는 것도 아니고 직접 온다 한다. 게다가 상대의 당황한 태도로 봐서는 자신의 실수로 이런 일이 벌어진 것이어서 오히려 쉬쉬하려 할지도 모르겠다. 여차하면 그 사람을 책망하려는 태도를 취해야겠다고 마음먹었다. 사람은 참으로 간사한 존재임이 틀림없다. 그제야 깜깜하기만 하던 곳에서 유물이 하나씩 눈에 들어오기 시작했다. 18세기 세비야 항구 모습이 그려진 대형 액자, 항해 도구들, 범선의 모형들, 원형 벽면을 빼곡히 두른

흙 내음 가득한 에스프레소는
세비야의 골든 타워 탈출기를 오래오래 기억하기에 충분했다.

작은 액자들……

30분이 지날 즈음 마침내 성문이 열리고 뚱뚱한 체구의 관리인이 헐떡이며 눈앞에 나타났다. 망루로 올라갈 때 내게 등을 보이며 동료와 열심히 무언가를 얘기하던 그 사람이다. 내게 백배사죄한다. 내가 좀 큰소리쳐도 될 분위기였다. 없어진 물건이 없는지 확인하지도 않을 테니 제발 빨리 좀 나가주었으면 하는 형세다. 짐짓 앞으로는 잘 근무하라는 표정을 지으며 재빨리 빠져나왔다. 가능한 한 멀리 걸어갔다. 돌아다보니 아름답기 그지없는 감옥이다. 멀리 떨어진 다리 위에서 놀라 뛰던 가슴을 진정시켰다. 다리 건너 카페에 앉아 에스프레소 도피오를 시켰다. 불그레한 색의 짙은 흙내음 가득한 에스프레소는 세비야의 골든 타워 탈출기를 오래오래 기억하기에 충분했다.

돌아오는 길에는 레드와인과 플라멩코에 빠져 열기인지 취기인지 모를 감흥에 흠뻑 젖었다. 세비야의 플라멩코는 집시의 애절함을 표현하기에 충분했다. 안달루시아의 붉은 정열은 그들의 소외와 박해를 뛰어넘었다. 마드리드에서 만난 티르소 데 몰리나의 돈 후안, 모차르트의 돈 조반니, 바이런의 돈 주안, 슈트라우스의 돈 후안. 그날 밤 나는 세비야에서 그들이고 싶었다.

고흐의
카페 테라스에서

기차는 바르셀로나와 몽펠리에를 스쳐 지났다. 유럽에서 커피역사와 관련 없는 도시가 어디 있을까마는 아를Arles을 그냥 지나칠 수는 없다. 도시라기보다는 마을이라고 부르는 것이 합당한 남부 프로방스의 온화한 아를. 역에 내리면서부터 정감이 흘러넘쳤다. 막 태어난 아이를 안은 채 무거운 가방을 어깨에 멘 여인이 아를 역을 빠져나간다. 철로를 따라 멀리 사라지는 뒷모습이 한 폭의 그림 같다. 오랜 시간 기차를 탄 탓에 온몸이 무겁다. 숙소까지 천천히 걸었다. 현대식으로 꾸며진 기차역 외에는 모든 것이 옛 모습 그대로 시간이 멈춰버린 듯하다. 도로를 따라 수령을 가늠하기 힘든 아름드리 가로수, 마을 전체를 감싸고 있는 중세시대 장원莊園의 성벽, 그리 늦은 시간이 아닌데도 문을 닫은 좁은 골목길의 상점들, 옥탑방 창에 드리워진 힘을 잃은 햇살, 푸른 하늘빛과 맞닿은 건물의 처마 선, 느릿하게 걷는 여인들. 아를의 너그러운 첫인상이다.

숙소를 찾아 언덕길을 오르는 왼편으로 거대한 원형경기장이 나타났다. 쇠잔해져 곧 스러질 것만 같은데 기원전 로마 시대에 만들어진 이 건축물에서 아직도 투우 경기가 열리고 있다니 놀라울 따름이다.

스무 살 청년 장Jan은 이곳 원형경기장에서 벨벳과 레이스로 몸을 감싼 여인을 만난다. 단 한 번뿐인 만남이었지만 "저 여자를 얻지 못하면 죽어버리겠어"라며 반하고 만다. 청년의 애틋한 사랑을 그린 알퐁스 도데의 희곡 「아를의 여인」(1872)이 떠오른다. 끝내 사랑을 이루지 못하고 아픔을 견디지 못해 다락방 창문 너머로 몸을 던진 19세기 순애보의 현장이다. 학창시절 읽었던 그리고 가슴 깊은 곳에 고이 간직해둔 소설 「별」의 무대 역시 이곳 아를이 있는 프로방스 지방이다. 목동과 아가씨의 아름다운 하룻밤 이야기는 지금도 아득하다. 알퐁스는 아를에 도착하기 바로 전 역, 님Nîms에서 태어났다. 희곡 「아를의 여인」은 비제에 의해 스물일곱 곡의 극음악 〈아를의 여인〉으로 재탄생했다. 그중에서 〈파랑돌Farandole〉과 〈미뉴에트Menuet〉는 청년 장이 원형경기장에서 느낀 열정적인 사랑의 감정과 양치기 목동이 깊은 산속에서 본 가장 곱고 빛나는 별을 떠올리기에 부족함이 없다. 그 아를에 와 있다. 커피 때문에 왔다는 사실을 잠시 잊고 알퐁스 도데의 밝고 감미로운 시정에 그리고 잔잔함에 빠져 청년 시절로 돌아간 행복한 시간이었다.

새벽 네시에 숙소를 나와 고흐의 '카페 테라스'를 찾았다. 오가는 사람은 아직 없다. 우리 박물관 한쪽 전시장에 개관 때부터 걸려 있는 그의 만년작 〈카페 테라스〉를 온전히 혼자 감상해보고 싶은 마음으로 나섰다. 카페 앞 포럼Forum 광장에는 아직 가로등이 켜져 있다. 이른 봄 꽃망울을 채 터뜨리지 못한 고목의 앙상한 가지만 텅 빈 광장을 지켜보고 있다. 1904년 노벨문학상 수상에 빛나는 프로방스

Café la nuit
CAFE
GOGH
Bar Le Tambourin

Le Café La Nuit
LE CAFE VAN GOGH
Salades
Menu
à 14 € 00
Plat du Jour
Viandes
Snack
Poissons
Pâtes
Vins
Légumes
Desserts
Service compris
LE CAFE LA NUIT

TABAC
Glacier
Bistrot Arlésien

문학가 프레데리크 미스트랄Frédéric Mistral의 동상이 한쪽에 자리하고 있다. 그저 공간 개념으로서의 광장이 아닌 로마가 남긴 시대정신으로서의 포럼 광장이다. 막 올릴 준비를 끝낸 연극 무대 세트를 보는 듯하다. 고흐가 되어본다. 고흐는 파리에 있는 동생 테오에게 보낸 1882년 편지에서 커피 이야기를 꺼냈다.

"새벽 네시면 잠에서 깨어나 창가에 앉는다. 그리고 목초지와 목수의 작업장, 일터로 나서는 사람들, 들판에서 커피를 끓이기 위해 불을 피우는 농부들을 스케치하지. 그런 내 모습을 상상할 수 있겠니?"

같은 해에는 〈커피 마시는 모자 쓴 남자〉를 그렸다. 1888년에는 카페 드 라 가르Café de la Gare의 2층 노란 집에 세 들어 살면서 카페 주인인 마담 지누Ginoux를 여섯 점의 비슷한 초상화로 그린 바 있다. 노란색이 선명한 카페 라 누이la Nuit는 '밤의 카페'라는 본명보다 '고흐 카페'로 더 잘 알려져 있다. 동생 테오에게 보낸 편지에서 고흐는 이렇게 말했다.

"이번 주에 그린 두번째 그림은 바깥에서 바라본 어떤 카페의 정경이다. 푸른 밤, 카페 테라스의 커다란 가스등이 불을 밝히고 있다. 그 옆으로 별이 반짝이는 파란 하늘이 보인다. (……) 밤 풍경이나 밤이 주는 느낌, 혹은 밤 그 자체를 그 자리에서 그리는 일이 아주 흥미롭다. 이번 주에는 그림 그리고, 잠자고, 먹는 일 외에 다른 일은 전혀 하지 않았다. 그러다보니 한 번에 여섯 시간씩 총 열두 시간을 작업했고, 단번에 열두 시간 동안 잠을 잤다."

커피나 카페와 관련한 이야기는 고흐 주변 곳곳에서 발견된다. 그러나 안타깝게도 실제로 고흐가 커피를 얼마나 사랑했는지는 아직 찾지 못했다. 혹시 아를에 도착한 이후 화가 공동체의 거점으로 삼으려 카페 2층의 노란 집 아틀리에에 세 들어 산 것을 '커피를 사랑해 카페 2층에 세 들어 살았을 만큼' 운운하며 고흐와 커피를 연관시키는 것은 아닐까? 당시의 예술가들은 누구를 막론하고 카페를 즐겨 드나들었으며 대부분의 가난한 예술가들은 커피보다는 초록빛의 값싼 술 압생트Absinthe의 매력에 푹 빠져 있었을 것이다. 단지 카페에 즐겨 드나들었다는 것을 두고 커피를 유독 사랑했다고 믿는 것은 아닐까?

론Rhône 강을 따라 걷는다. 이웃 도시 아비뇽, 몽펠리에와 더불어 12세기에 아를이 해상 교역을 펼칠 수 있었던 젖줄 론 강. 예로부터 물 관리에 큰 관심을 두었던 탓인지 주변 산책로가 잘 정리되어 있다. 산책로 주변의 집은 낡기는 했지만 낭만적이다. 아침햇살을 가르고 강 건너편으로 황금빛 해가 뜬다. 강가로 긴 화물선이 느리게 지나간다. 막 청소를 끝낸 막다른 골목길 테라스에 놓인 두 개의 테이블이 아름답다. 나지막한 건물뿐 고층건물이라고는 보이지 않는다. 벤치는 화려하지 않으면서도 편해 보여 가던 길을 멈추고 잠시 앉아 쉬고 싶어진다.

이곳저곳을 돌아다니니 요일 감각이 없어졌다. 장이 서는 것을 보니 다시 주말인 모양이다. 장터엔 꽃이 유별나게 넘쳐난다. 프로방스의 꽃향기가 사방에 진동

투우사 출신 바리스타는 이웃들과 정을 나누고
사는 게 투우사 시절보다 행복하다고 했다.

한다. 혹시 수동 그라인더 같은 고물 커피 기구가 있을까 기웃거려봤지만 이곳 프랑스 시골에도 '메이드 인 차이나'가 활개를 친다. 커피와 관련된 것이라고는 조악한 모카포트가 전부다. 이들에게 커피 기구는 더이상 새로울 것이 없음이 틀림없다. 집집마다 오래전부터 이어져 내려오는 추출 기구에 커피잔이 있으니 우리처럼 화려한 전자동 에스프레소 머신이니 원터치캡슐 커피머신 같은 것에는 관심조차 없다.

커피 한 잔을 마시려 고흐 카페를 다시 찾았다. 새벽에 왔을 때는 당연히 너무 이른 시간이라 문을 열지 않은 줄 알았는데 여전히 문이 굳게 닫혀 있다. 비슷한 크기의 카페가 줄지어 있어 앞마당을 가장 깨끗이 쓸어둔 고흐 카페 바로 옆 카페 탬버린Tambourin에 들어갔다. 주인장은 고흐 카페가 몇 달째 휴가중이라 문을 닫는 바람에 자신의 카페에 손님이 늘었다는 이야기를 하며 싱글벙글한다. 그 모습을 보며 나는 카페 고흐의 주인장이 놀고 싶어 안달이 나 떠난 것이 아니라 주변에 대한 깊은 배려심 때문에 휴가를 떠난 것이면 좋겠다는 생각을 부질없이 해봤다. 카페 탬버린의 주인이자 아를의 투우사 출신 바리스타 로보는 자신의 투우사 시절 사진을 자랑스럽게 걸어두었다. 부상으로 더이상 투우를 할 수 없게 된 로보는 자신이 뽑은 커피를 마시며 즐거워하는 이웃들과 정을 나누고 사는 게 화려했던 투우사 시절보다 행복하다며 함박웃음을 터뜨린다.

랑글루아 다리_따뜻한 공기, 오솔길, 실개천, 부드러운 햇살, 살랑거리는 나뭇가지 소리…… 잊지 못할 아를의 봄기운이다.

〈도개교와 빨래하는 여인들Langlois Bridge at Arles with Women Washing〉의 랑글루아 다리를 찾아 고향 네덜란드 시골 마을을 그리워하는 고흐의 마음을 상상했다. 그의 작품세계를 이해할 것도 같았다. 자신의 귀를 자르고 한동안 갇혀지내야 했던 정신병원 에스파스 반 고흐Espace Van Gogh에서는 하루 종일 굳게 닫힌 쇠창살과 푸른 문을 멍하니 쳐다보았을 그의 절망을 가까이서 느껴보기도 했다. 자신도 모르는 사이 미치광이가 되어버린 스스로를 자책했을 그를 뒤로한다. 따뜻한 공기, 오솔길, 실개천, 부드러운 햇살, 살랑거리는 나뭇가지 소리…… 잊지 못할 아를의 봄기운이다.

다시 밤의 카페 테라스의 빈 의자에 앉아 반 고흐의 친구가 되어보았다.

마르세유에서 만난 아프리카

해질녘이 다 돼서야 마르세유에 도착했다. "마르세유는 버릇없는 웨이터들, 플라스틱 의자, 비닐 식탁보, 김이 나는 숭어와 뱀장어 냄새로 가득한 도시였다. 이곳에서는 사람들이 터놓고 숨김없는 삶을 살며 그 내면의 세부적인 것에 대해서는 외면만큼 신경을 쓰지 않았다"고 말한 저널리스트 로버트 캐플런R. Kaplan의 기억에 동의할 수가 없다. 다만 짧은 기간 머무는 여행자들은 각자가 그전에 어떤 곳에 있었나, 어떤 상황이었나에 따라 기억의 조각이 서로 다를 수 있을 것이라 생각한다. 결국 그의 기억을 외면하기로 했다. 내게 마르세유의 첫인상은 '버라이어티'하다였다. 지저분하다거나 난잡하지 않았다. 그리스인, 로마인, 아프리카인, 유대인 등 여러 인종이 섞여 살아온 역사적 배경을 굳이 설명하지 않더라도 마르세유는 프랑스답다기보다는 지극히 다문화적인 곳이었다. 고층건물과 키 낮은 주택이 서로 썩 잘 어울린다.

빗줄기가 가늘게 내려 시내 구경을 하며 걷기에 더없이 좋았지만 나는 배낭의 무게로 어깨 통증이 심해져 숙소까지 걷기도 매우 힘들었다. 어제 아를에서 만난

일본인 친구와 아침 일찍부터 아비뇽의 카르팡트라Carpentras 벼룩시장에 들렀는데 문제는 여기서부터였다. 당초 나의 계획은 곧장 마르세유로 가는 것이었지만 "프랑스 10대 벼룩시장 중 하나로 값싸고 질 좋은 물건이 많다"는 달콤한 유혹에 빠져 경로를 바꾼 것이다. 새벽녘에 일어나 버스를 두 번 갈아타고 물어물어 벼룩시장을 찾았다. 카르팡트라는 그리 넓지 않은 수로가 마을 곳곳으로 연결되어 마치 물 위에 떠 있는 동화 속 마을 같았다. 마을은 활력이 넘쳤으며 상인과 방문객들은 모두 축제분위기였다. 그러나 나는 이곳에서 두고두고 괴로워할 문제 하나를 만들고 말았다. 작은 시골 마을 어디에도 배낭을 맡길 곳이 보이지 않았다. 이곳에서 마르세유로 곧장 떠날 계획으로 짐을 모두 챙겨와 역의 무인보관소에 넣어두고 돌아다니려 했지만 시골 역에는 무인보관소가 아예 없었다. 은행이나 우체국 같은 공공건물에 찾아가 사정이라도 해보려 했지만 일요일이라 모두 문을 닫았다. 난감했다. 하는 수 없이 배낭과 카메라 가방을 어깨에 둘러메고 하루 종일 걷기로 했다. 배낭은 그사이 사 모은 책과 전시품으로 30킬로그램에 육박했다. 카르팡트라에 도착한 아침부터 오후 다섯시까지 내내 걷다 마르세유행 기차에 올랐다. 무모한 짓이었다. 마르세유 역에서부터 기다시피 하여 숙소에 겨우 도착했다. 녹초가 되어 아무것도 못한 채 쓰러져 잤다. 이후로도 피곤할 때면 이날의 무게가 어깨를 더욱 짓누르는 것 같았다.

항구의 하늘은 아침부터 잔뜩 찌푸려 있다. 도심 한복판 바다와 맞닿은 항구 도로변에서 갓 잡아온 생선을 좌판에 늘어놓고 팔고 있다. 삼삼오오 짝을 이룬 노인들이 이미 새벽녘에 물 좋은 것은 다 팔린 좌판 앞을 기웃거린다. 어부들은 도로 옆에 배를 대고 무심히 어망을 손보고 있다. 골목 안 카페는 아침 시간인데도 손님들이 테라스를 차지하고 있다. 반쯤은 커피잔이 나머지 반쯤은 술잔이 테이블 위에 올려져 있다. 테라스 한쪽 벽에 있는 TV에서는 축구 중계가 한창이다. 이들에게 축구가 없는 인생은 상상하기 힘들다. 슛 찬스를 놓쳤는지 뱃사람들의 아쉬운 탄성이 골목 밖으로 퍼져나온다.

기원전 6세기경 그리스 선원들은 수심이 깊은 항구의 주변을 마치 성벽처럼 산이 에워싼 천혜의 조건에 반해 이곳에 도시를 세웠다. 마르세유는 프랑스 남부 지역의 가장 큰 무역항으로 번성했으나 이슬람이 지중해로 진출한 8세기 이후부터 서서히 쇠퇴했다. 시리아를 비롯한 동방의 상대 교역국이 이슬람 세력하에 들어간데다 이슬람이 지중해에 진출해 더이상 교역품을 주고받을 수 없었기 때문이다. 12세기에 십자군 전쟁으로 이슬람 세력이 흔들리자 지중해 교역은 다시 발달하기 시작했다. 마르세유도 호황을 누리게 되었다. 그러나 14세기에 이르러서는 내부의 정치적 갈등, 흑사병 그리고 아프리카 북부 베르베르족의 해적질이 더해져 다시 지중해의 패권을 잃고 만다. 더구나 15세기 오스만튀르크가 콘스탄티노플을 점령하면서 그동안 해상 교역로였던 지중해 항로가 폐쇄되자 마르세유는 더이상 무역항으로서의 역할을 못하게 되었다. 주변의 제노바, 피사, 베네치아가 여전히 동방의 레반트와 활발히 교역하는 것에 비해 마르세유는 17세기가 되어서야 비로소 다시 지중해 교역의 중심에 서게 된다. 19세기에 들어서 수에즈 운하가 개통되어 신항로가 만들어지면서 마르세유는 비약적인 성장을 하며 오늘에 이르렀다.

마르세유에 커피가 전해진 시기는 1644년이다. 하인리히 야코프Heinrich Eduard Jacob는 "1634년 콘스탄티노플에서 막 돌아온 무슈 드 라 로크가 친구들에게 처음 소개했다"고 말하고 있지만, 『All about Coffee』에 의하면 1644년에 드 라 로크P. de la Roque가 처음 커피를 마르세유에 소개했다고 한다. 이는 그의 아들 장 드 라 로크가 1708년부터 1713년까지 여행하며 쓴 『Voyage de L'Arabie Heureuse』에 나와 있다. 런던 크리스티 경매장에 장 드 라 로크의 책 초판(1715)과 1716년판이 나왔다는 소식에 솔깃했던 기억이 있다. 예멘과 홍해가 포함된 지도도 들어 있었다. 그러나 우리나라 커피역사 책이 더 귀하고 급해 마음을 고쳐먹었다.

마르세유의 상징인 황금빛 성모상이 바다를 굽어보고 있는 노트르담 드 라 가르드Notre Dame de la Garde 성당에 올랐다. 항구를 둘러싼 도시가 거대하다는 말 외엔 달리 설명할 방법이 없었다. 무엇보다 항구에 정박한 작은 배가 마르세유를 풍요롭게 만들고 있다. 야트막한 평지가 바다를 향해 끝없이 펼쳐져 있다. 조금 전까지 잔뜩 찌푸렸던 하늘은 어느새 맑게 개어 마르세유를 더욱 빛나게 했다. 지중해를 통해 동쪽 시리아와 서쪽 아프리카에서 커피가 항구로 들어온다. 항구에 배들이 정박한다. 멀리 지중해를 향해 떠나는 배를 바라본다. 바다와 하늘이 맞닿아 하나가 된다.

내려오는 길에 1781년 문을 연 푸르 데 나베트Four des Navettes에 들러 역사가 담긴 과자맛을 봤다. 특별히 맛있다거나 화려한 것도 아닌데 230년이라는 세월을 지나왔다. 가업을 물려받은 것에 대한 자부심이 매장 곳곳에 묻어 있다. 묵묵히 밀가루 포대를 나르던 주인장은 단골손님인 듯한 할머니가 들어오자 반갑게 인사를 주고받는다. 정겨움이 흐르는 과자 가게였다.

몇 발짝 발길을 옮겨 바다로 향하다 폴 발레리가 살았던 집을 발견했다. 문학도였던 시절 막연히 동경했던, 다른 세상에나 있는 줄 알았던 폴 발레리가 살았던 집이 눈앞에 있는 것이다. 학창시절, 이미 고인이 되신 「명태」의 시인 양명문 교수님 강의 시간이면 어김없이 들을 수 있었던 발레리의 주옥같은 시어가 마구 기억 속에서 살아난다. 열심히 외웠던 「해변의 묘지」 한 구절을 떠올린다.

바람이 인다! 살아봐야겠다!
세찬 바람은 내 책을 펼쳤다가 다시 덮고,
분말로 부서진 파도가 용감히 바위에서 솟구치는구나!
날아가라, 온통 눈부신 책장이여!
파도여, 부숴라! 기뻐하는 물로 부숴버려라
돛배가 모이를 쪼던 이 평온한 지붕을!

고기를 팔던 항구에는 인디오 셋이 전통 악기로 〈철새는 날아가고El Cóndor Pasa〉를 연주하고 있다. 마르세유 항을 뒤로하고 그들의 음악을 한동안 서서 들었다. 구슬픈 선율에 맞춰 절로 움직이는 그들의 발동작에는 애절함이 담겨 있다.

바다와 산꼭대기 성모마리아 상이 한눈에 들어오는 카페 테라스의 제일 전망 좋은 자리에 앉아 커피 한 잔을 마신다. 커피를 나르는 초로의 가르송Garson은 밝은 웃음을 내게 보인다. 예로부터 마르세유는 서아프리카 프랑스령 식민지로부터 많은 커피가 들어왔다. 나는 커피 강의 시간이면 좀 심한 표현으로 "세계에서 가장 질 나쁜 커피를 쓰는 나라는 프랑스다"라고 말해왔다. 서아프리카 로버스타 커피맛을 격하하고, 그 형편없는 커피 본연의 맛을 감추기 위해 이것저것 집어넣은 베리에이션 커피를 흉봐온 것이다. 그런데 그 쓰디쓴 커피가 지금은 꿀맛이다. 더구나 이곳은 바다가 보이는 마르세유의 카페 테라스가 아닌가. 어찌 커피맛이 좋지 않겠는가? 무지몽매한 나의 편견을 탓할 수밖에.

유럽을 돌며 이곳 사람들이 테라스를 얼마나 사랑하는지에 대해 자주 생각하게 된다. 북유럽, 남유럽 가리지 않고 이들은 테라스에 앉기를 더 좋아한다. 이곳에서는 골목길을 반쯤 차지해도 별 문제가 되지 않는다. 영업하는 사람 또한 청소는 물론 통행에 최대한 방해가 되지 않게 애쓴다.

나는 따뜻한 햇살이 비추는 테라스에 앉아 커피 한 잔을 앞에 두고 책 읽기를 즐긴다. 오후엔 와인 한 잔을 하며 책을 펴든 채 테라스 테이블에 앉아 꾸벅꾸벅 졸기도 한다. 나의 많지 않은 행복 중 하나다. 20년도 더 된 예전의 어느 날, 나는 독일의 한 시골 마을 마르부르크의 고성古城에서 우리나라에도 100년 가는 커피하우스를 만들어야겠다는 뜻을 품었다. 북한강가에 터를 잡고 강가를 향한 테라스를 만들면서 햇살 가득한 이 자리에 앉아 한 시간이고 두 시간이고 책 읽을 사람들을 떠올리며 흐뭇해하던 때가 생각난다. 커피는 책과 책 읽는 사람을 위한 길동무다.

시립도서관Bibliothéques municipales de Marseille을 찾았다. 기록물 저장 운영 체계가 앞선 프랑스답게 마르세유의 역사적인 기록이 잘 정리되어 있었다. 1643년 루이 14세 즉위에 대한 기록에서부터 1671년 프랑스 최초의 커피하우스가 마르세유에서 문을 열었다는 것에 이르기까지 의미 있는 역사적 기록이 많고도 자세했다. 마르세유의 카페는 파리의 저 유명한 카페 프로코프Le Procope가 문을 연 1686년보다 15년이나 앞서 있다. 여기서 재미있는 사실 하나를 알게 되었다. 내가 따로 갖고 있는 다른 기록에 의하면 처음 마르세유에 커피가 소개된 1644년, 그해 마르세유에서 온 이탈리아 여행자 발레P. Valle가 파리의 상공회의소에도 커피를 소개했다. 다시 말해 커피가 처음 소개된 이후 마르세유에 첫 커피하우스가 생기기까지 30여 년이라는 긴 세월이 흘렀다는 이야기다. 반면 마르세유에 최초의 커피하우스가 생긴 바로 그 이듬해 파리 생제르맹 거리 노점에서 커피를 팔았다는 기록이 남은 것을 보면서 유행의 속도를 가늠할 수 있어 흥미로웠다. 늦게까지 도서관에서 자료를 찾아봤지만 안타깝게도 마르세유 최초의 커피하우스 이름은 밝혀내지 못했다.

무엇보다 놀라운 것은 기록물을 찾기 위해 들른 도서관 한켠 전시실에 커피 관련 유물이 전시되어 있었다는 점이다. 나는 눈이 휘둥그레질 수밖에 없었다. 세네갈, 코트디부아르, 아니면 콩고 같은 곳에서 식민 통치 시절에 썼음직한 드라이밀의 생두 선별기, 손수레, 저울, 커피 마대 등 현지에서도 보기 드문 귀한 유물을 뜻하지 않은 곳에서 이렇게 만나게 된 것이다. 얼마나 오래 써서 닳았는지 선별기에 붙은 금속 장식은 어느 한구석 뾰족한 곳이 없고, 목재로 된 저울의 손이 닿는 부위는 모두 반질반질하게 윤이 났다. 마르세유의 앞바다가 잘 보이는 항구의 커피 마대, 그 커피 마대를 하역하는 부두 노동자들. 고개 숙인 노동자들의 암울한 표정이 가슴을 무겁게 내리누르던 대형 그림 앞에서 한참을 꼼짝 않고 서서 바라봤다. 산산이 해체되어 땔감으로나 쓰일 것 같은 작은 트럭만 한 목재 탈곡기가 지금 당장이라도 소리를 내며 돌아갈 것 같은 기세로 서 있다. 걸쇠에 걸려 늘어진 커피 마대가 힘겨워 축 처진 농부들의 어깨처럼 보인다.

얼마 전 하와이 코나에서 온 커피 농부 한 사람이 박물관을 찾았다. 농부라 해도 사실은 농사의 힘든 일은 대개 멕시칸 불법 이민자들이 도맡아하기에 일반적으로 생각하는 농부와는 조금 형편이 다른 세련된 농부였다. 예전에 코나에서 커피 농사를 배우느라 지냈던 시간이 떠올라 반가움에 긴 시간 이야기를 나눴다. 그때 농장에서 일하는 사람들의 앞날을 우려하기도 했었는데……

"올해도 코나의 커피 농사는 잘되겠지요?"

"물론입니다. 그렇지만 역시 사람의 손으로 일일이 수확해야 하는 핸드피킹 작업은 우리로서는 큰 부담이 아닐 수 없어요. 나날이 인건비는 상승하고 또 불법 이민자들을 상대하는 일이 여간 까다롭고 위험하지 않아요."

"그건 어제오늘의 일은 아니잖아요. 그러니까 코나 커피가 귀하고 값도 높을 테지요."

"그래서 말인데요, 요즘 코나에서는 기계 수확을 고려하고 있어요. 무엇보다 수확기가 끝나면 주문이 들어와도 팔 커피가 없어 팔지 못하니 생산량을 늘려야 할 형편이고, 사람을 덜 써도 되니 비용도 줄일 수 있기 때문이에요. 사람의 손으

COFFEE

로 따는 것과 같은 방식의 기계를 만들어내는 것이죠."

나는 그 자리에서 기계 수확이 코나 커피의 품질을 떨어뜨릴 수 있다는 점과 소위 불법 이민자들의 고된 생활에 대한 심각한 고민이 함께 있어야 할 것이라고 말했다. 과거 식민지 시대처럼 약자를 착취하고 내버려서는 안 될 것이다. 함께 살아가기 위한 지혜를 짜내는 것은 우리 모두의 과제다.

해가 거의 다 져서야 도서관을 나왔다. 불어가 전혀 안 되는 내가 도서관에서 무슨 공부를 하다 이제야 나오는가 하며 스스로 웃었다. 의미 있는 하루였다. 서부 아프리카의 작은 나라를 일일이 언제 다 찾겠는가를 생각해보면 이곳을 찾지 않았더라면 보지 못했을 귀한 유물과 자료에 감사한다. 프랑스에서 가장 먼저 커피를 받아들인 곳, 그리하여 파리로 커피를 전한 항구도시 마르세유에서 우연히 아프리카를 만난 것이다.

숙소로 돌아가는 길에 1920년 문을 연 카페 노아유Noailles에 들러 저녁을 해결하려 했으나 커피 한 잔만 얼른 마시고 나왔다. 지역 주민들이 사랑하는 집인 듯 잡화점과 빵집이 결합된 어수선한 분위기에다 커피맛도 그저 그랬다. 나보다 한 발 늦게 들어온 금발의 할머니는 훌쩍 커피 한 잔을 들이켜고는 곧장 자리에서 일어나 나간다. 어지간히 커피가 마시고 싶었던 모양이다. 마르세유, 참으로 저마다 다양한 얼굴들이다.

잿빛 제노바 언덕을 오르다

칸과 니스는 스쳐 지나가듯 봤다. 잠깐 스쳐서일까 더 아름답고 아쉬웠다. 달리는 차창 밖으로 끝없이 지중해가 펼쳐진다. 바다와 닿을 듯 가까이 붙어 달리다가 어느새 깊은 산속을 기차는 달린다. 높은 산이 대륙으로부터 밀려오는 북풍을 막아 연중 온화한 기후를 띠는 리비에라Riviera 지역을 지나고 있다. 작년 이탈리아에서 가장 많은 생두가 유입된 항구 사보나Savona와 바도Vado 항에 들르고 싶은 마음을 꾹 눌러야만 했다. 제노바에 도착하기까지 차창 밖 풍경에 빠져 시간 가는 줄 몰랐다. 프랑스 국경을 넘었다는 생각을 미처 못하다가 제노바에 다 닿아서야 했다. 십수 년 전 프랑스를 여행하다 이탈리아 밀라노에 들렀을 때 프랑을 만 리라 십만 리라 하는 뭉칫돈으로 바꾸었다가 독일로 갈 땐 다시 몇 장 안되는 마르크로 바꾸며 그때마다 손해 보던 생각이 났다. 지금이야 유로로 바뀌어 국경을 넘을 때마다 환전하는 수고를 하지 않아도 되니 세상 참 편해졌다.

이탈리아 속담 중에 "그러니까 제노바 상인이지Genuensis ergo mercator"라는 말이 있다. 제노바는 일찍부터 교역과 금융에 눈뜬 도시였다. 제노바의 상인들은 10세기 이후부터 이미 시리아와 이집트 교역에서 막대한 이익을 냈고 베네치아, 피사와 더불어 지중해의 중심 도시로 가장 먼저 부상했다. 동방 무역에 치중한 베네치아와 달리 제노바는 지브롤터 해협을 거쳐 네덜란드로 향하는 신항로를 개척하면서 이베리아 반도의 세비야, 카디스를 번영으로 인도한 공화 국가였다. 아펜니노 산맥에 가로막혀 있어 경작할 배후지背後地가 없는데다 군사력도 강하지 못했던 제노바는 12세기부터 시작된 소금 교역을 필두로 지중해 서부의 중개 교역을 통해 세력을 확대해나갔다. 그러나 지중해의 패권을 차지하기 위해 베네치아와 치열한 100년 전쟁을 치르면서 국력이 쇠약해졌고 종국에는 승리를 목전에 두고 참패하면서 15세기 이후 서서히 지중해에서 그 세력이 약화되었다.

제노바에 커피가 전해진 것은 베네치아와 비슷한 시기인 17세기 초, 오스만제국의 중심 도시 콘스탄티노플로부터였다. 커피는 당시까지의 주 교역물인 향신료를 대체할 물품으로 각광받으며 제노바에 들어와 서지중해 지역으로 퍼져나갔다. 베네치아와 치열한 경합을 펼치기 위해 제노바가 콘스탄티노플에 갈라타 타워Galata Tower를 세운 1348년으로부터 250년이 지난 후다.

항구 가까이 있는 숙소로 가는 길에서 본 제노바는 해안을 따라 나지막한 산으로 둘러싸여 있어 포근한 느낌이었다. 배낭만 내려둔 채 곧장 시내로 나왔다. 바다와 가까운 곳에 주거 지역과 상업 지역 등 생활 공간이 빼곡히 들어서 있어 주민들은 집에서 나와 몇 발짝만 걸으면 일터에 닿는다. 6, 7층 높이의 건물이 산꼭대기까지 들어서 있다. 우리네 아파트 같아 보이지만 외관마다 장식을 더해 독특한 아름다움이 살아 있다는 점이 판이했다. 제노바식 장식이라고나 할까 단순한 듯하면서도 우아한 곡선이 돋보이는가 하면 때로 위용을 떨치고 있어 옛 영화를 말해주는 듯하다. 건물의 벽에는 담쟁이가 무성하다. 언덕 위 작은 골목길은 정겨움이 넘쳐난다. 일찍부터 교역에 나섰던 탓일까 사람들은 매우 친절했다. 리프트가 있어 90도 가까운 언덕을 단숨에 오르내린다. 색다른 풍경이다.

항구가 한눈에 내려다보이는 산꼭대기 제노바 박물관에 들렀다. 해안을 따라 끝이 보이지 않을 정도로 길게 늘어선 접안 시설이 이곳이 해상 무역의 본거지였음을 여실히 보여준다. 컨테이너 하역 시설이 도심 한복판에 있어 이채롭다. 지금이야 마르세유가 더 큰 도시지만 그 옛날 지중해 교역 시대에는 훨씬 더 번성했던 제노바다. 세계사의 전기를 마련한 콜럼버스가 스페인 출신인지 제노바 출신인지 주장이 제각각이지만 제노바 사람들은 제노바 출신이라는 데 확신에 찬 자부심을 가지고 있다. 세비야에서 만났던 역사 선생님 헤수스는 그렇지 않다 말했지만……

어둑해진 구시가지 골목길 헌책방에 들러 커피책을 고르다가 오랫동안 잊지 못할 고마운 친구 마리오를 만났다. 잘생긴 외모에 키도 2미터가 훌쩍 넘는 장발의 근사한 청년 마리오에게 커피역사를 찾아왔다고 말하자 책방 주인에게 무언가를 한참 설명하더니 나를 데리고 밖으로 나왔다. 쌀쌀한 기운이 돌았지만 발길 닿는 곳마다 유적인 골목길을 느릿느릿 걸었다.

"마리오, 어떻게 해서 책방에서 일하게 됐어요?"

"오래전부터 책을 좋아해서 이 일을 하고 있어요."

"책 읽기를 좋아하는군요. 많은 책을 읽었겠어요?"

"아니요, 나는 책 파는 걸 더 좋아해요."

머쓱한 제스처와 엉뚱한 대답에 한참을 큰 소리로 웃었다. 오래된 커피하우스를 소개해주겠다며 나를 어디론가 데리고 간다. 지난번 마드리드에서 겪은 일을 생각하면 가는 내내 '혹시 이상한 곳으로 데려가지 않을까?' 걱정했겠지만 제노바여서 그랬을까, 헌책방에서 만나서 그랬을까, 아니면 마리오라서 그랬을까, 오랜 친구와 함께하듯 두런두런 이야기를 주고받으며 걸었다.

한 카페 앞에서 발걸음을 멈췄다. 1893년 문을 연 타코나La Tacona였다. 마리오는 주인장에게 멀리서 제노바를 찾아온 나를 자랑스러운 듯 소개했다. 커다란 눈망울이 매력적이었던 여자 바리스타의 에스프레소는 내게 에스프레소의 고향 이탈리아로 왔음을 상기시키려는 듯 짙고 강했다. 나의 감탄사는 그녀가 자신의 직업에 자부심을 갖게 하기에 충분했으리라. 사람이 미우면 발뒤꿈치도 보기 싫다고 하더니만, 사람이 좋아 그런지 커피맛 또한 일품이었다. 주인장의 옛날이야기를 더 듣고 싶었지만 마리오가 끄는 대로 다음 집을 향해 나섰다. 타코나를 나설 때 나와 마리오 그리고 주인장 모두 서로 계산하겠다는 바람에 잠시 한국식 실랑이가 벌어졌다. 결국 주인장이 냈고 나는 멋진 포즈를 취한 그의 사진 한 장을 프린트해주는 것으로 고마움을 표시했다.

1938년 문을 연 카페 라이올로Laiolo에서 카페라테 한 잔을, 1805년 과자점으로 시작한 카페 로마넹고Vedova Romanengo에서는 초콜릿이 가득 든 모카치노 한 잔을

Caffè 0,70
Mocaccino
cioccolata - caffe'
schiuma di latte €1.50
Cubano
cioccolato-rum-caffe
Panna €2.50
ANICE FORTE
Marie Brizard
Sambuca extra
BOLS
PEPPERMINT

거푸 마셨다. 로마넹고에서는 주인 할머니가 손님을 대하는 무심한 태도에 매장의 미래가 밝지 않겠다는 생각을 했다. 대체로 오래된 집들은 조금씩 건방진 구석이 있다. 할머니와 한참 얘기를 나눴지만 끝까지 자신의 집이 최고란다. 자신감이 지나쳐 보이는 뚱뚱한 여자 바리스타도 주인을 닮아서인지 표정이 차가워 아쉬웠다. 마리오도 덩달아 시무룩해졌다.

이미 저녁이 깊어 집에 갈 시간이 지났는데도 마리오는 마지막으로 한 곳을 반드시 봐야 한다며 카페 클레인구티Klainguti로 나를 데려간다. 1828년 문을 연 카페는 유려한 곡선과 섬세한 조각 장식을 통해 제노바풍이 무엇인지 잘 보여주었다. 로코코 스타일이라 할 수 있겠지만 나는 제노바풍이 맞는다는 생각이다. 크리스털 샹들리에와 벽 등은 영롱한 진줏빛으로 빛났고, 정교한 목공예의 진수를 보이는 바 카운터와 뒷면 장식장은 마치 춤추듯 파도치듯 넓은 매장을 가로지르고 있다. 옅은 커피색의 바닥 대리석은 견고함이 돋보였고 액자틀에 모자이크된 벽면 거울은 화려함의 극치를 보여준다. 마치 궁전의 한 방에 들어와 있는 듯했다. 벽면 액자에 낯익은 얼굴이 보인다. 내가 가장 사랑하는 오페라 아리아 〈프로벤자 내 고향으로Di Provenza il mar il sol〉가 2막에 나오는 〈라 트라비아타La Traviata〉의 베르디G. Verdi다. 이 곡은 아버지 제르몽이 멀리 떨어진 파리에 사는 아들 알프레도에게 찾아가 이제 그만 비올레타와 헤어지고 고향으로 돌아가자는 간절한 부정을 그린 아름다운 곡이다. 내가 멀리 떨어져 지내는 아들딸이 그리울 때면 이 곡을 들으며 몰래 눈시울을 적신다. 베르디는 1860년부터 그가 세상을 떠난 1901년까지

40년간을 이곳 제노바에서 겨울을 지내며 클레인구티를 즐겨 찾았다. 그 클레인구티에 내가 지금 와 있다. 낮에는 카페 앞 골목길에 붉은 식탁보가 덮인 테이블을 놓아두는데 웬만큼 운이 좋지 않으면 그 자리에 앉기 힘들다며 마리오가 귀띔해준다. 문 닫을 시간이 다 되었는데도 주인장은 서두르는 기색이 없다. 천천히 둘러보라며 마음씨 좋은 미소를 짓는다. 카페 코레토Corretto●를 시켰다. 조각 미남 바리스타는 싱글벙글하며 커피를 만든다. 카메라를 들이대자 영화배우가 된 듯 포즈를 취해준다. 에스프레소에 달콤한 알코올 기운이 전해져왔다. 클레인구티 사람들의 웃는 모습을 뒤로하고 발길을 돌렸다. 마리오와는 밤늦도록 이탈리아 와인을 들며 제노바 이야기를 나누었다.

동틀 무렵, 쌀쌀한 기운이 감도는 제노바의 하늘은 잔뜩 먹구름을 담고 있다. 나는 새벽 일출 전, 여명이 밝아올 때가 참 좋다. 잠자던 도시가 차츰 밝아지는 하늘에 자신의 색을 드러내고 하나둘씩 꺼지는 불빛은 저마다 사는 이야기가 시작되는 시간을 알리는 듯하다. 가만히 바라보며 그 이야기에 귀를 기울인다. 세상 어느 곳에서나 새벽을 여는 사람들의 발걸음은 바쁘다. 그들 틈에 끼어 숙소에서 가까운 항구를 찾았다. 14세기 커피를 가득 싣고 제노바를 찾았을 지중해 배를 떠올린다.

빗방울이 떨어진다. 길거리에는 흑인들이 우산을 팔려고 삼삼오오 서 있다. 서

● **코레토** 에스프레소에 소량의 술을 섞은 이탈리아 커피, 주로 그라파를 넣는다.

YANG MING

로 떨어져 좋은 자리를 차지하면 하나라도 더 팔 수 있을 텐데 왜 저렇게 모여 있나 하는 쓸데없는 생각을 한다. 담배들도 많이 피운다. 담배를 끊은 지 오래됐지만 비 오는 날 스쳐 지나가는 담배 냄새가 그리 싫지 않다. 천천히 걸어야지 하고 스스로 달래봐도 어느새 발걸음은 빨라져 있다. 오랜 습관은 어찌하지 못하는 모양이다. 보도블록 낡은 돌에 물방울이 튀긴다.

버스정류장 앞 흰색 레이스 커튼이 잘 꾸며진 카페에 들어갔다. 창가에 앉아 늦은 아침을 먹는다. 아침이라야 집 떠난 후 매일 먹는 커피 한 잔과 빵 조각이 전부지만 아무도 없는 카페의 특석에 앉아 온전히 혼자만의 시간을 갖는다. 비가 계속해서 온다. 일기예보로는 이탈리아 전역에 비가 온다는데 이것저것 걱정이다. 상인으로 보이는 중국인들이 많이 눈에 띄어 새삼 제노바가 교역 도시임을 깨닫는다. 작은 카페에 손님 몇이 들어오니 이내 시끄러워져 다시 길을 나섰다. 언덕이며 계단이 아름답다. 한참을 걸어 올라 뒤를 돌아 항구를 바라본다. 또다시 가파른 계단을 오른다. 모든 집이 바다를 향하고 있다. 바다에서 돌아올 그리운 이들을 향해 언제까지나 그렇게 바라보고 있다. 문득 집이 그리워진다.

바티칸에서 발견한
커피역사의 진실

기차에서 긴 시간을 보내면서 생각을 정리할 여유가 생겼다. 연대가 앞뒤로 얽혀 뒤죽박죽이다. 애당초 유럽이라는 지역이 저마다 제각각인 것을 내가 애써 일목요연하게 짜맞추려 할 일이 아니지 않냐며 스스로를 위로한다. 어둠이 내린 로마 테르미니 역에 도착해 잠시 긴장한다. 좀도둑이 극성맞은 로마 역이 아닌가. 휘익 뒤돌아보니 껄렁한 걸음걸이의 한 무리가 뒤를 따라온다. 내가 너무 예민해하는 것은 아닌가 하면서도 발걸음이 빨라진다. 털려봤자 별거 없는 형편이지만 조그마한 것 하나라도 없어지면 그때 그 작은 것에 대한 소중함을 깨닫게 되니 별도리가 없다. 카르팡트라에서 고생한 뒤 몸이 많이 상했는데, 그 순간엔 어깨 아픈 것도 잊고 앞만 보고 걸었다. 역에서 가까운 곳에 숙소를 잡아둔 덕을 톡톡히 봤다. 어둑한 저녁, 낯선 곳에 도착한다는 것은 역시 부담스럽다. 여덟 명이 함께 자야 하는 좁은 방도 그때는 천국 같았다. 배낭과 함께 긴장도 내려두자 이번에는 허기가 몰려들었다. 트라토리아라는 근사한 이름의 식당 테라스에 자리를 잡았다. 이탈리아산 레드와인과 봉골레를 시켜 먹었는데 기대했던 맛이 아니었다. 오래전 밀라노에서 맛본 추억의 봉골레를 로마에서 망쳐버렸다. 이 식당 역시 전통이 오래됐다는데 지금까지 어떻게 유지해온 건지 신기할 따름이었다.

아침부터 비가 세차게 내린다. 비옷을 꺼내 입고 커피가 세례를 받았던 가톨릭의 본산 로마 바티칸으로 찾아간다. 출근시간이 조금 지났는데도 버스는 만원이다. 이탈리아 사람들답지 않게 버스 안 사람들은 무표정하고 조용하다. 차창 밖 풍경을 볼 수 없어 아쉬웠다. 멀리 성베드로 대성당이 보인다. 망토를 걸친 사람 몇몇이 앞서간다. 왠지 성스러웠다. 길가의 집, 가로등, 중앙분리대, 보는 것마다 만지는 것마다 그 자체가 역사인 로마다.

책마다 조금씩 연대가 다르거나 서로 다른 정황으로 설명해 과연 어느 것이 맞는가 알아봐야겠다는 생각으로 이곳을 찾았다. 교황 클레멘트 8세Clement VIII는 그동안 이슬람 사회에서 암암리에 기독교인들이 마시던 커피에 세례를 줌으로써 커피가 유럽에 퍼져나갈 수 있도록 해준 인물로 널리 알려져 있다. 커피가 베네치아에 전해진 17세기 이후 이슬람의 와인인 커피가 이곳 로마의 기독교인 사이에서 점차 대중화되자 사제들은 큰 걱정에 빠졌다. 사제들은 커피가 기독교인이 마셔서는 안 되는 악마의 음료라고 심판해주기를 바라며 교황께 종교재판을 청했다. 교황 클레멘트 8세는 커피를 마셔본 후 세밀한 평가를 내리면서 "이렇게나 맛있는 음료가 가령 그 효과가 악마적이라고 해도 이리 불충분하게 제공되는 것에만 머물러서는 안 된다"며 오히려 커피에 세례를 주었다. 그 후 커피는 이탈리아 전역으로 널리 퍼져나갔다. 당시 베네치아에는 이미 많은 수의 카페가 있었다.

광장에서 본 성베드로 대성당은 가히 세계 최대라 할 만했다. 빗속에서도 물줄기를 뿜는 광장 한가운데의 분수는 근엄한 모습이다. 여느 때라면 몇 시간이고 줄을 서 기다려야 했을 텐데 아직 이른 시간이라 그런지 비가 와 그런지 사람들이 많지는 않았다. 성당의 찬란함을 나의 하찮은 글솜씨로 담아낸다는 것은 가당치 않은 일이리라. 걸음을 뗄 때마다 좌우, 위아래로 펼쳐지는 놀라움에 입이 다물어지지 않았다. 어찌 경탄하지 않겠는가? 나는 내가 적을 두고 있는 북한강가의 초라한 삼봉리 교회를 떠올리지 않을 수 없었다. 기도의 간절함이 다를까? 절대자에 대한 감동, 감화의 깊이가 다를까? 나는 한동안 이곳에 온 목적을 잊고 깊은 상념에 젖었다.

선종한 역대 교황의 시신이 안치된 지하실로 통하는 좁은 계단으로 향했다. 눈을 부릅뜨고 클레멘트 8세를 찾았다. 특별한 때에만 이 지하실을 개방한다는 이야기를 들은 기억이 있어 다시 못 올 곳인 양 빙빙 돌았지만 끝내 찾지 못했다. 역대 교황의 이름이 연도별로 기록된 팻말을 아무리 찾아봐도 그의 이름이 보이지 않아 어찌 된 영문인지 답답했다. 바티칸 폴리스 가드들에게 여러 차례 수소문한 끝에 피콜리 프란체스코Dr. Piccoli Francesco 박사를 소개받았다. 그는 수많은 관광객들이 오가는 성당 한 모퉁이에서 겉을 빨간 가죽으로 싸놓은 작은 교황역사서를 앞뒤로 펼쳐가며 기록을 찾는다. 나는 최대한 예를 다해 조심스레 물었다.

"교황 클레멘트 8세는 어떤 분이셨습니까?"

나지막한 목소리로 내게 말한다.

"기록이 많지 않은 것을 보면 비교적 평온한 세월을 보내신 분 같습니다. 법학을 전공하셨던 분으로 엄격한 종교생활을 하셨군요."

"그분이 재위했던 때는 어떤 시대였는지 기록에 있는지요?"

한참 책을 뒤적인 후에야 말을 잇는다.

"네, 교황께서 재위에 오르시기 바로 직전까지 로마 가톨릭에 급격한 변화가 몰아쳤습니다. 1517년 독일 수도사 마르틴 루터가 종교개혁을 이끌면서 로마 가톨릭과 서방 기독교 세계가 분리되지요. 절대 권력이었던 교황의 권위가 차츰 약화되기 시작한 것입니다. 그리고 클레멘트 8세가 재위하시기 전 개혁성 강한 세 분의 교황에 의해 약 30년에 걸쳐 본격적인 가톨릭의 내부 개혁이 이루어지게 됩니다. 이런 굳건한 토대 위에 즉위하신 교황께서는 프랑스, 스페인 등 주로 바티칸 외부 세계와의 외교적 관계 개선에서 역량을 발휘하셨습니다."

"교황 클레멘트 8세가 커피에 세례를 주신 분으로 세상에 널리 알려져 있어 이곳에 그 기록을 찾아왔습니다만 그 부분에 대한 기록은 없는지요?"

프란체스코 박사는 때마침 지나가던 동료 누군가에게도 물어보고 책자도 열심히 뒤져봤지만 답을 주지 못했다. 그 기록이 어디서 온 것인지, 있기는 한 것인지조차 알 수 없었다. 그는 처음 듣는 이야기라고 했다. 커피 세례는 커피역사에서 결정적인 전기를 마련해준 사건인데, 이에 대한 원문의 존재 유무도 알 수 없다니 기가 막힐 노릇이었다. 깊이 연구해봐야겠다고 다짐하면서도 어쩌면 목동 칼디의 커피 이야기처럼 전설로 전해오는 이야기는 아닌지 그동안 철석같이 사실로 믿고 있던 클레멘트 8세의 커피 세례에 대해 처음으로 의문을 갖게 되었다.

교황 클레멘트 8세가 재위했던 13년 1개월은, 1622년 성베드로 대성당의 완공을 앞둔 때로 100년이 걸린 대역사大役事가 한창 막바지 공사를 하던 때였다. 교황은 성베드로 대성당 대신 성마리아 대성당Santa Maria Maggiore에 안치되었다. 그 이유가 궁금했고 6킬로미터 남짓한 가까운 거리에 있어서 한걸음에 달려가고 싶었지만 바티칸 미술관에서 주신酒神 바쿠스Bacchus가 기다리고 있기에 발길을 옮겨야 했다. 지하실 입구에 붙어 있던 교황 이름 팻말은 성베드로 대성당 지하에 봉안된 분만 기록해둔 것이어서 클레멘트 8세의 이름은 없었던 것이다.

나는 이번 여정에서 바티칸에 큰 기대를 했던 게 사실이다. 커피에 관한 어떤 책에서나 쓰고 있는 '클레멘트 8세와 커피 세례'에 대한 원문을 단번에 찾아낼 수 있으면 더이상 바랄 게 없겠지만, 그렇지 않다 하더라도 그 기록이 과연 교황청 어느 위원회나 사무국에 있는지, 아니면 바티칸 정부의 박물관, 문서고 혹은 도서관에 있는지만이라도 알고 싶었다. 혹시라도 운이 좋으면 작년 다마스쿠스의 우마이야 모스크에서 이맘에게 커피잔을 선물받았던 것처럼 교황청 어디에서 우연히 교황 베네딕토 16세를 만나 뵙고 커피잔을 선물받을 수는 없을까 하는 야무진 상상을 하기도 했었다. 커피잔 선물까지는 몰라도 교황께서 커피를 드시는 모습만이라도 볼 수 있으면 좋을 텐데 말이다.

"아침미사 참석자의 대부분이 돌아가는데, 아침을 같이 먹자는 권유를 받은 사람들은 식당으로 인도된다. 타원형의 식탁에는 같은 종류의 평범한 여남은 개의 의자가 놓여 있고, 자리마다 식기가 차려져 있다. 수녀들이 커피와 우유, 치즈, 잼을 가지고 들어온다. 빵은 이미 식탁 위에 놓여 있다. 시종인 안젤로 구젤

이 식사 시중을 든다. 교황은 말을 하기보다는 다른 사람들의 말을 경청하고, 질문을 하는 편이다. 아무리 길어야 한 시간 남짓인 아침식사와 대화가 끝나면 교황은 일어나서 손님들과 작별을 고한다."

—장 샐리니, 『바티칸의 요한 바오로 2세』, 1985년

나는 마음으로는 이미 그 식탁에 초대받아 앉아 있었다.

성당 종탑 꼭대기에 올라가 사방을 둘러본다. 얕은 구릉마저도 보이지 않는 평평한 로마 시내가 한눈에 들어온다. 인간이 만든 거대한 예술작품이 틀림없다. "모든 길은 로마로 통한다"는 17세기 프랑스의 시인 라퐁텐의 말이 과연 꼭 들어맞는다. 거대한 로마를 보고 내려왔다.

바티칸 시국市國 정문에서 안으로 들어가려다 멋진 베레모를 쓴 검은 망토의 경비원들에게 앞을 가로막혔다. 무슨 일로 왔느냐는 질문에 클레멘트 8세에 관해 장광설을 늘어놓았으나 들어갈 수 없다 한다. 겸연쩍어 눈인사를 건넸지만 엄숙한 얼굴로 미동도 않는다. 내가 아는 스위스 친구들은 친절한 녀석들인데라고 생각하며 발길을 돌렸다. (교황청 근위병은 엄격한 기준을 통과한 스위스 용병이다.)

성당 옆 바티칸 미술관에 들러 고등학교 미술 교과서에서 사진으로나 보았던 미켈란젤로며 라파엘로 같은 대가의 작품을 수도 없이 둘러봤다. 이집트 역사 박물관에서 그 시기를 가늠할 수도 없는 기원전 3000년대의 유물을 볼 때보다, 오히려 15, 16세기 작품이라 오늘날과 조금 더 가까워 그런지 친밀감이 있었다. 그러나 교과서나 화보에서 봤음직한 귀한 진품이 바로 눈앞에 있는데도 무슨 이유

에서인지 감동이 밀려오지는 않았다. 그동안 많이 보아왔던 작품들인데 뭐 이 정도에 감동하나 하는 교만함과 점점 무뎌져가는 감정에 부끄러워졌다. 예술작품이 사방에 지천으로 펼쳐져 있는 것보다 단 한 점만 있었다면 좋았을 텐데 하는 생각을 해봤다.

좁은 미술관 통로 중간에서 드디어 바쿠스 상과 마주 섰다. 사람들은 그 앞을 무심히 지나친다. 왼쪽 어깨 위로 동물 머리가 축 늘어진 가죽 같은 것을 걸치고 커다란 술잔을 뚫어져라 쳐다보고 있는 전신 나상裸像이다. 왼손에 잘 익은 포도송이를 높이 치켜들고, 오른손의 술잔을 바라보면서 '어라? 언제 이렇게 잔이 비었지?' 하는 모습이다. 기독교의 와인은 이슬람의 와인인 커피가 몰려오자 그 자리를 커피에게 내주고 말았다는 논리로 커피를 일컬어 '안티바쿠스'라 말한다. 과연 커피는 안티바쿠스인가?

나는 선천적으로 술을 잘 마시지 못하는 체질이다. 소주 한 잔에도 얼굴부터 온몸이 붉어지고 속이 거북해진다. 또한 20년이 넘게 커피와 더불어 살면서 '커피하는 사람이 술을 마신다니 어떻게 그럴 수 있나? 녹차나 홍차 같은 다른 음료를 마신다니 그것은 일종의 배신 행위야'라는 생각으로 줄곧 살아왔다. 작은 연구실에 틀어박혀 공부한답시고 밤새 서른 잔이 넘는 커피를 마시고는 벌렁대는 가슴을 진정시키며 해가 떠오르는 광경을 보며 스스로 대견해하던, 그것이 진정한 커피 사랑이라 굳게 믿던 내가 아닌가. 그러나 박물관에 처음 금요음악회가 열리던 날 나는 그동안 금과옥조처럼 품고 있었던 생각이 참으로 졸렬한 것이었음을 깨닫게 되었다.

박물관 관람객이 모두 돌아간 금요일 오후 6시가 되면 우리 박물관 식구들은 바빠진다. 큼지막한 커피 액자가 있던 자리에는 그랜드 피아노가 놓이고 유물이 담긴 디스플레이 테이블은 모두 구석구석 제자리를 찾아 옮겨간다. 커피역사와 통계 자료가 담긴 스크린은 천장 속으로 사라지고 청중용 좌석이 80석 홀을 채운다. 그때쯤이면 나는 해가 저물어가는 레스토랑 테라스에 앉아 북한강을 바라보며 와인 한 잔을 마신다. 취기가 오른 나는 음악회가 시작되면 피아노 선율에 빠져 꾸벅꾸벅 졸기도 했다가 박수와 앙코르 소리에 번쩍 정신을 차리기도 한다. 음악회가 끝나면 매주 찾아주는 이웃들과 와인 한 잔씩을 나누며 살아가는 이야기를 주고받는다. 커피가 내게 준 선물 중 가장 호사스런 선물이다.

커피는 안티바쿠스가 아니다. 커피와 바쿠스는 어수지친魚水之親이다. 때론 시기의 눈으로 봤을 것이고 때론 갈등의 관계였겠으나 커피와 바쿠스는 분명 인류가 존재하는 한 영원히 공존할 애증의 관계이다. 같은 피사체일지라도 그것을 바라보는 사람에 따라 인식은 극명하게 달라진다. 어쩌면 매우 좋은 방향일 수도 있겠다. 자신의 색깔이 지나치게 강해도 문제가 되겠지만 자신만의 독특한 관점을 가지고 있다는 것은 흠이라기보다는 장점일 것이다. 그러나 커피와 바쿠스의 관계를 대립으로 보는 것은 아무리 양보해도 지나친 인식임에 틀림없다.

스페인 광장 앞 트레비 분수에서 동전을 던져 다음에 다시 오기를 기약했다. 아침부터 하루 종일 걸은 덕에 발바닥에 불이 날 지경이다. 신발을 벗은 채 광장 계단 한구석에 주저앉아 있을 때 누군가 내 등을 두드린다. 간밤 이탈리아 식당 트라토리아에서 만난 싱가포르 친구다. '정말 맛이 없군!' 하던 찰나에 맞은편에 앉아 있던 그와 눈이 마주쳐 이야기를 나누게 되었다. 이름은 양이고 컴퓨터 관련 회사원으로 두 달째 유럽을 돌고 있다 했다. 넓은 로마라 해도 이방인이 갈 곳은 그리 많지 않은 모양이다. 서울을 떠나와 이제 조금씩 외로움이 커져갈 때여서 그런지 잠시 만난 사이지만 절친을 만난 듯 반가웠다. 각자 오늘 한 일에 대해 이야기를 나누었다.

광장 앞 카페 그레코Greco를 찾았다. 1740년대에 카사노바G. Casanova가 즐겨 찾았다는 이야기가 전해지고 있으나 카페 그레코는 1760년에 문을 열었다. 게다가 카사노바는 1725년 생으로 1756년 11월에 서른 살이 넘어서야 고향 베네치아를 떠난 기록이 있으니 그가 그레코를 찾은 것은 그 후의 일일 것이다. 로마인의 자랑인 카페는 입구부터 붐비고 있다. 좁은 통로에 서로 마주 보며 놓인 테이블에 겨우 양과 함께 끼어 앉았다. 커피하우스의 역사적 의미를 모르는 양이야 그저 손님 많은 카페려니 생각하는 듯 시큰둥하다. 이곳이 저 유명한 리스트, 바그너, 마크 트웨인, 키츠, 괴테, 니체, 멘델스존, 쇼펜하우어, 보들레르, 스탕달 같은 예술가와 문인 들이 즐겨 찾은 유서 깊은 곳이라는 사실을 양은 모르는 것이다.

각양각색의 사람들이 커피잔을 앞에 두고 앉아 있다. 맞은편 벽에 붙어 있는 그림을 들여다보는 중년 신사, 턱을 괴고 앉아 한곳에 초점을 맞춘 채 멍하니 앉아 있는 부인, 관광가이드북을 꺼내들고 지도 속의 그레코를 확인하는 동양인 청년, 쉴 새 없이 드나드는 손님들 그리고 그 사이를 누비는 연미복의 웨이터들. 주문한 커피를 반쯤 마시고는 카페 구석구석을 돌았다. 좁은 통로를 따라 미로처럼 들쑥날쑥 공간이 나뉘어 있다. 오랜 세월을 두고 조금씩 공간이 늘어난 때문일 것

카페 그레코_각양각색의 사람들이 커피잔을 앞에 두고 앉아 있다.

이다. 작은 공간이라도 있으면 벽면 어디라도 액자를 걸어두거나 조각품 등을 놓아두었다. 조금이라도 여백이 보이면 거울로라도 치장을 해두었다. 즐겨 찾았던 유명 인사의 얼굴이 담긴 동판을 천장 벽에 나란히 자랑스럽게 붙여두었다. 과연 250년 역사를 자랑할 만했다.

그러나 나는 어쩐 일인지 카페 그레코에서는 특별한 감흥이 일지 않았다. 어수선한 분위기 탓이었을까, 서비스도 형편없었다. 연미복을 입기는 했지만 겉만 번지르르할 뿐 정중함이란 애당초 없다. 대음악가, 대문호가 즐겨 찾았으면 그것으로 족한가? 카페에서 작은 음악이라도 흘러나왔으면, 테이블 옆 바구니에 작은 문고판 책이라도 몇 권 있었으면 좋았을 텐데 하고 생각했다. 무엇보다 카페 이름이 선명하게 박힌 작은 잔에 담겨 나온 커피는 불쾌함까지 불러일으켰다. 커피의 빛깔은 혼탁해 선명함을 잃었고, 향은 바에서 테이블로 오는 동안 기운이 다 빠졌을 뿐 아니라 입안에 머금은 순간 트레비 분수의 미지근한 물을 삼키는 것 같았다. 고고한 커피역사의 현장에서 참으로 씁쓸한 커피를 마셨다. 십여 명의 일본인 관광객이 줄지어 들어온다. 카페 그레코를 로마 사람들이 찾지 않는 이유를 알 수 있었다.

Caffè Greco

빗속의 나폴레타나,
고단한 삶의 비탈길

지금 나폴리에서 로마로 돌아가는 길이다. 밤기차인데 한 시간도 넘게 지나서 출발했다. 앞 좌석에 앉은 잘 차려입은 중년의 여인은 골똘히 무언가를 들여다보고 있다. 화장실 다녀오며 보니까 두꺼운 책처럼 보이는 낱말 맞추기 퍼즐을 풀고 있었다. 처음 볼 때는 백작 부인쯤 되어 보였는데 실제 하는 행동은 전혀 그렇지 않았다. 상상 밖의 나폴리 모습이 앞에 앉은 여인과 왠지 모르게 닮은 듯했다.

이탈리아를 여러 번 찾았지만 남쪽 끝에 있어 번번이 못 가본 나폴리를 드디어 간다. 내 고향 통영을 두고 동양의 나폴리라고 하는 통에 어릴 때부터 막연히 동경해온 곳이다. 카루소의 산카를로 극장Teatro di San Carlo, 산타루치아Santa Lucia 항, 〈오 솔레미오〉가 그려지는 나폴리다. 1901년 이탈리아 북부 밀라노에서 베체라가 에스프레소 머신을 개발해 이탈리아 전역을 휩쓸었던 때에도 그들만의 추출기구 나폴레타나Napoletana 사용을 고집했던 나폴리 사람들, 지방색 강한 억센 사투리의 그들, 베수비오 화산 암반을 거치면서 물에 칼슘과 미네랄이 풍부해져 커피맛을 좋게 한다거나 낡은 수로관에 칼슘이 스며들어 맛이 있다는 나폴리 커피를 만나러 왔다.

기차가 나폴리 역에 닿을 무렵 차창 밖으로 본 초라한 도시의 모습에서 나폴리의 사정이 그리 좋지 않음을 알 수 있었다. 지역 경제가 침체되어 늘 이탈리아 전체 도시 중 하위권을 면치 못하는 나폴리 시내 이곳저곳에는 쓰레기 더미가 널브러져 있었다. 유네스코 세계유산으로 지정되어 있는 나폴리 역사 광장은 나폴리탄의 자부심으로 가득하기는커녕 비 때문인지 공허함만이 감돌았다.

영국의 사회학자 그램 질로크Graeme Gilloch는 그의 저서에서 일곱 도시의 주요 죄악으로 '제노바의 자만심, 피렌체의 인색함, 베네치아의 낭비, 밀라노의 식탐, 볼로냐의 분노, 로마의 질투, 나폴리의 게으름'을 꼽았다. 더구나 '사기꾼이 많은 나폴리'로 정평이 나 있으니 조심하라는 당부를 로마의 숙소 스텝에게 들었다. 그러나 산타루치아 항으로 가는 동안 버스와 길거리에서 만난 나폴리 사람들에게서 그런 인상은 전혀 느낄 수 없었다. 오히려 진심 어린 친절에서 그들이 고향 나폴리를 얼마나 사랑하고 있는지 느낄 수 있었다. 경제적으로 쇠락한 지방 도시지만 사람들은 순박하고 나폴리에 대한 애정도 큰 것 같았다. 그렇지만 역사적인 문화유산의 도시, 활력 있는 항구도시로서의 매력이 느껴지지 않는 이유는 무엇일까? 산타루치아 항의 낚시꾼은 빈 어망만 곁에 두고 말이 없다. 비가 와서일까 나폴리는 더욱 쓸쓸해 보인다. 지중해를 바라보는 바다가 있어 항구도시라 하지만 교역보다는 고기잡이와 관광에 더 큰 비중을 두는 듯하다.

그래도 오늘날 커피 교역에서 이탈리아의 항구 중 사보나-바도Savona-Vado, 트리에스테, 제노바에 이어 네번째로 많은 양의 커피가 들어오는 나폴리 항이다. 물론 나폴리에서 소비되기보다는 내륙으로 이송되는 양이 훨씬 많다. 커피 생산지가 아닌 곳에서 커피가 소비되기 위해서는 역동적인 경제 활동이 뒷받침되어야 할 터인데 나폴리의 사정은 여의치 않았다. 도시에 만연한 부패와 무질서 그리고 나폴리 사람들이 오랜 전통처럼 답습하고 있는 '정확하지 않은 경제적 관습'은 나폴리를 무기력한 도시로 만들었다. 탄탄한 재정 구조를 갖지 못한 채 도시의 인구 과밀이 계속되었고 오랜 세월만큼이나 도시 환경은 지저분해졌다. 쾌적하지 못한 도시 환경은 곧 경제적 빈곤을 불러와 실업자 수를 늘렸으며 이는 다시 극심한 빈부격차로 이어져 오늘에 이르고 있다. 좋은 쪽으로든 나쁜 쪽으로든 역사적으로 나폴리는 독특한 자신만의 삶의 방식을 고수해온 독립적인 도시였다.

지중해의 다른 도시보다 한 세기 이상 늦은 1800년대가 되어서야 나폴리에 커피하우스가 생겨난 이유가 나폴리탄의 '게으름' 때문이었는지, 커피하우스가 들어설 만한 투자처로서의 매력이 없어서였는지는 알 수 없다. 나는 이렇게 생각한다. 역사의 기록에는 나와 있지 않지만 17, 18세기 당시 지중해의 패권국 베네치아, 제노바의 뒤를 이어 나폴리에도 커피하우스는 존재했을 것이다. 다만 이 커피하우스가 오늘날까지 유지될 수 있는 힘은 온전히 그 시대를 살아가는 후손들의 몫인 만큼, 현재 나폴리에 역사적인 카페가 남아 있지 않다는 사실은 오늘을 사는 나폴리 사람들의 실책이자 앞으로 계속될 아픔일 것이다.

번화한 광장 앞 카페 페리에리Ferrieri에서 에스프레소 한 잔과 나폴리 피자 마가

Snack Bar

PERONI

리타를 주문했다. 어깨에 금속 견장이 달린 짙은 회색 유니폼에는 카페의 이름이 자랑스럽게 금박으로 입혀져 있다. 우리나라에서라면 젊은 남녀 학생들의 일자리인 바리스타가 이곳 나폴리에서는 모두 중년의 차지다. 긴 시간 서서 일해서일까, 삶의 무게 때문일까, 지친 표정들이 역력해 마음 한구석이 편치 않았다. 뒤로 빗어 넘긴 백발이 잘 어울리는 바리스타에게서는 수려한 용모 덕에 여인깨나 홀렸을 그의 청년기가 떠올랐다. 토마토 소스 위에 치즈를 올린 것이 전부인 두꺼운 나폴리 피자는 조금 실망스러웠다. 커피 한 잔을 주문해 마셨다. 커피맛도 그저 그랬다. 미국의 클린턴 대통령이 다녀갔다는 산타루치아의 카페 감브리누스 Gambrinus에서 나폴리 커피를 마시지 않은 것을 후회했다.

산 아래의 고단한 삶과는 달리 산중턱 위로는 안정감이 깃들어 있다. 비 오는 나폴리 비탈길을 천천히 걸었다. 드문드문 좁은 골목길 사이로 보이는 바다는 풍요롭기만 하다. "나폴리의 온화한 기후는 사람들이 길거리로 쏟아져 나오도록 부추긴다"는 말이 실감나지 않았다. 추적추적 내리는 빗줄기 속에서 세계 3대 미항이라 일컬어지는 나폴리를 바라다본다.

사랑의 도시 베네치아에서 고독한 밤을

베네치아 가는 기차를 기다리며 로마 역에서 에스프레소를 마셨다. 수도의 역답게 수많은 사람들이 어디론가 오간다. 에스프레소 바 앞에 사람들이 줄지어 서 있다. 바리스타 넷이 커피를 뽑아내고 돈을 주고받으며 족히 30명은 상대하고 있다. 좌석이 있는 것도 아니고 그렇다고 우리처럼 테이크아웃을 즐기지도 않는다. 손님들은 바에 기대어 에스프레소며 카페라테 한 잔씩을 홀딱 비우고 찬물 한 잔으로 입가심을 하고는 뒤도 돌아보지 않고 제 갈 길을 간다. 바 앞으로 여행 가방을 든 사람들이 쉴 새 없이 몰려든다. 에스프레소 머신이 만들어지지 않았더라면 유럽, 아니 세계의 커피문화가 틀림없이 오늘처럼 발달하기 어려웠을 것이라는 사실을 절감한다. 4그룹 에스프레소 머신이 작은 바 위에서 위력을 발휘하는 때다. 빡빡머리 바리스타는 쉴 새 없이 탬핑한다. 탬핑하는 손놀림은 그 자체가 예술이다.

배운 것을 남에게 가르치는 길이 내가 가장 빨리 배우는 길이요 남을 위해 기도하는 것이 자신을 가장 축복하는 일임을 나는 굳게 믿는다. 그러면서도 나는 커피

교실에서 학생들에게 숙제를 많이 내기로 악명이 높다. 중고등학생 때에도 지긋지긋해하던 숙제를 다 커서 커피공부하면서도 해야 하나 싶어 다들 한숨을 푸욱 내쉰다. 그러나 나는 확신한다. 수업하는 그 짧은 두세 시간 동안 내가 학생들에게 알려줄 수 있는 지식은 매우 제한적인데다가 내가 알고 있는 것도 턱없이 부족한 형편이다. 결국 학생들은 스스로 숙제를 하면서 훨씬 많은 것들을 깨닫게 된다. 한국 커피역사에 대해 조사하라는 과제를 내주면 대개 아관파천이니, 정관헌, 손탁호텔을 어김없이 적어온다. 여과 없이 너도나도 '퍼 나른' 오류를 역사인 양 사실인 양 알고 그렇게 다시 옮기는 것이다. 에스프레소 추출법에 대한 과제를 내주면 추출압력 9기압, 1차 탬핑, 2차 탬핑, 탬핑 시 누르는 힘은 20킬로그램이니 30파운드니 쌀 한 포대 이상의 힘으로 눌러야 한다느니 구구절절 써온다. 구조나 원리는 이해 못하면서 여기저기서 짜깁기한 내용으로 가득한 책이며 인터넷에 떠다니는 글을 저마다 옮겨온다. 30파운드를 킬로그램으로 환산하면 13.6킬로그램이라는 것은 산수 영역이다. 그 힘이 쌀 포대만큼 넓은 면적으로 누르는 힘이 아닌 직경 58밀리미터 원의 표면적에 가해지는 힘이라는 것을 이해하려면 호기심이 필요하다.

커피에 관심 있는 사람들의 공통된 키워드는 '열정'이다. 그런데 얼마나 많이 커피에 대해 알고 있는지, 얼마나 많은 커피하우스를 가보았는지가 열정의 척도라 생각하는 듯하다. 나는 어떤 자세로 임하는지가 열정의 척도라 단언한다. 빡빡머리 바리스타의 탬핑은 머리를 거쳐 손으로 행해지는 것이 아니라 온몸으로 체득한 본능이었다. 마치 호나우두의 드리블처럼……

사람들이 모두 몸을 일으켜 좌우로 차창 밖을 살핀다. 하늘은 쾌청하다. 지중해의 물 색깔이 초록으로 변했다. 그것만으로 베네치아가 멀지 않았음을 직감할 수 있다.

산타루치아 역에서 밖으로 나오자 동화의 나라가 펼쳐진다. 거대한 놀이동산에 온 듯 좁은 수로 위로 앙증맞은 아치교가 보인다. 수로에는 작은 배들이 오간다. 사람들은 큰 소리로 웃음꽃을 터뜨린다. 완전히 다른 세상이다. 아름다운 항구, 어찌 이렇게 아름다울 수 있을까. 따스한 햇살은 추위에 떨던 옷차림을 훌렁 벗겨버린다.

숙소를 찾아가는 길에 수로 옆 카페 테라스에 앉아 커피 한 잔을 시키고는 느긋하게 베네치아를 둘러본다. 잔물결이 찰랑거리며 벽에 닿는다. 물결은 햇살을 받아 은빛으로 빛난다. 어른 팔뚝만 하기도 허벅지만 하기도 한 굵기의 나무 막대가 수면 위로 3미터쯤 솟아 있고 나무 막대 사이로 곤돌라가 줄지어 묶여 있다. 길이는 10미터 남짓, 폭은 두 사람이 겨우 어깨를 붙여 앉을 수 있을 정도다. 양끝이 뾰족하게 위로 휘어 날렵하게 생긴 선체는 모두 윤기나는 검은색으로 치장하고 있는데 1562년부터 시령에 의해 그 색이 엄격히 통일되었다. 배의 앞쪽 끝은 옛 범선의 용맹스러움을 나타내는 듯 날카로운 금속 장식을 두르고 있다. 무엇보다 인상적인 것은 노 젓는 뱃사공 곤돌리노의 멋들어진 생김새와 세상 걱정 하나 없어 보이는 유쾌한 표정이었다. 이것만으로도 베네치아를 추억하기에 충분히 아름다웠다. 쉴 새 없이 오가는 수상 버스가 파도를 일으키자 묶여 있던 곤돌라가 요동친다. 옛 베네치아인들의 기상을 보는 듯하다.

예로부터 지중해의 패권은 제노바와 베네치아 두 도시가 쥐고 있었다. 시대를 달리하며 주도권을 주고받던 두 도시는 13세기에 들면서 제노바는 에게 해 북부의 여러 섬을, 베네치아는 이집트와 시리아 지역을 장악하며 비로소 힘의 균형을 이루게 되었다. 14세기에 제노바까지 물리친 베네치아는 15세기 초까지 부유하고 강한 도시국가였다. 그러나 15세기 중반 오스만제국이 동로마제국을 멸망시키고 지중해 패권을 장악하게 되자 베네치아는 동방 교역의 거점을 수호하기 위해 힘을 쏟아야만 했다. 또한 15세기 말 유럽 각국이 신대륙 탐험에 나서면서 지브롤터 해협이 동방 무역의 신항로로 각광받기 시작했다. 해상 무역의 중심이 지중해에서 대서양으로 넘어가게 되자 베네치아와 주변 도시들 간의 심한 경쟁이 불가피했다. 그러나 베네치아가 교역의 중심지가 아니었던 때는, 특히 동방 무역의 중심지가 아니었던 때는 없었다.

대운하를 가로지르는 가장 오래된 다리인 리알토Rialto에 섰다. 사람들은 저마다 다리 위에서 사진 찍기에 여념이 없다. 세계 모든 나라에서 온 관광객으로 인종 전시장을 이룬다. 영화 속이나 관광안내지에 자주 등장하는 화려한 다리 위에 서서 회색빛이 감도는 우중충한 독일 상관 폰다코 데이 테데스키Fondaco dei Tedeschi를 바라본다. 화려한 이웃 건물과는 달리 덤덤히 자리만 지키고 있다. 수로 쪽 건물 벽으로 제르마니치스Germanicis 문장이 아로새겨져 있다. 1228년에 처음 지은 건물을 1508년에 새롭게 다시 지었으나 500여 년이 지난 아직도 건재하다. 베네치아로 들어온 커피가 이곳에 머물다 여러 상인의 손에 나뉘어 북쪽 독일로 전해지는 모습을 상상하며 건물을 바라본다. 베네통의 극장과 커피숍이 들어서는 상업

건물로 탈바꿈할 준비를 끝냈다고 한다.

산마르코 광장에 자리한 카페 콰드리Quadri와 플로리안Florian을 찾아 나섰다. 수상 버스가 있기는 하지만 골목길을 따라 걷는 편을 택했다. 지도책을 들여다보며 걸었는데도 좁고 구불구불한 골목길 사이 상점들을 구경하느라 여러 번 길을 잃었다. 한참 걸어 이젠 잘 찾아가고 있겠지 하다보면 어느새 그 자리에 다시 와 있다. 머쓱해 주위를 둘러보다 유리공예 상점 여주인과 눈이 마주쳤다. '누구나 베네치아에 처음 오면 그런 거야' 하듯 싱긋 웃는다. 미로 찾기 하는 어린아이가 된 기분이었다. 골목마다 각양각색의 상점이 빼곡히 들어서 있다. 다른 도시에 비해 수공예품점이 유독 많다는 느낌이 들었다. 베네치아 상인들의 상술이 뛰어나다기에 유들유들한 호객꾼쯤으로 여겼는데 그런 내 생각이 잘못된 것임을 깨닫는 데는 그리 오랜 시간이 필요치 않았다. 그들은 손님 한 사람 한 사람에게 매우 친절했고 성의를 다해 자신들의 상품을 알리는 데 애썼다. 자부심이 강했던 만큼 값도 만만치 않아 다른 도시의 두 배쯤 되는 값을 치러야 살 수 있겠다 싶었다.

지도 상으로는 가까워 보였지만 산타루치아 역에서 산마르코 광장까지 유유자적하며 걷기에는 예상보다 훨씬 많은 시간이 필요했다. 베네치아에 오는 사람들이라면 누구나 리알토 다리 한가운데에서 사진을 찍는 바람에 그곳에 자리를 잡는 데는 행운이 필요했다. 리알토 다리 위에서 꿈쩍 않고 선 채 옛 커피를 가득 실은 배들이 베네치아를 드나드는 상상에 빠져들었다.

리알토 다리_옛 커피를 가득 실은 배들이 베네치아를 드나드는 상상에 빠져들었다.

베네치아가 커피역사에서 차지하는 비중은 매우 크다. 국제커피협회 ICO International Coffee Organization는 베네치아에 커피가 처음 등장한 시기가 1615년이라고 기록하고 있고 몇몇 명망 있는 이탈리아 커피 회사에서는 1570년이라 밝히고 있다. 당시 오스만튀르크의 영향력하에 있던 지중해에서는 아무리 작은 항구라도 예멘의 모카 커피가 전해져 있었다. 베네치아의 주교 잔 프란체스코 모로시니Gian Francesco Morosini는 1582년부터 1585년까지 콘스탄티노플에서 공화국의 오스만튀르크 대사(바일로Bailo)를 지냈는데, 커피하우스를 묘사한 글을 남겼다. 당시 베네치아는 막강한 오스만제국과의 불안정한 관계를 해소하기 위해 콘스탄티노플과의 외교력 강화에 총력을 기울이고 있었다.

"사람들은 꽤 가난했고 수수한 옷을 입고 다녔다. 산업도 그리 발달하지 못했다. 그들은 나태에 찌들어 있었다. 계속 빈둥거렸고 향락을 위해 길거리와 상점에서 어떤 검정색 액체를, 끓일 수 있을 만큼 진하게 끓여서 공공연히 마시곤 했다. 카비Cavee라는 씨앗에서 추출한 것으로 사람을 잠에서 깨우는 성질이 있다고 했다."

그리고 앞서 아랍 이야기에서도 언급했지만, 1592년 베네치아의 식물학자 알피니가 『이집트 식물지』에서 커피나무를 자세히 묘사했고 커피를 달여 먹는 아라비아의 희귀한 커피하우스를 소개했다. 16세기 말까지는 베네치아에 커피가 소개되지 않았음을 알려주는 중요한 대목이다. 몇몇 소수의 특권층에는 커피가 이미 알려졌을 거라 주장할 수 있지만 일반에는 널리 알려지지 않았음을 이들 기록을 통해 분명히 알 수 있다. 게다가 베네치아는 인쇄술이 발달해 귀한 옛 문헌이 가득한 곳이다.

당시 유럽에서 동서의 최신 문물을 가장 빠르게 유입했던 베네치아에조차 새로운 세기가 다가오도록 커피가 소개되지 않았음에도 불구하고, 로마의 교황 클레멘트 8세가 1600년에 커피에 세례를 주었다는 것이 정설로 받아들여진다. 나는 그 부분을 어떻게 해석해야 하는가 의문이 들었다. 이탈리아 중부의 작은 공화국 산마리노나 나폴리, 제노바 등의 다른 항구를 통해 커피가 로마로 전해졌을 수도 있겠으나 그 가능성은 매우 희박하다.

교황청의 세례와는 상관없이 17세기에 접어들면서 독립국가 베네치아에는 커피가 드나들었다. 예멘의 모카 항을 떠난 배들은 아카바 항에 잠시 머물고 커피는 사막을 건너 카이로로 향한다. 다시 알렉산드리아에서 킹스 하이웨이를 따라 다마스쿠스를 거쳐 티레 항에 도착한다. 베네치아 항에는 티레 항뿐 아니라 북아프리카로부터도 커피가 몰려들었다.

다시 베네치아 커피역사 이야기로 돌아가 처음 생긴 커피하우스에 대해 말해보자. ICO는 1683년이라 밝혔지만 1640년, 1645년이라는 주장도 있으며 카페 콰드리가 펴낸 자신들의 소개서에는 1638년부터 시작되었다고 쓰여 있으니 어느 매장이 가장 먼저 열었는가에 대해서는 서로 논란의 여지가 있다 하겠다. 저 유명한 카페 플로리안은 그보다 한참 뒤인 1720년에 문을 열었다. 뒤를 이어 제노바, 나폴리, 로마에서도 커피하우스가 문을 열었으며 1763년에 이르러 베네치아의 커피하우스 숫자가 218개에 이르렀다고 한다. 연도가 서로 뒤엉켜 머리가 복잡해진다. 결국 화려한 리알토 다리 위 수많은 인파 사이에 끼여 수로를 바라보다 산마르코 광장은 내일로 미루고 말았다.

해는 이미 어둑어둑 저물었다. 도착하자마자 들렀던 숙소 앞 카페로 돌아와 운하 옆 테라스에 털썩 주저앉았다. 아비뇽에서 망가진 어깨는 이제 카메라 끈만 닿아도 통증이 느껴진다. 약국에서 산 통증 완화 연고는 처음에는 약효가 꽤 오래 지속되었는데 이젠 무용지물이다. 바를 때만 잠시 나은 듯하다가 이내 다시 아픔이 전해온다. 반갑게도 카페에서는 와인을 반병으로도 판다. 한 병 마시기는 과하고 한 잔 마시기는 아쉬운 내겐 딱 알맞은 양이다. 레드와인 알레그리니Allegrini는 오뚝한 콧날이 매력적인 웨이터가 베네치아식이라며 권해준 가장 비싼 피자와 잘 어울렸다.

보름달이 떠올라 운하에 희미하게 비친다. 곤돌라 한 대가 잔잔한 물 위를 미끄러지듯 지나치면서 은빛 반짝이는 잔물결을 만들어놓는다. 길게 늘어선 물가의 불빛이 가볍게 일렁거린다. 취기가 올라 내 마음도 따라 흔들린다.

맞은편 테이블에 젊은 부부와 네 아이가 막 자리를 잡았다. 주문하는 내내 웃음을 잃지 않는다. 수수해 보이는 옷차림으로 봐서 독일이나 북유럽 쪽 사람들이 아닌가 생각했다. 밝은 표정, 장난치는 아이들, 좁은 테이블인데도 불편해하지 않고 끼어 앉아 이야기꽃을 피우며 행복해하는 그들을 물끄러미 바라보았다. 문득 나만 혼자라는 사실을 깨닫고는 그리움에 빠져든다. 집 떠난 지 이제 한 달이

되어간다. 가족들은 다들 별 탈 없는지, 온실의 커피나무는 늦겨울을 잘 버티고 있는지, 박물관과 레스토랑 직원들은 다들 건강한지, 얼굴 하나하나가 바로 곁에 있는 듯 떠오른다. 선물할 요량으로 그들을 향해 셔터를 눌렀다. 이미 어두워져 그랬는지, 와인에 취해 그랬는지 초점이 잘 맞지 않아 여러 컷을 찍었다. 그리고는 그중에 제일 잘 나온 사진을 휴대용 프린터로 출력하고 '스윗 패밀리 인 베네치아'라는 근사한 글귀를 써서 그들에게 다가갔다.

"실례합니다. 이 댁 모습이 행복해 보여 사진 한 장을 찍어 선물을……"

말이 끝나기도 전에 부인은 딸을 껴안으며 손사래를 쳤다.

"필요 없어요. 우린 아무것도 필요 없으니 저리 가세요!"

내 의도를 잘 모르고 무언가 오해를 하는 모양이었다. 나는 천천히 그리고 정중히 다시 말했다.

"나는 한국에서 온 박물관장이에요. 혼자 여행중에 행복한 여러분의 모습이 보기 좋아……"

그 젊은 부인은 이젠 아예 딸아이의 눈을 가리며 나를 못 보게 했다. 나를 마치 무슨 괴물 대하듯 했다. 그 순간의 모멸감이란 지금 돌이켜봐도 무어라 표현할 수 없다. 급기야 누군가에게 도와달라 큰 소리로 외친다. 나는 당황스러웠다. 남편도 일어나 내게 말한다.

"우린 필요 없으니 당장 돌아가세요! 만약 돌아가지 않는다면……"

다른 테이블에 앉아 있던 사람들도 다들 이 상황을 쳐다보고 있다. 나는 어쩔 줄 몰랐다. 곧장 테이블로 돌아갈 수도 없었고 그렇다고 더이상 무슨 말을 하지도 못했다. 내게 베네치아 피자를 권했던 웨이터가 달려와 그들을 진정시키고 나서야 겨우 내 테이블로 돌아올 수 있었다.

반 잔쯤 남아 있던 와인을 천천히 마시며 마음을 진정시켰다. 혼잣말을 중얼거렸다. '어떻게 내게 이런 일이 일어날 수 있지? 더구나 사랑의 도시 베네치아에서 말이다' '대체 내가 어떤 사람으로 보였기에 저들이 그런 반응을 보였을까?' 분한 마음, 서러운 마음에 왈칵 눈물이 쏟아졌다. 왜 아무도 알아주지 않는 일을 한답시고 나서서 이런 취급을 받는가 하면서 초라한 자신을 돌아봤다. 탐험 내내 늘 쓰고 다니는 모자는 땀으로 얼룩져 번들거린다. 나 자신도 땀 냄새를 느낄 정도니 곁에 있는 사람들은 참기 힘들었을 것이다. 배낭 무게를 줄이려 속옷 외에 다른 옷을 가져오지 않았기에 입고 있는 것이 전부인 겨울 점퍼와 바지는 한 달 가까이 입어 시커멓게 변해 꼬질꼬질했다. 수염은 덥수룩했으며 손톱도 깎지 않아 지저분했다. 그럴 법도 하다는 생각이 들었다. 떠돌이 집시, 야바위꾼, 구걸하는 사람들이 넘쳐나는 관광지에서는 누구나 "낯선 사람의 이유 없는 호의는 절대 경계해라"는 조언을 귀담아듣는다. 나 역시 자주 되새기는 말이기도 하다. 그들 부부를 탓할 수만도 없다. 그렇다고 나를 그런 사람들과도 구별할 줄 모르나 하며 젊은 부부의 경솔함을 원망할 수밖에 없었다.

보스턴에서 공부하는 아들 녀석이 봄방학을 맞아 유럽 배낭여행을 한다기에 며칠 있다 빈(비엔나)에서 만나기로 약속한 것을 생각하면서 그리움이 가득한 편지를 썼다. 숙소에는 그 시간까지 돌아오는 여행자가 아무도 없었다. 모두가 베네치아의 밤에 흠뻑 취할 시간에 나는 혼자 조용히 잠자리에 들었다.

산마르코 광장은 과연 화려했다. 베네치아의 중심답게 이른 시간인데도 사람들로 가득했다. 아직 이르지만 봄을 맞은 광장은 햇살이 들어 온통 황금색으로 빛난다. 광장을 둘러싸고 있는 주변 건물들은 시대와 양식 그리고 목적이 서로 다르지만 모두 하나되어 아름답게 조화를 이룬다. 서로 배경이 되고 스스로가 주체가 되는 일목요연함이 있다. 천년을 이어온 광장은 정치, 종교, 문화, 예술이 상업과 공존하는 베네치아만의 상징이다. 곤돌리노가 손님을 기다리는 광장 끝 바닷가에 서서 불어오는 바람을 맞는다. 은빛으로 넘실대는 지중해를 바라본다. 커피를 가득 실은 아랍 상인들이 긴 항해 끝에 점점 가까워지는 베네치아를 바라보며 환호하는 모습을 떠올린다.

17세기 예멘의 모카 항을 떠난 커피는 사막과 바닷길을 넘나들며 베네치아를 비롯한 오스만제국 전역에 퍼졌다. 커피는 기근을 해소할 주식도 아니었으며 그렇다고 비단이나 금은 같은 사치품도 아니었다. 커피는 흡사 전염병과도 같아 베네치아에서 커피를 한 번이라도 맛본 사람들은 이내 커피의 매력에 빠져들었다. 커피는 초콜릿과 사탕 같은 단맛의 새롱거리는 매력으로 유혹하는 것이 아니라 잠행적인 매력을 풍겼다. 처음 커피를 마신 많은 이들이 '왜 이런 지독하게 쓴 걸 마시지?' 라 생각하면서도 다시 커피를 찾았다. 자연스럽게 습득하게 되는 기호였던 것이다. 커피는 여러 면에서 효과가 크면서도 매우 습관성이 강한 음료다. 커피는 점차 사람들의 관계를 바꾸어갔는데 커피를 마시는 사람들은 그들이 친구거나 적이거나 일로 관계하는 사람이거나 상대를 가리지 않고 상호적으로 행동 양식을 바꾸어나갔다. 이들 행동 양식의 변화는 일찍부터 베네치아에 커피하우스를 생겨나게 했고 이것이 또 커피하우스를 찾는 소비자를 확산시키는 결과를 만들어냈다. 베네치아를 찾는 사람이라면 누구나 한 번은 찾게 되는 카페 플로리안과 콰드리는 그 변화된 행동 양식의 산물이다. 이름난 두 카페 외에도 지중해를 가장 가까이하고 있는 카페 치오지아Chioggia, 산마르코 대성당과 가장 가까운 카페 라베나Lavena의 테라스에서 거푸 커피를 마셨다. 그 네 카페를 한 시간가량 간격을 두고 돌았다. 커피 공부를 처음 시작할 때 미친 듯이 일본의 이름난 커피하우스를 돌아다니던 때가 생각났다. 미련한 줄 알면서도 광장 안 커피하우스 한 군데도 빼놓고 싶지 않았다.

커피맛이 중요한 것인가 아니면 그 카페가 가지고 있는 역사적 의미 혹은 존재적 가치가 더 중요한 것인가? 네 카페를 돌고 난 후 내린 결론은 카페의 가치는 커피맛으로만 평가되지 않는다는 점이었다. 네 카페의 커피맛을 견주어 말하자면 커피맛은 절대적 가치가 될 수 없었다. 그 공간이 지니고 있는 내면적 요소, 함축된 분위기, 감히 범접할 수 없는 세월의 흐름, 그런 커피 외적인 요소가 그 카페를 말하고 있었다. 베네치아에서 카페는 더이상 커피를 마시는 공간만은 아니었다.

베네치아에 카페가 생겨나면서 사람들은 카페에서 일상을 보내기 시작했다. 마치 오늘날 직장인이 매일 아침 출근을 하듯 그들은 카페를 드나들었다. 소모적이고 별 쓸모없는 대화를 위해서라도 몇 개 되지 않는 카페 테이블에 자리가 나기를 기꺼이 기다리면서 사람들은 시간을 보냈다. 카페는 베네치아에서 일어나는

산마르코 광장_베네치아의 중심답게 이른 시간인데도 사람들로 가득했다.

작은 일까지 들을 수 있는 정보의 장이었다. 카페는 멋들어지게 차려입은 웨이터들의 트레이가 춤을 추고 배고픈 연주자들의 흥겨운 음악이 넘쳐나는 창조적인 공간으로 변해가면서 더욱 매력적인 곳이 되어갔다. 카페에 머무는 것은 당시 엘리트가 되는 한 방법이었고 평범한 사람들이 보기에 이것은 하나의 특권처럼 인식되었다. 18세기에 들면서 카페 플로리안과 콰드리에 당대를 풍미하던 바이런, 디킨스, 프로스트, 스탕달, 뒤마 등이 즐겨 찾았던 것은 어찌보면 당연한 일이었다.

커피를 실은 배는 모카 항으로부터, 카페는 튀르크의 심장부 콘스탄티노플로부터 지중해를 건너 처음 이곳 베네치아에 도착했다. 아랍과 유럽 상인 들이 한데 뒤엉킨 채 북적이던 베네치아의 카페는 이제 세월이 흘러 세계 각지의 여행객들로 넘쳐난다. 그들은 그 옛날 카페의 단골손님들처럼 벽지의 색깔이며 웨이터의 얼굴, 몇 번 테이블 바닥 대리석에 홈이 나 있는지는 전혀 알지 못한다. 명사들이 앉았던 그 자리에 앉아 오직 옛사람들의 체취를 느끼기 위해 집 근처 카페에서 마시는 커피 값의 적게는 두 배 많게는 대여섯 배를 쓰는데 사람들은 그걸 아까워하지 않는다. 베네치아의 카페에서는 웃음이 끊이지 않았다.

「커피하우스La Bottega del Caffé」를 쓴 베네치아 출신의 세계적인 극작가 카를로 골도니Carlo Goldoni가 태어난 집을 찾아나섰다. 몇 해 전 우리나라 시립극단에서 막을 올린 골도니의 〈여관집 여주인La Locandiera〉을 가벼운 마음으로 본 기억이 있어 잘 아는 사람의 집을 찾아가는 듯했다. 리알토 다리 위에서 보았던 독일 상관 폰다코 데이 테데스키의 운하 반대편 골목길, 작은 광장 산바르톨로메오San Bartolomeo에서 그의 동상을 만났다. 사람들은 어딜 그리 바삐 가는지 동상에는 관심을 두지 않고 지나친다. 「커피하우스」를 쓴 1750년 한 해에 골도니는 열여섯 편의 신작을 발표했다. 40대 중반에 접어든 그에게 베네치아의 커피하우스는 분명 특별했을 것이다. 저 유명한 베네치아 카니발과 커피가 주 내용인 연극이다. 극중 리돌포는 노름판에서 돈을 잃고 실의에 찬 에우제니오에게 커피를 내밀며 커피가 식어가는 것을 안타까워하자 에우제니오는 제발 혼자 있게 내버려두라며 호통을 친다. 이후로도 커피는 극중에서 끊이지 않고 등장한다.

골도니의 작품 「커피하우스」와 같은 해인 1750년에 문을 연 카페 알폰테 델로보Al Ponte del Lovo에 들러 커피를 마셨다. '베네치안 스타일 에스프레소'라 쓴 간판을 보며 잔뜩 기대하고 들어갔지만 커피맛은 뛰어나다고 생각할 수 없었다. 골도니를 생각하며 카페 리알토라 새겨진 커피 몇 봉지를 샀다. 골목길 벽에 다닥다닥 붙은 연극, 오페라 포스터를 바라보며 행복한 시간을 가졌다. 골도니의 〈커피하우스〉나 제노바에서 만난 베르디의 〈라트라비아타〉를 하는 극장이 없나 눈이 빠지게 들여다봤다. 결국 그 덕에 오후 네시가 다 되어 도착한 골도니 생가는 문이 굳게 닫혀 밖에서 보는 것으로 만족해야 했다. 작은 수로 옆 놈볼리Nomboli 다리에 신발을 벗고 걸터앉아 수상 버스 바폴레토Vapoletto 타는 곳까지 걸어갈 일을 걱정했다. 산마르코 광장의 낙조는 가히 장관이었다.

햇살 가득한
커피 무역항 트리에스테

숙소 옆 카페에 들러 어제와 같은 메뉴 크루아상과 커피 한 잔으로 아침을 해치우고는 곧장 트리에스테Trieste행 기차에 올랐다. 160킬로미터가 조금 넘는 거리로 두 시간이 채 걸리지 않아 가벼운 마음으로 차창 밖 아드리아 해의 절경을 감상했다. 언덕을 오르내리며 굽어 도는 해안의 절경에 감탄하지 않을 수 없었다. 기차에는 사람도 많지 않았다. 두 발을 쭉 뻗고 반쯤 드러누워 편히 있었다. 참으로 느긋한 시간이었다. 나에게는 일리illy 커피의 본사가 있어 남다른 소회가 있는 트리에스테다. 십수 년 전 미국의 한 지인이 일리 커피를 한국에 들여와보지 않겠냐고 제의해 수십 페이지에 달하는 한국 시장 조사서를 한 달여에 걸쳐 작성한 후 밀라노를 찾았었다. 결국 인연이 닿지 않아 무산됐지만 그 후로도 계속 눈길이 가는 커피회사다.

트리에스테는 커피와 인연이 깊은 도시다. 슬로베니아와 국경을 접하고 있는 트리에스테는 항구가 없는 오스트리아의 유일한 관문이었으나 세계대전을 거치면서 1954년에 이탈리아의 영토가 되어버렸다. 이탈리아에서도 사보나-바도 항

트리에스테는 커피와 인연이 깊은 도시다

에 이어 두번째로 큰 커피 수입 항구였던 트리에스테는 2009년에 이르러 사보나와 바도 항을 제치고 국가 총수입량의 26.3퍼센트를 이탈리아로 받아들이는 제1수입항이 되었다. 1891년에 결성되어 현재 50여 개의 관련 기업이 가입되어 있는 트리에스테 커피 총연맹 ASCAF Associazione Caffé Trieste는 항구의 커피 수출입 관련 업무를 총괄한다. 트리에스테의 커피 관련 회사가 세관 업무, 수입과 수출, 보관, 생두의 공정에 이르기까지 커피 거래와 관련한 제반 과정에서 보험에 가입하면서 1831년 이탈리아에서 가장 큰 보험회사 아시쿠라치오니 제네랄리 Assicurazioni Generali가 트리에스테에 문을 열었고 작은 도시의 모든 은행에서 커피 품목에 대한 신용 거래를 담당하게 되었다.

트리에스테는 현대적인 도시가 아니다. 그렇다고 고고한 유적의 도시도, 베네치아처럼 화려하거나 복잡한 관광지도 아니다. 오랫동안 잘 다듬어진 고귀함이 스며 있는 도시라는 생각이 들었다. 기차역에서 내려 시내를 향해 걸었다. 무역항답게 크고 낡은 창고가 산재해 있다. 신항으로 옮긴 탓인지 철조망 건너 건물 안에는 인적이 드물다. 승객용 터미널이 바로 옆에 붙어 있지만 이곳에도 사람들은 많지 않다. 그리 멀지 않은 곳에 시가지가 펼쳐져 있다. 나지막한 산들로 둘러싸인 아늑한 항구다. 족히 100여 미터는 바다를 향해 뻗어 있는 방파제 위로 사람들이 한가로이 걷는다. 하늘과 바다의 색이 똑같은 광경을 처음 봤다. 바다는 마치 호수처럼 고요했다. 멀리 보이는 빨간 등대가 한 폭의 수채화를 연상시킨다. 노부부는 두런두런 이야기를 나누며 느릿느릿 걷는다. 걷는 동안 광합성이 절로 되는 듯하다. 트리에스테는 마치 노인들의 천국 같았다. 젊은 층도 눈에 띄었다. 이른 봄의 따스한 햇빛 아래 한 청년이 방파제에 걸터앉아 책을 읽는다. 바닷물에는 눈부신 햇살이 비친다. 트리에스테의 분칠하지 않은 맨얼굴이다.

멀리 떨어지지 않은 건너편 부두로 대형 컨테이너선이 다가간다. 커피 마대가 내려지는 모습을 볼 수 있지 않을까 달려갔다. 부두 입구에는 견고한 철조망이 쳐져 있고 출입문 자물쇠는 굳게 잠겨 있다. 낙담한 채 이 구석 저 구석 둘러보고 있는데 낚시꾼 하나가 안에서 걸어 나온다. 낚싯대는 철조망 위로 걸쳐놓고 철조망 끝을 붙잡은 채 곡예하듯 한 발을 벌려 내가 있는 쪽의 바깥을 딛고는 다시 한 발을 옮긴다. 내가 대단한 일을 해낸 사람을 보듯 감탄한 표정으로 박수를 쳤다. 그러자 그는 별것 아니라는 듯 내게도 한번 해보라 한다. 조금 위험해 보이기는 했지만 따라했다. 작은 배낭과 카메라를 앞으로 껴안은 채 무사히 잘해냈다. 고등학교 때 선생님 몰래 담 넘던 생각이 나 웃음이 나왔다. 당장 누군가 달려와 호루라기라도 불 것 같아 불안했지만 뒤도 보지 않고 배를 향해 걸었다. 그러나 멀리서 본 것과는 달리 배는 부두에 정박하지 않았다. 혹시나 하는 마음에 줄곧 지켜봤지만 미동도 하지 않았다. 주변을 두리번거리는 사이 건장한 체격의 두 사람이 나를 향해 걸어왔다. 쫓겨날까 일부러 딴 곳을 쳐다보는데 그중 한 사람이 어디서 왔느냐며 내게 인사를 건넨다. 반가운 마음에 주저리주저리 내가 온 이유를 말했다. 그러고는 물었다.

"그런데, 저 배는 왜 짐을 내리지 않고 저기에 가만있는 겁니까?"

"아, 그 배는 순서를 기다리고 있습니다. 점심시간이 끝나면 곧 부두로 옮겨서

화물을 내릴 겁니다. 그런데 왜 그러시죠?"

"혹시 저 배에 커피가 실려 있지는 않을까요?"

건강한 미소에다 목소리가 걸걸한 다른 사람이 대답한다.

"커피는 실려 있지 않습니다. 저 배는 이곳에서 잠시 화물을 풀고 남쪽 몬테네그로 쪽으로 내려가는 배거든요. 남쪽에서 올라오는 배라면 몰라도 내려가는 배에는 커피가 실려 있지 않지요."

트리에스테로 오는 커피 덕에 자신들도 생활을 꾸려갈 수 있다는 말에 나는 고개를 끄덕였다. 둘 다 너털웃음을 터뜨린다. 그러고는 점심을 같이 먹자며 어디론가 나를 데려간다. 그들은 오르메지아토리Ormeggiatori, 즉 계선繫船 작업Mooring을 하는 뱃사람들이었다. 부두의 사무실에는 먹을거리가 풍성했다. 아침부터 술에 취해 있었던 듯 연신 즐거운 표정들이다. 내게 맥주와 생살라미를 권했다. 맥주는 단숨에 들이켰지만 생살라미는 날고기를 먹는 듯해 한입 먹고는 더이상 먹지 못했다. 호방한 성격의 두 사람과 뜻하지 않은 맥주 파티로 시간 가는 줄 모르고 점심시간을 보냈다. 사무실 문밖으로 아랍식 혼례를 올리는 무리를 언뜻 보고서야 두 사람과 아쉬운 작별을 나눴다.

산마르코 광장만큼이나 넓은 시내 중심가 우니타Unità 광장 한편에 자리 잡은 카페 데글리 스페치Degli Specchi를 찾았다. 광장을 절반쯤 차지한 듯한 카페 테라스에는 온 동네 사람과 관광객이 한꺼번에 모여든 듯했다. 카페의 테라스에 앉아 붉디붉은 에스프레소 한 잔을 마셨다. 옆 테이블에는 정장을 말쑥이 차려입은 멋쟁이 노신사가 신문을 펼쳐든 채 식사를 끝내고 후식으로 커피와 아이스크림을 들고 있다. 얼음이 채워진 와인 쿨러에 이미 빈 화이트 와인병과 물병이 놓인 것으로 보아 긴 시간 점심을 즐긴 모양이다. 웨이터와 이야기를 주고받는 모양이 토박이 같았다. 그에게 다가가 카페에 대해 아는 게 있는지 물었다. 노신사는 총각 때부터 단골이라 했다. 카페에 대해서도 많은 이야기를 들려주었지만 영어가 통하지 않아 웨이터가 짧은 영어로 통역해야 하는 통에 길게 이야기를 나누지 못했다. 개업 연도가 정확치 않아 지배인에게 도움을 청했다. 그도 누군가에게 물어 정리한 바로는, 1837년 카페가 문을 연 이래 여러 차례 경영주가 바뀌고 시설도 새롭게 바뀌다가 세계대전 때에는 미영연합군의 군용 숙소로 차출되는 아픔을 겪기도 했다고 한다. 1990년에 이르러서야 지역 사람들이 주축인 오늘날의 카페로 운영되고 있다는 것이다. 한참이 지난 후에도 커피의 여운이 입안에 잔잔히 남아 있다.

지근거리에 있는 두 항구 베네치아와 트리에스테가 이렇게 서로 다른 얼굴을 하고 있다는 사실이 놀라웠다. 과거 동방 무역이 활발하던 시기 베네치아가 유럽의 수도로 군림하던 시절에는 그 그늘에 있었고, 나폴레옹 시대에는 프랑스의 지배를 받았다. 자유도시 시절을 거쳐 다시 오스트리아의 지배하에 들어갔다. 자유무역항이 되었다가 이탈리아에 속하기까지 갖은 세파에도 굳건히 제 모습을 지키고 있는 트리에스테의 끈질긴 생명력을 칭송하지 않을 수 없다. 카페 스페치 뒤편으로 대표적인 금융가 볼사Borsa 광장을 지나면서 오스트리아의 레오폴트 1세Leopold I의 동상을 봤다. 이탈리아면서도 합스부르크의 분위기가 물씬 풍기는 트리에스테를 가슴에 담고 떠난다. 점심 때 만났던 무어링하는 친구들이 멀리서 걸어가는 나를 보고는 배에서 무어라 소리치며 크게 손을 흔든다. 나도 두 손을 흔들었다.

베네치아에서 〈라트라비아타〉를 보지 못한다면 두고두고 후회할 일이기에 종종걸음을 옮겨 돌아가는 기차에 오른다. 그러나 사방팔방 수소문해도 〈라트라비아타〉로 막을 올리는 극장은 한 군데도 없었다. 길에서 포스터를 볼 때 날짜와 극장 이름을 꼼꼼히 보지 않은 것을 두고두고 후회했다. 1막이 끝나고라도 들어갈 생각으로 골목길을 뒤졌지만 어디에도 없었다. 아쉬움 많은 베네치아의 마지막 밤이 그렇게 저물어갔다.

유럽의 커피역사를 송두리째 바꾼 길

빈의 슈테판 광장에서 아들과 감격적인 상봉을 했다. 1년여 만에 만났지만 일정이 서로 다른 탓에 하룻밤 같이 자는 것으로 만족해야 했다. 베네치아에서 그런 일을 겪은 후 사무치던 그리움 뒤의 만남이라 더 감격적이었다. 그러나 내색하지는 않았다. 10유로만 더 내면 시내에서 가까운데 잠자리가 있으니 녀석은 그리로 가자 했지만 나는 조금만 불편을 참으면 그 돈을 아낄 수 있다고 말하며 미리 예약해 둔 도심에서 조금 떨어진 곳에 숙소를 정했다. 다행히 깨끗하고 분위기가 좋았다.

빈에 처음 커피가 전해지는 데 인연이 깊은 칼렌베르크Khalenberg 산을 찾았다. 튀르크와의 전쟁, 유럽 각국의 이해관계가 얽힌 정세, 한 남자의 용기 있는 행동, 승리 이후까지. 칼렌베르크 포도밭에서 많은 일이 일어났다. 1629년에 처음 지은 건물은 1683년 전쟁 통에 파괴되고 말았으나 1883년 교회로 새롭게 지어져 전쟁의 승리를 기념하고 있었다. 현관 위 기념판에는 레오폴트 1세 황제 명의로 폴란드 왕 얀 3세 소비에스키Jan 3 Sobieski를 비롯한 동맹군에 대한 감사의 글이 자세히 적혀 있다. 그때의 다급함이 절절히 담겨 있다. 산꼭대기에 올라 빈 시내를 내려 봤다. 사방을 에워싼 튀르크 병사의 기세가 포도밭 너머로 들려오는 듯하다. 나지막한 능선을 따라 농익은 포도송이의 향내가 사방에 진동한다. 좁게 난 오솔길은 예나 지금이나 변함없는 듯하다. 도나우의 강물은 유유히 흐른다.

1683년, 승승장구하며 유럽 전역을 장악해가던 오스만튀르크는 7월부터 공격을 시작해 채 두 달도 되지 않은 9월에 이곳 칼렌베르크 코앞까지 다가왔고 2만 5천 개의 군 막사, 30만 명의 병사로 빈을 포위했다. 스페인, 프랑스는 물론 헝가리, 폴란드와의 정치적 이해관계가 실타래처럼 얽혀 있던 황제 레오폴트 1세는 8만여 명의 빈 시민과 함께 이미 150킬로미터 서쪽으로 떨어진 린츠Linz로 피신한 뒤였다. 그러면서 북쪽의 바이에른과 작센의 군사를 로렌Lorraine의 공작 샤를 5세Charles V의 지휘하에 빈으로 향하게 했다. 그러나 그들보다 앞서 맹활약을 펼친 동맹군은 바로 전 해만 해도 적이었던 폴란드의 왕 얀 3세 소비에스키의 군대였다. 폴란드 동맹군은 1683년 9월 12일 오스만제국을 물리침으로써 빈을 지키는 데 성공했다. 폴란드 출신의 교황 요한 바오로 2세가 이곳에 들러 설교했다는 기념판을 보며 폴란드와 오스트리아 두 나라의 질긴 인연을 느낄 수 있었다.

묵히지 않은 와인 호이리거Heuriger로 유명한 그린칭Grinzing을 향해 가벼운 발걸음을 옮겼다. 베토벤이 즐겨 찾았다는 선술집에서 풋내나는 레드와인에 거나해졌다. 아, 실로 얼마 만에 즐기는 아들과의 오붓한 시간이던가. 꿈결 같은 시간이 흘러갔다.

시내로 돌아와 빈에 올 때마다 들르는 카페 프라우엔후버Frauenhuber를 찾았다.

사실은 그 골목길 깊숙이 있었던 줌알텐블루멘스톡Zum Alten Blumenstock이라는 베토벤이 즐겨 찾아 고뇌하던 카페를 더 좋아했지만 이젠 더이상 존재하지 않는다. 작은 은쟁반에 커피와 물잔을 올려 서브하는 것, 물잔 위에 스푼을 접어두는 것, 두툼한 가죽지갑을 가지고 다니면서 직접 돈을 받고 거스름을 돌려주는 것 등 프라우엔후버는 어느 것 하나 십수 년 전과 달라지지 않았다.

빈은 이미 네댓 차례 들렀던 도시라 친숙한 느낌이다. 화려함의 진수를 보여주는 카페가 즐비한 빈의 구석구석을 다 돌아보기란 여간 어렵지 않다. 열정이 넘쳐흘러 어느 해인가는 작정하고 빈 카페를 섭렵했던 때가 있었다. 지금 생각해보면 과연 잘한 일인가 싶기도 하지만 어쨌든 그때는 그랬다. 덕분에 지금은 사라진 줌알텐블루멘스톡에 대한 기억과 그리움도 남아 있고 숱한 카페에 대한 추억이 있으니 잘한 일일 게다. 그때 적은 글을 다시 펼쳐본다.

카페 현관 앞 골목길에 예닐곱 개의 낡은 테이블이 놓여 있다. 짙은 초록색으로 거칠게 칠해진 창문틀, 흑판에 아무렇게나 써내려간 메뉴판, 커피잔을 앞에 두고 무언가 열심히 떠들어대는 세 노인들…… 몇 안 되는 손님들의 시선이 낯선 이방인에게 모인다. 관광객이 즐겨 찾는 카페는 아니라는 것을 금세 느낄 수 있다. 짙은 마룻바닥에 투박한 나무 의자며 탁자, 스무 평 남짓한 내부에 유난히 많은 기둥이 이곳의 역사를 잘 증명해준다. 바로크 시대에서나 볼 수 있는 화려한 금장 문양의 거울을 들여다보며 그는 과연 무슨 생각을 했을까? 구석자리에 앉아 빈 커피 멜랑시Melange● 한 잔을 마시며 그의 고뇌를 물끄러미 바라본다. 어색한 촛대

프라우벤후버(위)와 줌알텐블루멘스톡(아래)

가 희미한 불을 밝히고 있다. 카페 프라우엔후버는 모차르트의 보금자리 카페였다. 천재적인 음악성, 그로 인해 오늘의 베토벤이 있게 한 사람, 멀리서 찾아온 어린 소년 베토벤의 부족한 연주에도 그를 칭찬해줬다는 일화도 유명하다. 프라우엔후버의 창문은 도심을 향해 활짝 열려 있다. 1788년에 마리아 테레지아, 모차르트, 헨델이 즐겨 찾았던 이 카페에서 초코 토르테Torte 한 조각과 또다른 빈 커피 아인슈페너Einspänner●●를 청한다. 샹들리에 불빛이 아름다운 카페에서 쉽게 발길이 떨어지지 않는다.

200년을 훌쩍 뛰어넘어 여전히 화려하기 이를 데 없는 빈의 카페들. 카페 임페리알Imperial, 카페 사커Sacher, 카페 무제움Museum, 카페 란트만Landtmann…… 되뇌어 보기만 해도 설레는 이름에 곧 마음 한구석이 허전해지는 것은 역사에 대한 부러움 때문일까?

화려한 무대 정도가 주 볼거리였던 음악회는 밤 10시가 다 되어서야 끝이 났다. 음악의 본고장 빈의 궁중에서 듣는 음악인데도 매일 비슷한 곡을 연주해서인지, 아니면 원래 그 정도인지 연주는 다소 실망스러웠다. 음악회 참석을 위해 배낭 속에 정장을 따로 준비해온 열성을 보인 아들 녀석은 빈의 첫 밤이 아쉬운 듯 조금 더 돌아다니겠다고 한다. 나만 먼저 터덜터덜 숙소로 돌아왔다. 아들 녀석만 할 때 즐겨 들었던 〈Sorry seems to be the hardest word〉를 들으며 잠이 들었다.

● **멜랑시** 우유를 넣은 커피.
●● **아인슈페너** 설탕과 생크림을 듬뿍 넣은 커피.

아침부터 비가 세차게 내린다. 아들과는 숙소에서 같이 아침을 먹고는 바로 헤어졌다. 짧은 만남이었지만 든든한 원군을 얻은 듯 기운이 났다. 튀르크와의 전쟁 이후에 빈의 커피역사를 꽃피우게 한 폴란드인 콜시츠키G. Kolschitzky의 행적을 찾아 나섰다. 전쟁이 임박해 공포가 극에 달한 1683년 8월 13일, 어린 시절 콘스탄티노플에서 10년을 산 덕에 아랍어가 능통했던 마흔넷의 콜시츠키는 적진을 통과해 동맹군을 찾아 나서는 위험한 일을 자청한다. 하인 미하일로비치Mihailovich와 함께 빈 북쪽의 튀르크 적진을 향해 길을 떠난다. 어떤 글에서는 적군의 규모와 진지 형태를 파악하기 위해서였다 하고, 다른 글에서는 샤를 공작에게 공격 개시 시점을 알리는 편지를 전달하기 위해서였다고도 한다.

콜시츠키가 적진을 뚫고 지나간 날처럼 비가 억수같이 쏟아진다. 비옷을 입고 우산을 들었는데도 비는 몸속을 파고든다. 연신 카메라 렌즈를 닦아도 비가 들이친다. 어제 갔던 칼렌베르크 포도밭과 무성한 숲을 지나 클로스터노이부르크klosterneuburg에 닿았다. 걷기에 만만한 거리가 아니었다. 길 오른편으로는 도나우강의 지류가 흐르고 그 너머로 작은 섬이 길과 나란히 떠 있다. 아직 고목의 가지가 앙상하기만 해 당시의 무성함은 없다. 드문드문 주택들이 눈에 띈다. 묘지의 석물을 파는 집을 지난다. 두려움에 떨었을 콜시츠키를 떠올린다. 칼렌베르게르도르프Kahlenbergerdorf를 지나 누스도르프Nusdorf까지 걸었다. 풀 숲길, 자갈 길, 잔디밭 길, 돌길을 따라 족히 다섯 시간을 아무 말 않고 걸었다. 빗소리는 동무가 되어 걷는 내내 내 맘을 편하게 해주었다. 짙은 회색 하늘에서 세차게 쏟아 붓는 비, 수령을 알 수 없는 고목들의 열병閱兵, 억새풀의 향연, 파도치듯 일렁이는 도나우

오늘날 유럽의 커피역사를 송두리째 바꿀 수 있었던 바로 그 길을 걷고 있다.

강, 그 위를 떠다니는 백조 떼…… 나는 특별히 알아낸 것도 또 새롭게 밝혀낸 사실도 없었다. 그렇지만 분명 오늘날 유럽의 커피역사를 송두리째 바꿀 수 있었던 바로 그 길을 걷고 있다. 콜시츠키의 행적을 따라 쇼텐토어Schottentor까지 걸어서 돌아왔다.

콜시츠키는 튀르크가 패전 후 남기고 간 전리품 중 마대에 담긴 커피 500백bag을 공적의 대가로 받아 이듬해인 1684년 빈 최초의 커피하우스 '블라우엔 플라셰Blauen Flasche(푸른 병)'를 열게 되었다. 이에 대해 혹자는 500백이 아니라 500파운드이며 검은색의 열매 상태였다고도 하나, 17세기 예멘과 하라르의 커피 생산 정도를 생각해보면 500파운드, 즉 10백 정도가 맞지 않을까 한다. 30만 대군을 마시게 할 물품은 아니지 않을까. 검은색의 볶은 커피가 아닌 생두였을 거라는 점은 재론의 여지가 없으리라 본다. 콜시츠키는 커피 가루와 물을 함께 끓여 마시는 튀르크식 추출방식은 찌꺼기가 많아 마시기에 불편하다는 데 착안해 필터를 이용해 추출했고 꿀과 우유를 첨가해 마셨는데, 이것이 빈 커피의 전형을 갖추었다는 점이 흥미롭다.

빈에 올 때마다 들르는 또다른 카페가 하나 있다. 중심가에서 한 블록은 비켜서 있는, 그러나 17세기에는 최고의 중심지에 있던 카페 다니엘 모저Daniel Moser다. 주소를 보고 처음 이 카페를 찾았을 때 벽면 한가운데에 자랑스럽게 명판을 걸어둔 것을 보고 이곳이 콜시츠키의 '푸른 병'이 아닌가 했다.

황제 레오폴트 1세는 아르메니아인 요한 디오다토Diodato에게 '카바Chava'라 불리는 커피를 판매할 수 있도록 허가했다. 그는 오늘날 빈의 로텐투름슈트라세

Rotenturmstrasse 14번가 카페 다니엘 모저 자리에서 영업을 시작했다. 다니엘 모저는 당시 빈 시장의 이름이었다. 그 허가서는 1685년 1월 17일자로, 콜시츠키가 푸른 병을 연 시기보다 1년여 뒤처져 있다. 아쉽게도 그 카페는 푸른 병은 아니었던 것이다. 그러나 혹자는 콜시츠키 이전에, 그리 많이 앞서지는 않았겠지만 적어도 두 개 이상의 커피하우스가 이미 빈에서 커피를 팔고 있었다고 주장한다. 아르메니아인 디오다토와 루카I. Luca가 바로 그 주인공이라는 것인데, 튀르크와의 전쟁 이전에는 영업을 하면서도 특별한 허가서가 필요 없었던 것이 전쟁 후 여러 규정이 강화되면서부터 허가서가 필요하게 되었다는 것이다. 최초로 영업허가를 받은 디오다토의 카페는 그가 1693년 부인에게 영업을 맡기고 베네치아로 가면서 유명무실해졌으나, 루카는 1697년에 황제의 허가서를 새롭게 받으면서 커피는 물론 차와 카카오의 거래를 독점적으로 할 수 있게 되었다. 1701년 빈으로 돌아온 디오다토는 변화된 빈의 커피 업계를 보고 매우 놀랐다고 기록하고 있다.

콜시츠키의 동상이 세워져 있는 거리Kolschitzkystrasse가 있어 가보고 싶었지만 지도상으로 너무 멀어 포기하고 말았다. 그의 푸른 병이 있는 곳에 동상이 있었으면 좋았을 텐데라는 생각을 해봤다. 콜시츠키의 용기 있는 행동에 대해 오스트리아인들은 자랑스러워한다. 수업을 통해 아이들에게도 들려준다. 다만 아쉬운 점은 전쟁중 그의 행적에 대한 기록과 푸른 병에 대한 구체적인 기록이 없어 그때의 상황이 픽션으로만 전해지고 있다는 사실이었다. 추위에 떤 탓으로 전신에 한기가 든다. 빈에서 가장 먼저, 혹은 두번째로 카페가 문을 열었던 자리에서 여전히 영업중인 카페 다니엘 모저에서 현대식 에스프레소 두 잔을 거푸 마셨다. 길 맞은편

카페 다니엘 모저_17세기 최고의 중심지에 있던 이곳에는 벽면 한가운데 자랑스럽게 명판이 걸려 있다.

REICHENBERGER
GRIECHEN
BEISL
15
00

DAMEN
LKOMMEN
chenbeisl
447

에 있는, 1447년에 문을 연 그리스식 선술집 그리헨바이슬Griechenbeisl에 들러 허기를 달래야겠다. 아침에 먹은 빵조각이 전부였으니 배에서 자꾸 신호를 보낸다.

슈테판 성당 앞 카페 치보Tchibo를 둘러보며 곧 우리나라에서도 치보를 만날 수 있겠구나 생각했다. 물밀듯이 밀려올 유럽의 커피하우스가 상상된다. 트리에스테에서 만났던 카페 스페치는 어느새 상하이에 매장을 열었고 다니엘 모저는 이미 베를린과 뉴욕에 매장을 열었다. 카페 센트럴을 비롯해 빈의 주옥같은 커피하우스를 떠올리며 우리는 이제 어떻게 해야 하는가 깊은 고민에 잠긴다.

라이프치히에서
거장들의 커피를 추억하다

밤기차에서 새우잠을 잤다. 추적추적 비가 계속 내린다. 북쪽으로 온 탓에 다시 겨울로 돌아온 듯 추위가 밀려든다. 역 근처 숙소에 배낭만 맡겨두고 도시의 민낯을 보기 위해 중심가로 나왔다. 아침 7시 라이프치히는 조용했다. 4, 5층짜리 그만그만한 키의 건물이 하나씩 건너가며, 현대식 건물과 옛날 건물이 어깨를 나란히 하고 있다. 길게 늘어진 현수막의 단순한 글씨가 옛 건물과 썩 잘 어울린다. 불이 아직 켜지지 않은 다른 상점들과는 달리 라이프치히의 현대식 토종 브랜드인 듯한 커피컬처는 이미 손님들로 분주하다. 부지런한 사람들이 커피와 빵조각으로 아침 끼니를 해결하고 있다. 바로 길 건너 모퉁이의 스타벅스도 손님을 맞을 준비를 끝마쳤다. 작센의 고도 라이프치히에서 보는 스타벅스가 어색했지만 내 생각과는 상관없이 이미 도시에 잘 정착한 모양이다. 도심으로만 봐서는 라이프치히가 통일 전 공산 치하에 있었는지 가늠이 가지 않았다.

이름을 듣는 것만으로도 가슴 벅찬 게반트하우스Gewandhaus 앞에 섰다. 1743년에 음악을 사랑하는 16명의 라이프치히 상인들이 돈을 모아 16명의 연주자로 오케스트라를 꾸렸다. 1781년 라이프치히 직물 공장에서 초연하면서 지금의 이름을 갖게 된 게반트하우스 오케스트라는 현존하는 최고最古의 오케스트라다. 최신식으로 새로 지은 게반트하우스 앞에서 2차 대전의 폭격으로 직물 공장 건물이 없어진 것을 탄식했다. 모차르트, 바그너를 비롯해 클라라 슈만이 결혼 전 데뷔콘서트를 했으며 베토벤은 빈 초연 이후에는 어김없이 이곳에서 연주했다. 여기는 독일 음악의 성지 라이프치히다. 잊힌 거장 바흐를 재발견한 멘델스존도 이곳, 게반트하우스에서 12년간 상임지휘를 맡았다. 어찌 가슴 벅차지 않겠는가.

바흐가 세상을 뜨기 전, 27년간 음악활동을 한 성 토마스 교회를 찾았다. 독일 교회답게 소박함이 교회 전체에 감돈다. 오로지 필요한 곳에만 장식이 되어 있을 뿐 멋을 부리려 공연한 것을 휘감거나 굴리지 않았다. 교회 입구에는 3월 한 달 열리는 음악회 프로그램을 요일별로 자세히 소개하고 있다. 거의 매일 시간을 달리해 성가곡, 협주곡 등이 연주된다. 문을 열고 안으로 들어서자 바흐의 장중한 파이프 오르간곡 〈토카타와 푸가〉가 연주되고 있었다. 교회 안은 신성함으로 가득 차 연주가 끝날 때까지 자리를 뜨지 못했다.

〈커피 칸타타The Coffee Cantata, BWV 211〉가 초연된 치머만Zimmermann 커피하우스를 찾아 나섰다. 바흐는 38세 되던 1723년부터 합창단 지휘를 맡으면서 교회의 행사음악을 작곡했는데, 대부분의 교회 성악곡을 라이프치히에서 지낸 초기에 작곡했다. 이후 그는 경건함을 강조하는 교회음악 외에 세속음악에 관심을 갖기 시작했다. 바흐는 1729년, 그의 오랜 친구 텔레만G. Telemann이 1701년 라이프치히 대학생 시절에 설립한 콜레기움 무지쿰Collegium Musicum의 음악 지도를 맡으면서 학생들과 직업 연주자로 구성된 오케스트라를 이끌고 매주 금요일 저녁 두 시간씩 커피하우스 치머만에서 연주회를 가졌다. 〈커피 칸타타〉는 1734년 치머만에서 그렇게 초연되었다. 이들 오케스트라 단원들은 후에 게반트하우스의 단원이 된다.

아, 커피가 얼마나 달콤한지 Ah! How sweet the coffee's taste is,
수천 번의 입맞춤보다도 더 달콤하고 Sweeter than a thousand kisses,
맛좋은 포도주보다도 더 부드럽지 Milder than sweet muscatel.
커피, 커피, 난 커피를 마셔야 해 Coffee, coffee, I must have it,
누가 내게 한 턱 쏘려거든 And if someone wants to treat me,
아, 커피 한 잔 가득 채워줘요 Ah, my cup with coffee fill!

음악은 종교의 영역 안에서만 연주하고 듣는 것이 아니라 인간의 본성이 다다르는 곳 어디에서든 행해질 수 있다는 것, 자신의 감정에 충실한 자아의 영역이라는 점을 바흐는 말하고자 했을 것이다. 바흐의 칸타타는 결국 두터운 교회의 벽을 밀치고 나와 커피하우스에서 환호와 갈채를 받았다. 그러나 치머만은 더이상 존재하지 않았다. 라이프치히는 2차 세계대전 때 연합군의 폭격으로 쑥밭이 되었다. 치머만이 있던 카타리넨슈트라세Katharinenstrasse 14번지는 그런 일을 겪고도

라이프치히에 남은 몇 안 되는 건물에 속했지만, 이제 그 자리에는 전체를 유리로 씌운 거대한 신축 건물이 들어서고 있다. 금요음악회를 매주 쉬지 않고 6년째 하고 있는 나로서는 처절한 심정이었다. 문은 닫았을지라도 낡은 건물만이라도 남아 있으려니 했던 내 마음을 무겁게 만들었다. 〈커피 칸타타〉를 통해 당시 라이프치히의 커피 사정을 조금이라도 이해할 수 있었지만 과연 바흐가 커피를 사랑했는가는 별개의 문제였다. 왜냐하면 〈커피 칸타타〉의 작사가는 피칸더Picander를 필명으로 쓰는 법률가이자 시인인 헨리키C. Henrici였기 때문이다. 바흐와 커피의 만남은 꼼꼼히 찾아봐야 할 새로운 과제로 다가왔다.

답답함을 누르고 바로 옆에 위치한 성 니콜라이 교회를 찾았다. 밤기차 맞은편에 앉았던 짧은 빨강머리 아가씨는 여러 번 성 니콜라이 교회를 꼭 가보라 권했다. 1989년 9월 4일, 월요 평화기도회를 마친 교인 700여 명이 교회 밖 광장으로 나서자 라이프치히 시민들이 이에 동참했다. 10월에 가서는 그 수가 12만 명으로 늘었고 이 평화운동은 동독 전역으로 확산되어 결국 11월 9일에 베를린 장벽이 무너졌다. 베를린 장벽을 무너뜨렸던 동독 시민혁명의 성지가 바로 이 성 니콜라이 교회다. 20년이 지난 지금도 장벽이 무너지던 순간을 TV 화면에서 보던 기억이 생생하다.

고딕 양식이면서도 독특한 구조를 지닌 교회 안을 살피던 중 뜻밖에도 어디선가 은은한 커피향이 흘러나왔다. 그 향을 따라 교회 안 깊숙한 구석으로 발걸음을 옮겼다. 조그마한 친교실을 카페로 꾸며놨다. 낯선 이방인의 갑작스런 방문에도

성 니콜라이 교회_교회 안은 신성함으로 가득 차 연주가 끝날 때까지 자리를 뜨지 못했다.

놀라는 기색 없이 오히려 너그러운 미소를 보낸다. 카페는 예닐곱 개의 나무로 된 테이블과 의자가 전부다. 작은 아치형 창문으로 햇살이 비춰 방 안을 따뜻하게 만든다. 창을 비롯한 이 교회 건물은 12세기에 처음 건축되었고 오늘에까지 이르고 있다. 창문틀에는 키 작은 화초가 윤기를 발하고 테이블마다 꽃이 놓여 있다. 커피는 누군가 미리 끓여둔 것을 교인들이 직접 따라 마신다. 책장 넘기는 소리와 사람들의 소곤거림에 기분이 좋아진다. 먹음직스러운 초코 쿠키도 접시 위에 가지런히 놓여 있다. 아침부터 돌아다닌 탓에 허기진데다 커피 생각도 간절했다. 누군가 내게 다가와 커피 한 잔을 내민다. 이 카페의 책임자이자 목회 수업을 받고 있는 젠스 마이어다.

간절히 원할 때 이루어진 일은 기쁨이 배가 된다. 미리 끓여두어 약간 식었는데도 커피맛은 일품이었다. 적당함이라고 할까 절제라고나 할까, 화려한 에스프레소 기계를 통해 뽑은 에스프레소에 비길 맛이 아니었다. 그에게 최근 들어 한국의 교회에서도 카페가 많이 운영된다는 이야기를 들려주었다. 대형 교회의 카페 사정을 들려주자 놀라는 기색이 역력했다. 내심 카페 운영이 궁금해 물었다.

"카페 운영은 어떻게 시작하게 됐나요?"

"교회에서 주민들을 위해 할 수 있는 일은 매우 제한적입니다. 교회가 주일날 예배보러 오는 장소에 머무른다면 주민들과 하나되기가 쉽지 않겠지요. 우리 교회의 카페는 언제라도 누구든지 머물면서 하고 싶은 일을 할 수 있는 자유로운 공간입니다. 커피를 마시며 책을 읽거나, 뜨개질을 하거나, 세상 살아가는 이야기를 나누거나, 잠시 눈을 붙이거나, 음악을 듣거나…… 무엇이든 할 수 있고 같이

Nikolaitreff
Café der Begegnung

나눌 수 있지요."

이는 카페가 더이상 자유사상가, 권력을 맹신하는 정치가, 사회적 명망가 들이 드나드는 곳이 아님을 잘 말해준다. 엘리트가 되기 위해서도, 특권을 누리기 위함도 아니다. 그저 각자의 사사로운 일상을 카페에서 보내는 것이다.

"운영하는 데 어려움은 없나요? 적자가 난다거나……"

그러자 젠스 마이어는 나무로 깎은 송아지 모양의 저금통을 내게 건넨다.

"많은 분들이 자원봉사를 해요. 쿠키 만드는 일이나, 커피 끓이는 일, 꽃을 꽂는 일, 심지어 청소까지요. 그러면서도 이 저금통은 가득 차지요. 저금통이 빈다 해도 하느님이 채워주실 테니 걱정 없어요."

낮은 소리로 해맑게 웃는다. 그의 미소는 어린아이의 그것과 닮았다. 많은 사람들이 한꺼번에 몰려들지는 않아도 꾸준히 사람들이 드나들었다. 나는 1유로라도 아끼던 평소와는 달리 송아지 저금통에 넉넉히 커피값을 넣었다. 그러고는 카페에서 쓰는 커피잔을 우리 박물관에 기증해달라는 염치없는 부탁도 했다. 역사적 의미가 깊은 이곳의 커피잔을 꼭 박물관에 전시하고 싶다고 진지하게 말했다. 그는 잠시 기다리라며 밖으로 나가더니 곧 밝은 표정으로 돌아왔다.

"이 커피잔이 우리 교회 카페에서보다 더 유용하게 쓰일 수 있도록 당신께 드리겠습니다."

나는 그의 이 짧은 말 한마디에 금세 가슴이 뭉클해지고 코끝이 찡해졌다. 베네치아에서의 서러움도 어깨통증도 단숨에 눈 녹듯 사라졌다. 교회에서 쓰는 커피잔이 사치스러울 리 없어 값비싼 것도 아닐 테고, 우리 박물관 수장고에도 귀한 커피잔이 수북이 쌓여 있어 대수롭지 않다 여길 수도 있겠지만 지금은 달랐다. 해마다 나서는 커피 탐험에서 매번 참으로 의미 있는 순간을 맞는다. 100년쯤 지난 훗날을 떠올리며 천 가지 상상을 한다. 지금 우리 박물관 전시실 한쪽 면에는 성 니콜라이 교회에서 받은 이 커피잔과 지난해 다마스쿠스의 우마이야 모스크에서 받은 커피잔이 나란히 마주하고 있다. 마치 이슬람을 통해 기독교 세계에 전해진 커피역사를 증명이나 하려는 듯이. 후에 신문에서 월요 기도를 이끌었던 성 니콜라이 교회의 퓌러C. Führer 목사의 방한 기사를 읽었다. 그는 교회가 해야 할 일에 대해 이렇게 말했다.

"교회가 할 수 있는 일은 작습니다. 그 일은 한여름 태양에 뜨겁게 달궈진 바위 위에 떨어진 물 한 방울처럼 덧없는 것일지도 모릅니다. 하지만 누군가는 희망의 증거를 보여주어야 합니다. 교회가 해야 할 일이 바로 그것입니다."

게반트하우스를 지나 멘델스존 하우스를 오른편으로 두고 곧장 슈만하우스를 향해 걸었다. 산책하기에는 더이상 좋은 길이 없을 듯하다. 큰길을 두 번 가로지르느라 좌우를 살펴야 할 뿐 넋을 놓고 걸어도 괜찮을 만한 길이다. Mp3플레이어에 저장해둔 슈만의 피아노곡 〈카니발Carnaval Op.9〉을 듣는다. 탐험 내내 하루도 빠지지 않고 내게 길동무가 돼준 슈만과 멘델스존이다. 행복감에 젖어 발걸음도 가볍다. 슈만하우스는 주택가 한가운데 깔끔하게 단장된 3층 건물로 음악, 예술 관련 초등학교와 기념관으로 쓰이고 있으며 주위의 건물과 잘 조화를 이루고 있었다.

크지 않은 앞마당에는 아이들이 뛰어노는 형상의 금속 조형물이 설치되어 있고 옆으로는 널찍한 운동장이 있어 쉽게 학교 건물이라는 것을 알 수 있었다.

내가 슈만하우스를 먼저 찾은 이유는 순전히 〈다비드동맹 무곡집Davidsbündlertänze〉 때문이다. 말년에 정신병으로 세상을 뜬 것과 연관 지어 그의 청년기 작품에도 병력을 갖다 붙여 해석하는 글을 그동안 자주 접했다. 총 18곡의 〈다비드동맹 무곡집〉을 들으며 나는 그의 정신병적 기질이 어디서 표출되었는지 도무지 이해할 수 없었다. 1837년 그러니까 그의 나이 스물일곱에 쓴, 열렬한 사랑 노래라는 생각을 떨칠 수 없었다. 어느 날 커피 책을 읽던 도중 다비드동맹과 관련한 부분이 눈에 띄어 눈이 휘둥그레졌다. 라이프치히 클라이네 프라이셔가세Kleine Fleischergasse 4번지에는 1719년 문을 연 커피하우스 카페바움Kaffebaum이 있었다. 동년배인 리스트와 바그너 그리고 슈만은 스물이 갓 넘은 나이에 이곳 카페바움에서 때때로 만나 1833년에 이른바 다비드동맹을 맺고 음악적 교류를 가졌다. 1836년 클라라와 사랑에 빠진 슈만은 1837년 〈다비드동맹 무곡집〉을 발표하게 되는데 이 곡은 클라라에 대한 사랑의 맹세를 담아 결혼식 무도회를 그리며 쓴 것이었다. 다비드동맹은 가상의 모임이 아니라 청년 음악가들의 열정 가득한 모임이었음을 카페바움은 증명하고 있다. 카페바움은 어디에서도 세월의 흔적을 찾아볼 수 없을 만큼 말끔하게 단장되어 있었다. 1500년대에 만들어졌다는 육중한 현관문을 지나 1층 레스토랑을 먼발치에서 보며 가파른 계단을 올라 2층 박물관에 닿았다. 호흡이 가빠왔다. 박물관을 찾았던 유명 인사들의 사진에서부터 영상 자료, 커피벨트 패널, 커피를 따르는 아랍인 밀랍인형, 희귀한 사진자료, 유물 등 어느 것 하나 소홀히 다루어지지 않은 값진 전시품이 3층까지 빼곡히 들어서 있었다. 두 시간이 넘도록 하나하나 카메라에 담았다. 나는 촬영을 끝내고는 한쪽 구석에 멍하니 주저앉고 말았다. 커피는 하나의 기호 음료에 그치는 것이 아니라 고귀한 문화라는 사실을 일깨워준 카페바움이었다. 다시 한 번 커피가 지니고 있는 다양한 모습을 사람들에게 잘 전해야겠다는 사명감에 불탔다. 책자 몇 권을 사들고는 다비드동맹을 떠올리며 2층 카페에서 커피 한 잔을 마셨다. 얼마나 땀을 흘렸는지 온몸이 눅눅하다.

멘델스존 하우스는 다행히 아직 문을 닫지 않았다. 박물관으로 쓰는 2층으로 올라가 첫번째 방으로 들어갔다. 윤기 나는 마룻바닥이 차분함을 더해준다. 화려하지 않으면서도 오랫동안 잘 가꾸어진 집이라는 인상이 들었다. 1845년에 마그누스E. Magnus가 그린 멘델스존의 초상화 원본이 창문 사이 벽면에서 무표정한 모습으로 방 안을 응시하고 있다. 서른여섯 살의 젊은 때이지만 2년 후면 마감할 그의 생을 미리 아는 탓에 처연함이 앞선다. 당시에 발간된 작곡집이며 그가 연주하던 피아노, 식사 때 쓰던 은기류 들이 부유했던 그의 생활을 넌지시 말해준다. 콘서트홀로 들어섰다. 말이 콘서트홀이지 있는 그대로 표현하자면 스무 평 남짓 되는 보통 거실이다. 굳이 장식이라고 한다면 밝은 유리창을 반쯤 가린 흰색 커튼, 벽면에 걸린 그의 양각 초상화, 천장에 달린 촛대 하나가 전부다. 바닥은 복도와 같은 투박한 마루에다 60여 개의 의자들이 좁게 줄지어 있다. 사람들이 앉으면 어깨와 무릎이 서로 닿을 정도의 간격이다. 이 소박한 멘델스존 하우스 콘서트홀은 매주 일요일 아침 11시면 청중들로 가득 찬다. 우리는 클래식 콘서트홀을 말할 때면 으레 예술의 전당이나 세종문화회관을 떠올린다. 우레와 같은 박수 소리와 함께 등장하는 연주자는 곧 연주에 몰두하지만 웬만한 값을 치르지 않으면 연주자의 손끝이나 표정, 숨소리를 느낄 엄두를 내지 못한다. 살롱음악회의 진수는 오로지 작은 공간에서 함께 호흡하는 데 있다.

이 홀에 딱 알맞은 크기의 독일제 뵈젠도르퍼 피아노는 마침 조율사의 보살핌을 받고 있다. 연주자만큼이나 진지한 모습이다. 그의 손길에서 멘델스존의 피아노를 돌본다는 음악인으로서의 자부심을 읽을 수 있었다. 다가가 인사를 건넸다. 고개를 끄덕이며 반갑게 눈웃음을 짓는다. 무슨 말이라도 그 피아노에 대해 물어보고 싶었지만 방해가 될까 잠시 바라만 보고 있었다. 시간이 충분치 않아 발길을 돌리려는데 그가 궁금한 게 있으면 연락하라며 내게 선뜻 명함을 건넨다.

시계를 들여다보고 나니 마음이 초조해졌다. 문 닫을 시간은 이미 지났고 내가 들어온 이후 박물관에 다른 관람객은 없었다. 그러나 나는 반대편 구석 작곡방에서 멘델스존의 커피잔을 보는 순간 마음을 온통 빼앗겨버렸다. 들어가지 말라는 표지판과 함께 쇠줄이 쳐져 있어 더이상 가까이 갈 수는 없었다. 먼발치에서만 봐도 좋았지만 그러기에는 아쉬움이 너무 컸다. 아래층으로 달려가 큐레이터를 찾았다. 명함을 내밀며 여기까지 온 사정을 이야기했다. 같은 박물관인으로서 가까이서 그의 커피잔을 보고 싶다는, 그리고 만져볼 수 있게 해달라는 부탁을 했다. 그녀는 같이 올라가 지켜봐도 되겠느냐고 말하며 조심스럽게 허락했다.

그의 방문을 여는 대신 쇠줄을 걷고 안으로 들어갔다. 모서리 방이라 각 면에

멘델스존의 커피잔을 보는 순간 마음을 온통 빼앗겨버렸다.

나란히 난 두 개의 창문으로 부드러운 저녁햇살이 비친다. 손때가 묻은 그의 구식 피아노는 건반을 가지런히 모은 채 주인의 손길을 기다리는 듯하다. 모서리의 책상은 앉기만 하면 작곡의 영감이 떠오를 듯하다. 책상 위 벽면에서 본 액자 속 부인의 초상화에는 정숙함이 깃들어 있다. 라이프치히의 풍경을 담은 작은 액자사이로 특이하게 클라라와 슈만의 사진 액자가 있다. 음악적 성향이 서로 달라 교분에 대한 특별한 기록이 전해지지 않는 그들이다. 말년에 1년 정도 멘델스존이 설립한 라이프치히 콘서바토리Conservatory에서 슈만이 학생들을 가르친 적이 있다는 정도만 알려질 뿐이다. 그렇지만 라이프치히에서 걸어서 10분이면 닿을 거리에 사는 두 사람이 동년배이면서도 서로 가까이 지내지 않았을까 자못 궁금하다. 그들 부부의 초상화가 책상 위 중앙에 놓여 있는 것은 박물관 큐레이터의 숨은 의도 때문일까 아니면 우리가 그들의 관계를 잘못 알고 있는 걸까? 큐레이터에게 물어보고 싶은 마음이 굴뚝같았지만 사진 찍는 데 정신이 팔려 그러지 못했다. 깃털 장식의 펜과 빈 악보 왼쪽에 금빛이 감도는 커피잔이 놓여 있다. 조심스럽게 다른 자리로 옮겼다. 겉에는 채색된 풍경화가 그려져 있었다. 만져보고 들여다보고 뒤집어봤다. 잔은 그냥 잔일 뿐인데도 그가 평소에 쓰던 잔이라는 생각에 흥분되었다. 내내 밖에서 지켜보던 큐레이터의 구두 소리가 마룻바닥에 부딪혀 점점 커지는 것을 깨닫고는 그 방을 나와야만 했다. 못내 아쉬워 다시 뒤돌아봤다. 책장 위에 바흐의 흉상이 놓인 것을 보고는 게반트하우스 지휘자로 있을 때 사라져가는 바흐의 곡을 세상에 알리는 데 전력한 멘델스존의 바흐에 대한 애정을 다시 느낄 수 있었다. 박물관의 문을 나설 때까지도 피아노 조율 소리는 '팅팅' 하며 울리고 있었다.

그라인더의 명가
자센하우스를 찾아서

암스테르담으로 가기 전 쾰른에서 하룻밤을 지냈다. 세계적인 수동밀 제조회사 자센하우스Zassenhaus가 있는 졸링겐Solingen으로 가기 위해서다. 역 앞 쾰른 대성당이 이방인을 압도한다. 라인 강은 대성당을 빤히 바라보며 흐른다. 중세 이후부터 쾰른 인근 지역은 금속 산업의 중심지였다. 라인 강 줄기를 따라 형성된 마을에는 철의 원료가 풍부했고 물의 사용도 용이해서 전통적으로 세공 기술이 발달했다. 세계적인 주방용품 회사 헨켈의 칼, 가위, 면도칼은 모두 졸링겐의 강철을 이용해 만들어진다. 독일의 자랑, 마에스트로 정신이 깃든 자센하우스는 이런 바탕 위에 최고급 수동밀을 만들어낸다. 과연 어떻게 수동밀이 만들어지고 있는지 궁금했다.

쾰른에서 기차로 30여 분을 달려 졸링겐에 도착했다. 사전에 약속을 해둔 것도 아니고 딱히 아는 사람도 없이 주소와 전화번호만 들고 가는 길이라 사실 막막했다. 이미 여러 번 쾰른에서 전화를 시도해봤지만 휴일도 아닌데 통 받지 않았다.

HANJIN
K LINE
CHINA SHIPPING

졸링겐 역 앞에서 길 건너편 관광안내소를 찾았다. 특이하게도 일반 교통 관련 민원업무를 같이 하고 있어 30분을 넘게 기다린 끝에 주소지를 찾아가는 방법을 알 수 있었다. 그것도 대개는 독일어로 들었으니 확신이 서지 않았다. 길 건너 정류장에서 멈춰 서는 버스 기사마다 "프라이덴슈트라세Friedenstrasse?" 하고 물었다. 다행히 그리 오래 기다리지 않고 버스를 탔다. 시골 버스의 풍경은 독일이라고 다르지 않았다. 노인들의 품에는 무언지 모를 보따리가 하나씩 안겨 있다. 졸고 있는 할아버지, 무심히 창밖을 보는 할머니, 아이를 안고 가는 아주머니, 오랜만에 보는 정겨운 모습이다. 기사에게 주소가 적힌 쪽지를 보여주었더니 다음 정류장에 내려야 한단다.

나는 한적한 시골길 뙤약볕에 내동댕이쳐졌다. 어디로 가야 할지 지나가는 사람이라도 있으면 물어라도 볼 텐데 차들만 씽씽 달릴 뿐 아무도 없다. 버스 기사가 알려준 방향이라고 짐작되는 곳으로 터덜터덜 걸었다. 슈타인가르텐Steingarten 거리라는 팻말이 보인다. 내가 여기 오기 전 기대했던 풍경, 옛날식 대장간이 길거리에 가득하고 칼 생산자들의 길드가 있는 졸링겐은 어디에도 보이지 않는다. 마침 집 앞마당에서 꽃을 다듬고 있는 할머니가 보인다. 달려가 주소를 큼지막하게 다시 써 눈앞에 펼쳐 보였더니 손가락으로 방향을 가리키며 조금만 더 가서 왼쪽으로 꺾으라는 손짓을 한다. 공업 단지처럼 보이는 곳 입구에 간판이 보인다. 안도의 한숨을 내쉬었다. 그러나 그것은 얼마 가지 않아 탄식으로 변했다.

내가 찾아간 곳은 자센하우스 공장이 아니라 자센하우스 밀을 파는 쿠첸프로피Kuchenprofi라는 종합 주방 기구 판매회사였다. 사방을 둘러보고 사람을 찾아도 인기척이 없다. 자동차 한 대가 서 있어 누군가 있겠지 하고 아무리 문을 흔들어도 반응이 없다. 창문 안으로 자센하우스 수동밀 서너 개와 후추 빻는 기구, 저울 등이 어지럽게 널브러져 있다. 그것이 전부였다. 미리 정확한 정보를 챙기지 못한 스스로의 허술함에 화가 났다. 허탈감만 가득 안고 한동안 서성거렸다. 하는 수 없이 오던 길로 다시 터덜터덜 돌아갔다.

길모퉁이 피자집에 들러 맥주를 들이켰다. 주인장은 낙담한 내 표정을 보며 안돼 보였는지 피자 한 조각을 먹어보라며 권한다. 나폴리에 들렀을 때 먹었던 맛없는 나폴리 피자 이야기를 들려주자 나를 고향 사람이라도 만난 듯 반긴다. 에스프레소를 주문했더니 시칠리아 커피라며 천진난만한 웃음으로 내게 건넨다. 멀리 시칠리아에서 독일의 시골 졸링겐으로 이민 온 주인장 엘리아와 크로아티아에서 시집온 부인의 살가운 친절에 나는 조금 전의 허탈함을 위로받았다. 고국 이탈리아 이야기로 웃음꽃을 피우느라 시간 가는 줄 몰랐다. 졸링겐을 떠나는 내게 엘리아는 시칠리아산 와인 한 병을 손에 꼭 쥐여주었다.

라이프치히에서 하룻밤 더 머물며 성 토마스 교회에서 실컷 음악을 들었을 것을, 카페바움에서 더 머물 것을, 멘델스존 하우스 큐레이터와 더 깊은 이야기를 나눌 것을, 나는 자센하우스에 미리 연락하고 가지 않은 어리석음을 두고두고 후회했다.

암스테르담의 동인도회사

한밤중에 암스테르담 중앙역에 도착했다. 어디서 어떤 버스를 타야 할지 몰라 두리번거리다가 숙소까지 버스로 두 정거장이면 닿을 수 있는 거리여서 결국 걸었다. 라이프치히에서 산 책이 무게를 더해 배낭은 점점 아래로 처진다. 화려한 불빛과 길거리에 넘쳐나는 청춘 남녀들을 보며 암스테르담이 합법화된 매춘의 도시, 대마초가 자유로운 도시라는 사실을 절감한다.

침침한 골목길을 따라 4, 5층짜리 작은 집이 줄지어 있다. 희미한 불빛의 숙소 간판을 찾느라 비슷한 골목길을 세 바퀴나 돌았다. 문은 신분이 확인된 사람에게만 열어주었다. 겨우 한 사람만 드나들 수 있는 가파른 나무 계단을 낑낑대며 올라갔다. 집시풍의 머리에다 귀와 코에는 여러 개의 피어싱을 어깨 전체에는 난해한 문신을 한, 스무 살을 갓 넘긴 듯한 남자가 카운터에서 나를 기다리고 있다. 그런데 문제가 생겼다. 나는 계단을 오르면서 "우리는 50세 이상 손님은 받지 않습니다"라는 안내 글귀를 대수롭지 않게 여기고 들어왔다. 그러나 카운터의 그 친구는 정색을 하고 안 된다고 말한다. 답답한 노릇이었다. 나이트클럽도 아닌 유스호스텔에서 물 흐린다고 나이 든 사람을 받지 않는다니…… 이미 몸은 녹초가 다 되었고 이 밤중에 어디를 얼마나 돌아다녀야 숙소를 다시 구할 것인가. 한참 동안을 통사정과 실랑이를 하고서야 한 층 더 위에 있는 여섯 명이 함께 자는 방에 들어갈 수 있었다. 청춘의 도시답게 12시가 다 된 시각인데도 방 안에는 아무도 없다. 드넓은 암스테르담 환락의 세계로 다들 즐기러 떠난 것이다. 카운터의 글귀가 의미 있는 것임을 눈치챌 수 있었다. 이제 집 떠나 싸구려 숙소만 전전하는 것도 더이상 허용되지 않는 나이라는 생각에 세월의 무상함을 느꼈다. 고양이 한 마리가 내 옆 침대를 오르락내리락한다. 처음엔 신경 쓰여 잠을 이룰 수가 없었지만 어느새 깊은 잠에 빠졌다. 한 번도 깨지 않고 아침을 맞았다. 이 좁고 답답한 방에서 잠을 잘 수 있다는 것이 스스로 생각해도 신기하다. 축복받은 일이라는 생각을 하며 침대를 내려왔다. 나머지 다섯 침대에서 각자 곯아떨어진 청춘 남녀를 발견했다. 그들과 나는 서로 얼굴조차 못 본 채 그렇게 이틀 밤을 한 방에서 같이 잤다.

아침 찬바람을 뚫고 담Dam 광장을 향해 걸었다. 간밤의 화려함은 어디 갔는지 어느새 골목 구석까지 조용해졌다. 군데군데 아직 여운이 남아 불 켜진 술집이 있다. 1615년 문을 연 선술집 간판에 불이 켜져 있다. 부지런한 자만이 살아남는가. 잠결에 만났던 이라크 국경의 '바그다드 카페 66'도 야자수 그림이 잘 그려진 네온사인 간판을 켜두고 있었다. 대개가 17~19세기 4, 5층짜리 건물로 단장해서 잘 쓰고 있다. 자전거 도시답게 건물마다 자전거 주차장이 마련되어 있다. 증권거래소로 쓰였던 뵈르스 판 베를라허Beurs van Berlage와 홀랜드 금융 센터가 마주하고

BEURSPLEIN 5
HOTEL
PUB

café
café
VERF en VERNIS
en ZONEN

있는 작은 광장에 사람들이 하나씩 늘어난다. 붉은 전광판에는 각국의 주가 지수가 번갈아 나타났다 사라진다. 담배를 피워 문 두 사람이 초조한 표정으로 무언가 이야기를 나누고 있다. 몇 해 전 데이비드 리스David Liss가 쓴 『암스테르담의 커피 상인』을 읽으며 밤새 침을 꼴깍 삼키던 일이 생각난다. 주인공 미우엘 리엔조의 파란만장한 커피 사업을 그린 책이다.

"신新 교회의 종이 두시를 치면서 거래소 업무 종료를 알림과 동시에 시작되는 행렬 속에 서 있었다. 중개인 수백 명이 암스테르담 중심에 위치한 넓은 담 광장으로 쏟아져 나왔다. (……) '동인도회사는 상품매점을 좋아하니까 걱정 없습니다. 그리고 또 이야기해줄 게 있어요. 알지 모르지만, 이슬람 사람들은 살아 있는 커피나무를 자신들 제국 밖으로 가지고 나가는 것을 범죄로 규정해서 사형까지도 시키고 있습니다. 자기들 외에는 아무도 커피를 기르지도, 팔지도 못하게 하기 위해서죠. 그들이 얼마나 교활한 인간들인가는 온 세상이 다 아는 사실이지만 네덜란드 사람들한테 비하면 길 잃은 어린 양이나 다름없어요. 반 더 브로크라는 선장이 커피나무 한 그루를 훔쳐내서 지금 동인도회사가 실론과 자바에 커피 농장을 시작하고 있답니다.'"

소설이기는 하지만 500페이지에 달하는 책 안에 1659년 암스테르담의 정세가 실감나게 묘사되어 있다. 커피역사를 짚어볼 수 있는 내용이 들어 있어 귀한 자료였다.

아침햇살은 1655년에 지어진 왕궁과 신교회Nieuwe Kerk 그리고 담 광장을 환히 비춘다. 신교회 바로 옆 신카페에 들러 커피를 마시고 싶었지만 아직 문을 열지 않았다. 바로 옆 모던 커피숍 커피컴퍼니의, 환한 미소가 인상적이었던 잘생긴 바리스타는 개점 준비로 바쁘다. 그가 만들어준 미디움 사이즈 카푸치노 한 잔과 머핀 한 조각으로 기분 좋게 아침을 대신했다. 작은 커피점 밖으로 간이 테이블이 옮겨진다. 창문 밖으로 보이는 담 광장은 아직 한산하지만 사람들로 붐빌 오후가 쉽게 상상된다. 거친 대양을 휘어잡던 대항해 시대의 선조들이 물려준 '광장'이라는 유산을 잘 보존하고 있는 그들이 부러웠다.

수로를 따라 바다 쪽으로 향했다. 막 17세기에 들어설 무렵 인도 항해에 성공한 네덜란드에서는 동방 무역을 시도하는 상선이 여럿 생겨났다. 시장이 확대되면서 스페인과 포르투갈, 나중에는 영국, 프랑스와의 경쟁이 심화되었고 무력 충돌이 잦아지자 상선들은 하나의 깃발 아래 뭉치게 되었다. 이름하여 네덜란드 동인도회사 VOCVereenigde Oost–Indische Compagnie다. 이 회사는 다른 나라와는 달리 국가가 직접 운영하는 것이 아니었다. 국가로부터 군사력을 지원받고 독자적인 외교권을 부여받은 기업이 중심이 된 강력한 형태의 국책 회사였다.

항해를 떠나는 남편을 바라보며 눈물 흘리는 부인이 많아 1482년 눈물의 타워가 세워졌다. 그 눈물의 타워에 카페 VOC가 바다를 향해 간판을 내걸고 있다. 헨리 허드슨H. Hudson이 1609년 하프문 호를 타고 신대륙을 향해 거친 항해를 떠난 곳도 바로 이곳 눈물의 타워다. 뉴욕 허드슨 강은 최초의 발견자인 그의 이름을 딴 것이다. 이후 1625년에 네덜란드인들이 맨해튼 섬 남쪽에 이주해 성채를 만들고 그 이름을 뉴 암스테르담이라 지을 수 있도록 단초를 제공한, 눈물의 타워다. 그 역사를 묵묵히 들려주고 있다.

출항하는 배를 위한 선구점, 식료품점, 포목점, 페인트 가게가 즐비하다. 세월이 흘러 지금은 레스토랑이 된 챈들러Chandlers는 1624년 당시 동방을 향해 떠나던 배들이 반드시 들러야 할 식료품점이었다. 선장들은 챈들러 1층에서 절인 고기와 포도주를 일일이 맛보고 난 뒤 주문했다. 수로를 오가는 챈들러의 작은 배는 멀리 떨어진 배에까지 그 주문품을 실어 날랐다. 화가 렘브란트가 자주 들러 작게 조각난 유리창을 통해 수로 밖 세상을 바라보았다고 한다. 나는 챈들러에서 17세기 진품들을 기웃거렸다.

과학센터 앞에 정박중인 범선의 마스터 위로 VOC의 깃발이 보인다. 범선은 박물관으로 꾸며져 있었다. 범선이라고는 하지만 배의 규모가 상상했던 것과 달리 매우 크다. 산타마리아 호가 출범한 때보다 150년이 지난 후이니 범선의 규모와 기능이 크게 다를 수밖에 없겠다고 생각했다. 1층 갑판을 지나 아래층 창고로 직행했다. 보물창고에 들어온 느낌이었다. 나무 상자와 오크통 속에 무엇이 들어 있나 호기심 어린 눈으로 들여다봤다. 상자 안에서 가장 먼저 눈에 띈 것은 역시 커피 생두였다. 마대에 실려왔을 것이라 짐작했던 커피는 여러 달 바다 위를 떠다니며 생길 염분 흡수를 방지하기 위해 나무 상자에 담겨왔다. 지금은 자메이카의 최고급 블루마운틴만 쓰고 있는 오크통의 전형인 셈이다. 특이하게도 커피 생두와 계피가 한 상자에 섞인 채 실려 있었다. 초기에는 커피가 이슬람 사람들이 즐

겨 마시던 방식대로 유럽에 전해졌다는 것을 잘 알 수 있었다. 중국 자기, 포도주, 맥주, 옷감 등 별의별 물품으로 가득했다. 대포와 포탄, 심지어 바타비아에서 상관을 지을 때 사용할 용도의 벽돌과 모래가 선실 제일 밑부분에 배의 중심을 잡으며 실려 있었다. 그리고 한쪽 구석으로는 빵과 치즈를 발효하고 보관하는 방까지 구석구석 자리 잡고 있었다.

귀퉁이에 20분짜리 영상물이 상영되고 있어 턱을 괴고 자리를 잡았다. 17세기 VOC는 전성기를 구가했다. 암스테르담과 로테르담을 떠난 선단은 바람에 따라 서부 아프리카 연안항로를 택하거나 멀리 브라질 쪽 항로를 택해 희망봉에 다다른다. 희망봉에서 마다가스카르 내해를 통과해 동아프리카 연안을 거쳐 인도에 닿는 루트를 택하거나 서풍을 이용해 직접 인도네시아 바타비아(지금의 자카르타)에 닿고 끝으로는 일본의 나가사키 항에까지 이르게 된다. 처음에 후추, 정향丁香 같은 향신료가 교역품의 주를 이루다가 커피를 비롯해 차, 실크, 중국 도자기 등의 새로운 상품이 갈수록 높은 비중을 차지하게 되었다. 네덜란드 배로 가득했던 바타비아는 아시아의 희귀한 산물들이 유럽으로 가기 위해서나, 반대로 유럽의 원자재 혹은 반제품 들이 아시아로 전해지기 위해 만나는 집산지로 번성하게 되었다. 유럽에 근대적 항구 로테르담이 있었다면 아시아엔 바타비아가 있었다.

관광객들은 영상물을 잠시 쳐다봤다가 갈 뿐 특별히 관심을 두지 않는다. 내용을 모두 다 잘 알고 있기 때문이리라. 나는 평소 궁금해하던 네덜란드 동인도회사에 대해 속속들이 알아내기 위해 눈을 부릅뜨고 자리를 지켰다. 중반쯤 지났을까 갑자기 모니터가 먹통이 됐다. 장비에 문제가 생긴 모양이었다. 잠시 후 다시 처음부터 시작됐다. 자세히 들여다보니 자막의 내용이 매우 잘 정리되어 있고 희귀한 자료가 많았다. 나는 카메라로 자막이 바뀔 때마다 한 컷씩 찍어나갔다. 다시 중반쯤 지나자 조금 전보다 2, 3분 더 가서 화면이 멈췄다. 또다시 처음부터 영상이 시작되었다. 17세기 후반부의 내용이 궁금해 상영됐다. 멈추기를 10여 차례나 더 하는 동안 계속 자리를 지켰다. 지금까지 기다리던 것이 아까워 조금만 더, 조금만 더 하다가 급기야 지하창고의 냉기 때문에 한기가 느껴지고 화장실도 급해진데다 허기까지 몰려와 더이상 견딜 수 없는 지경에 이르렀다. 관리인은 지하실에는 내려와 볼 생각도 하지 않았다. 한번 배에서 내린 후 다시 입장하려면 표를 다시 끊어야 한다는 관리인에게 사정해 급한 볼일만 보고 다시 올랐지만 끝내 영상물의 마지막 5분쯤은 포기하고 배에서 내려왔다. 식탁 위에 잘 차려진 기름진 닭고기, 거친 호밀빵, 포도주와 커피잔이 한참 동안 아른거려 근처 식당으로 쏜살같이 달렸다. 부둣가에 정박중인 배에서나마 커피가 유럽으로 전해진 과정을 그려볼 수 있었다.

토요일 오후 2시부터 4시 반까지만 개방하는 힐스앤코Geels & Co 앞에 섰다. 졸링겐에서 놓친 하루가 일요일 아침이 되자 더 아쉬웠다. 같은 실수를 반복하지 않기 위해 전화를 해도 연결이 되지 않는다. 1863년 안토니우스 힐Antonius Geels이 문을 연 힐스앤코는 커피, 차, 사탕수수를 주로 파는 식민지 무역의 중심에 있던 상점으로 가족들이 꾸준히 운영해 지금에 이르렀으며 오늘날에도 건재하다. 길거리에서 상점 안을 기웃거리다 결국 발길을 돌려야 했다.

VOC에서 영상물 후반부를 뚫어져라 쳐다보던 중 화면에 비친 17세기 세관 건물을 찾아 나섰다. 커피를 가득 실은 배는 작은 수로를 통해 이곳 암스테르담 항에 도착한다. 화면 속의 레이덴Leiden 대학 야콥스Drs. Els M. Jacobs 교수가 설명하던 곳이다. 그녀는 네덜란드 커피역사에 대해 다음과 같이 말했다.

"아랍은 외국인의 농장 방문을 엄격히 제한했습니다. 그러나 1616년 네덜란드는 커피나무를 훔치는 데 성공했지요. 1700년대에 들어서는 실론, 바바, 수마트라, 술라웨시, 티모르, 발리에 식민지 농장을 건설했습니다. 프랑스도 프렌치 기아나를 통해 브라질에 커피를 전파하는 데 성공하면서 중남미에는 커피가 순식간에 퍼져나갔습니다. 이 국가들이 지금의 최대 커피 생산국이 된 것입니다."

영상에서 본 'De cost gaet voor de baet uyt' 글귀가 있는 건물을 찾아 수로 주변을 헤매고 다녔다. 중앙역으로 가 자전거를 빌렸다. 아는 만큼 보인다 했는가? 아니 가는 만큼 보인다. 내 행동반경이 훨씬 넓어졌다. 힘겹게 걷던 길들이 바로 코앞이다. 세관에서 어떤 형태로 검사가 이루어졌는지 알고 싶었다. 그다지 성능도 좋지 않은 자전거를 두 시간여 타다 보세保稅 창고 부두에 닿았다. 사진을 찍기 위해 잠시 자전거를 세워 한쪽 발을 내려딛고 몸을 돌리려는 순간 '퍽' 하는 둔탁하지만 무언가가 깨지는 소리가 들렸다. 뒤를 돌아봤다.

배낭 지퍼가 열리는 바람에 노트북 컴퓨터가 바닥에 내동댕이쳐진 것이다. 몇

커피를 가득 실은 배는 작은 수로를 통해 이곳 암스테르담 항에 도착한다.

년간 정들기도 했지만 그것이 문제가 아니었다. 그동안 마드리드에서 시작해 지금까지 찍은 사진이며 녹음 파일, 써둔 글이 모두 날아갈 지경이다. 낭패였다. 하늘이 노래지기 시작했다. 나는 박물관에서 카메라에 달린 어깨끈을 아무렇지도 않게 늘어뜨려놓는 사람들을 보면 어깨끈을 반듯이 해두라고 이야기한다. 아프리카에서 카메라가 고장나는 바람에 하마터면 중간에 탐험을 포기해야 할 뻔했던 터라 더더욱 긴장했다. 나는 땅바닥에 털썩 주저앉아 컴퓨터를 켜봤다. 왼쪽 모서리가 산산조각나 속살이 다 드러난 지경이다. 시디를 넣는 곳은 꼼짝달싹하지 않는다. 나는 넋이 나간 사람처럼 무어라 혼잣말을 중얼거렸다. 사람들이 흠칫 쳐다보며 지나간다. 나는 창피함을 생각할 겨를이 없었다. 만약 컴퓨터가 작동하지 않는다면 어떤 일이 일어나게 되는가. 상상조차 할 수 없었다. 나는 매일매일 찍은 사진을 컴퓨터에 차곡차곡 정리해두었다. '제발 데이터만 살아 있어다오.' 나는 컴퓨터의 복원 기술이 얼마나 앞서 있는지 알지 못한다. 기술이 좋아 사라진 데이터를 살려낼 수 있을지도 모르지만 그때까지 가슴 졸일 생각을 하면 멀미가 날 지경이다. 미칠 지경이었다. 전원을 켰다. 한글 파일을 열어봤다. 이미지 파일을 열어봤다. 말로 표현할 수 없을 정도로 기뻤다. 다행이었다. 컴퓨터가 든 배낭을 가슴으로 안고 달려 자전거를 중앙역에 바로 반납했다. 자전거가 원망스러웠다.

숙소로 돌아가는 길이 천근만근이다. 새벽부터 나와 저녁 늦게까지 무얼 하며 돌아다녔는지 생각조차 나지 않는다. 긴 하루가 또 지나간다. 수로 옆 담 광장은 사람들로 흥청거린다. 밤이 시작됨을 알 수 있다. 그런데 갑자기 눈앞에 낯익은 글귀가 보인다.

'De cost gaet voor de baet uyt'

몇 시간 동안 돌아다녀도 못 찾은 옛날 세관이 암스테르담 화려한 유흥가 한복판 수로 옆에 떡 하니 버티고 있다. 나는 분명 암스테르담을 떠나기 전에 이 건물을 볼 수 있을 것이라 믿었다. 믿음대로 되었다. 건물은 이미 다른 용도로 바뀌어 카페 글라스호퍼Glasshopper가 들어서 있었다. 반가운 마음에 무작정 안으로 달려가 주인장을 찾았다. 위아래를 한참 훑어보던 웨이터는 나를 지배인에게 안내한다. 저녁이 시작될 무렵 카페는 한창 바쁘기 시작했다. 나이가 들어 보였지만 자유분방해 보이는 지배인에게 이 카페 건물이 동인도회사가 번성할 무렵인 17, 18세기 세관으로 쓰인 건물임을 아느냐고 물었다. 그는 오히려 눈이 휘둥그레지며 "그래요?" 하고 되물었다. 그 사실에 관심을 두는 사람은 없는 모양이었다. 그럼 밖에 그 글귀는 무슨 의미냐고 했더니 크게 소리 내어 웃으며 말한다.

"돈을 벌려면 투자를 해라!"

나는 어안이 벙벙했다. 네덜란드어를 몰라도 너무 몰랐다. 나는 그 글귀를 '출입국 검사소' 정도로 생각했었다. 10년이 넘은 배낭을 가슴에 안고 고양이가 기다리는 숙소로 무거운 발길을 돌렸다.

간밤에 피곤했던지 아침에 조금 늦게 일어났다. 물론 암스테르담 밤의 청춘 남녀들은 아직 한밤중이다. 17세기 제일의 무역항 로테르담을 향해 길을 걷다 데커르E. Dekker라는 본명 대신 필명 뮐타퉐리Multatuli로 세계에 널리 알려진 문인의 흉상을 만났다. 뮐타튤리는 '할 만큼 했다' '수고 많았네'라는 뜻이다. 그는 네덜란드 최고의 작가로 칭송받으며 '막스 하벨라르Max Havelaar'를 만들어냈다. 나는 수년 전 번역된 『막스 하벨라르』를 읽었다. 뮐타튤리는 공정무역 커피 '막스 하벨라르'를 그 이름으로 존재하게 하기도 했다.

'공정무역 커피'라는 이름은 이제 어디에서도 쉽게 접할 수 있을 뿐 아니라 거대 커피체인에서도 공정무역을 내세워 마케팅 활동을 한다. 카페 문화가 보급된 지는 이미 수세기가 지난 반면 커피 농장의 노동 착취에 대해 인식하게 된 역사는 매우 짧다. 네덜란드에서는 1859년에 뮐타튤리의 소설이 출간되면서 당시 네덜란드의 식민지에서 행해지던 노동착취의 폐해가 논란의 중심에 서게 되었다. 소설 속에서 인도네시아 원주민의 권리를 위해 열정적으로 투쟁한 인물이었던 막스 하벨라르는 1986년 공정무역을 위해 세워진 회사의 브랜드 이름이 되어 있다.

나는 해마다 무역전시관에서 열리는 커피 전시회를 참관한다. 몇 해 전부터인가 공정무역, 착한 소비를 한다는 시민사회단체 '아름다운가게'의 커피를 만났다. 그때의 기억이 떠오른다. 반가운 마음으로 공정무역 커피 판매대 앞에 섰다. "생산지 농부들의 마음을 드립니다"라는 문구가 선명한 공정무역 커피를 판매하고 있었다. 아름다운 미소의 시민단체 자원봉사자들은 공정무역의 필요성을 힘주어 설명했고 그 내용은 구구절절 가슴에 와 닿았다. 주위의 몇몇 사람들이 고개를 끄덕이며 한 꾸러미씩 커피를 샀고 나도 '행복한 나눔'이라는 마음으로 한 봉지를 샀다. 그러나 그 나눔의 시간은 그리 길지 않았다. 궁금하여 그 자리에서 바로 커피 봉지를 뜯어 내용물을 살펴보았는데 당황스럽게도 그 안의 커피는 부실하기 짝이 없었다. 신선

도는 말할 것도 없이, 등급을 가늠할 수조차 없을 정도의 아무렇게나 생긴 커피 알갱이며 세심히 다루어지지 않은 로스팅 상태에 나는 섭섭함을 금할 수 없었다. 생산과정에 대해 묻자 "저희는 커피에 대해서는 잘 알지 못합니다. 다만 어려운 이웃을 돕고 환경을 생각하는……"라는 답이 돌아왔다. 이렇게 좋은 마음으로 커피를 사들고 집으로 돌아가 커피를 마실 많은 이들의 공정무역에 대한 혼란스러움이 염려된다. 한 봉지의 커피를 사며 얼마나 감동을 하고 얼마나 큰 자부심을 가졌을까? 산지의 커피 농부들은 잠깐 늘어나는 판매량 소식을 듣고 얼마나 기뻐했을까?

다행히도 지난해에는 많이 좋아졌다. 그해 겨울에는 『희망을 키우는 착한 소비』라는 책의 표지에 쓴다며 사진 사용을 부탁해왔다. 아프리카에서 찍은 것으로 커피 원두를 가득 담은 손 사진이었는데 출처를 밝히는 조건으로 허락한 적이 있다. 후에 책의 내용을 꼼꼼히 읽어봤다. 우리는 뮐타툴리가 힘주어 말하려 했던 것이 무엇인지 잊지 말아야 할 것이다. 공정무역, 대안무역은 아직 갈 길이 멀다. 나는 왜 우리나라의 공정무역 시민단체에서 커피를 직접 볶지 않는지 묻고 싶다. 공정무역은 단계를 줄여 농가를 돕는 일인데 편한 것만 찾는다니 참으로 답답할 노릇이다.

국내 굴지의 S전자 연구 개발팀에서 박물관을 찾아와 앞으로의 커피업계 동향을 물었다. 반가운 마음에 내가 알고 있는 많은 이야기들을 오랜 친구에게 옛이야기 들려주듯 했다. 감감무소식이다. 대기업의 특허 신청 자료를 보니 정수기에 커피머신, 냉장고에 커피머신, 전자레인지에 커피머신, 와인 셀러와 커피머신, 좋은 것은 다 갖다 붙여놓았다. 갈 길이 멀어도 한참 멀다는 생각이다.

아름다운
로테르담 항에서

로테르담행 기차에 몸을 실었다. 이슬람 미나레트가 여럿 눈에 띈다. 유럽 깊숙한 이곳 로테르담에 이슬람이 영향을 미치다니 놀라울 따름이었다. Mp3플레이어를 꺼내 라이프치히에서 만났던 바그너의 오페라 〈방황하는 네덜란드인Der fliegende Holländer〉을 듣는다. 지금은 보스턴 심포니의 지휘자인 제임스 레바인이 메트로폴리탄 오케스트라에 몸담았던 시절의 주옥같은 멜로디다. 로테르담의 신비감이 전해져온다. 그동안의 풍경과는 달리 기차 안팎이 도회적인 모습으로 바뀌는 것으로 봐서 로테르담이 가까워진 모양이다. 사람들은 대개 말쑥한 정장 차림을 하고 있다.

로테르담 역에는 현대식 고층 빌딩들이 즐비했다. 고즈넉한 유럽 같지 않았다. 역에 내리자마자 올드타운을 찾아 도심을 벗어났다. 쓰레기가 물 위에 떠 있는 걸 보면서 지속가능한 개발이라는 주제는 우리가 사는 세상 어디에서든 풀어가야 할 난제가 아닌가 싶었다. 바로 옆 바다에서 갓 잡아올린 생선을 튀겨 파는 길거

리 생선 가게에서 모처럼 든든하게 점심을 해결했다.

오늘날은 로테르담 항구를 중심으로 유럽의 석유현물 거래시장이 선다. 유럽 최대의 무역항 로테르담도 동인도회사가 번성하던 17세기에는 새로운 것을 받아들이고 무엇인가를 발견하기에 바빴다. 선원들이 동방에서 발견해 가지고 온 향신료에 빠져 있던 순간에도 발 빠른 무역상들은 다른 사람들의 눈에 띄지 않게, 이미 여행이나 회고록을 통해 널리 알려진 이 커피라는 음료에 대해 깊은 관심을 가졌다. 커피는 그렇게 소리 없이 유럽에 전해졌다.

나는 로테르담 구항구가 그렇게 아름다운지 상상도 못했다. 도저히 사진이나 글로는 담지 못할 특별한 아름다움이었다. 인류가 만들어낸 창조물이 그렇게 아름다울 수 있다는 사실에 아무 말이 나오지 않았다. 포구 근처의 집들은 갖가지 문양으로 그 집의 성격을 나타내고 있었다. 1300년대에 터를 잡아 1866년에 새로 지었다는 건물, 물고기와 밀이 새겨진 1620년의 건물, 1649년에 지어졌다는 강아지가 그려진 건물 등 그 자체가 박물관을 능가했다. 길거리의 돌 한 줌, 나무 한 그루가 17세기 그대로였다. 나는 로테르담이 인류에 어떤 의미로 남아 있는지 깊이 고민해야 한다고 생각했다. 항구로서의 기능을 말하기에 앞서 우리에게 전해주고자 하는 어떤 메시지가 있는 것 같았다. 적어도 나에게는 여느 화려한 관광지, 오래된 카페에서보다 더한 감흥을 준 로테르담 옛 포구였다. 도개교 뚜껑이 열리며 배가 들어온다. 동방의 보물을 찾아 나섰다 끝내 고향으로 돌아오지 못한 방황하는 네덜란드인들이 자꾸 생각난다.

그림 같은 포구에서 신문을 보며 햇볕을 쬐고 있는 중년의 신사를 만났다. 이 지역 신문사 편집장인 반 에버딩건이었다. 그에게 로테르담의 동인도회사 시절을 혹시 알고 있는지 질문했다. 그는 내게 커피 한 잔 하겠냐며 자기가 대접하겠다고 한다. 커피를 마다할 내가 아니지 않은가? 내가 그를 발견했을 때 그는 커피잔을 한참 동안 식혀두고 있었다. 내 생각에는 커피 한 잔을 주문하고 신문을 다 읽고 갈 심산이었던 듯했다. 그는 로테르담에 대해 무뚝뚝한 어조로 다음과 같이 들려주었다.

"로테Rotte 강둑에 생긴 작은 마을이었던 로테르담은 17세기 들어 항구가 생겨나면서부터 세상에 그 이름을 알리게 되었어요. 18세기에는 프랑스 영토에 속했었고요. 1830년 벨기에와 네덜란드가 분리되면서 배의 숫자가 늘어났지요. 덕분에 지금은 네덜란드 제2의 도시가 된 것이지요."

다 식은 커피잔을 홀짝거리며 그는 말을 이었다.

"그렇지만 1602년 VOC가 설립되기 훨씬 이전부터 로테르담에서는 교역이 활발하게 이루어졌어요. 이웃 벨기에, 프랑스, 독일과 연결되는 천혜의 내륙 수로가 있었기 때문이지요. 로테르담이 북유럽으로 향하는 VOC의 교역품 중계지 역할을 한 것은 어쩌면 당연한 결과라 할 수 있어요."

점심시간 잠깐의 휴식을 취하는 그에게 커피잔을 앞에 두고 더이상 긴 질문을 하기에는 적절치 않다고 생각했다. 북유럽 3월의 따스한 햇볕을 만끽하는 그를 뒤로하고 오면서 봐두었던 허술한 골동품점으로 발길을 옮겼다. 늘 그래왔듯 그곳에서 뜻하지 않은 보물을 만날 수 있기를 기대한다.

카페의 성지
파리로

벨기에에 잠시 들러 와플을 맛보았다. 나는 커피점을 열 계획을 하고 있는 커피 교실 학생들에게 반드시 커피와 잘 어울리는 자신만의 메뉴를 찾으라 충고한다. 1993년 북한강의 레스토랑을 열 때 나는 지금처럼 서양 음식을 팔 계획이 없었다. 무엇보다 서양 요리를 알지도 못했거니와 조리사들이 속을 썩인다는 이야기를 무수히 들어왔던 터라 엄두를 못 냈다. 더구나 커피하우스에서 커피 외에 향기롭지 않은 음식 냄새가 난다는 것은 무엇보다 커피향을 빼앗아 치명적인 결점으로 작용할 것이라 굳게 믿었었다. 그러던 나는 개점 이틀을 남겨두고 내 생각이 매우 우둔했음을 깨달았다. 만약 그때 음식을 취급하지 않았다면 지금의 '왈츠와 닥터만'은 없을 것이다. 지금까지 커피는 커피 하나로만 인류와 함께하지 않았다. 커피는 커피 이외의 것과 어울리면서 더욱 풍성해졌다. 앞으로도 그럴 것이기에 와플이나 치즈케이크같이 커피와 잘 어울리는 메뉴는 커피와 따로 떼놓고 생각할 것이 아니다. 나는 벨기에 와플이 왜 유명해졌는지 그 유래에 대해서는 알 수 없었지만 맛이나 시각적인 효과에서는 과연 특별하다고 생각했다. 도심 한복판

우리네 분식집처럼 즐비한 와플하우스에는 토핑에 따라 변신이 가능한 색색의 와플이 지나가는 행인들을 사로잡는다. 커피를 업으로 삼으려는 후배들이 깊이 고민해야 할 부분이다.

브뤼셀에서의 하룻밤은 매우 짧았다. 한밤중에 들어가 새벽녘에 나왔으니 잠을 잔 것 같지도 않다. 파리 중앙역에서 오페라하우스 역까지 바로 갔다. 컨디션이 좋을 리 없는데다 그동안 하나둘 사둔 책과 전시 자료 들이 늘어나 배낭은 터질 듯하다. 어깨 근육이 찢어지는 듯한 아픔을 느낀 지 이미 며칠 됐다. 아비뇽에서 벼룩시장을 뒤질 때 배낭을 맡길 곳이 없어 온종일 계속 메고 다닌 후로 통증이 가라앉지 않는다. 당초 계획은 파리에서 마지막 5일을 보내는 것으로 몽마르트 근처 숙소를 예약해두었지만 도저히 불가능했다. 몸 상태가 좋지 않아 파리에서 더 머물기가 힘들었다. 어깨 통증은 이제 살짝만 닿아도 자지러질 듯해 작은 배낭도 멜 수 없는 지경이 됐다. 카메라를 한 손에 쥐고 다녀야만 했다. 한국을 떠나기 전 배낭 무게를 줄이려 카메라 삼각대를 가져가야 할지 말지 고민하는 내게 박 피디는 툭하고 한마디 뱉었다. "관장님, 단 한 컷을 위해서라도 삼각대는 들고 가십시오!" 연필 한 자루라도 빼려던 내 의중과는 달리 그 말 한마디에 무거운 삼각대는 배낭 끝에 매달려와 지금까지 나를 짓누른다. 중간중간 그 삼각대를 던져버리고 싶었던 때가 한두 번이 아니었다. 이젠 카메라도 던져버리고 싶은 심정이다. 대체 그 한 컷을 찍었는지 알 수가 없다. 아쉬움의 연속이다. 나는 여행자들이 한두 달 한 곳에서 묵는 그 여유가 부럽다.

파리가 커피역사의 한가운데에 있는 도시인 데다 올 때마다 잠시 카페만을 둘러보고 갔었기에 이번에는 느긋하게 도서관이며 자료보관실 등을 찾아볼 생각이었지만 이번에도 파리는 그걸 허락하지 않았다. 등반가들이 정상을 향해 올라갈 수 있도록 허락한다는 히말라야의 신처럼 다섯번째 오는 파리이지만 이번에도 내게 그 여유를 허락지 않는다. 며칠째 회사와 연락을 못하고 있어 서둘러 오늘밤 돌아간다는 연락을 해야 했다. 컴퓨터는 암스테르담 이후 혹시나 잘못될까 염려스러워 켜보지도 못하고 있다.

고통 속에서 만난 오페라하우스 앞 카페 드라페de la Paix. 화려함과 우아함의 극치를 자랑하는 커피하우스의 명성에 걸맞지 않게 커피맛은 역시 무덤덤했다. 많은 이름난 카페들이 그렇듯 그곳에 커피만 있는 게 아니기 때문일 게다. 수년 전 찾아왔을 때 앉았던 그 자리에 앉아 지난날을 회상해볼 수 있다는 것, 옛 현인들이 즐겨 앉았던 자리에서 그의 선혈鮮血을 느껴볼 수 있다는 것, 멋들어진 가르송의 춤추는 듯한 서비스를 바로 곁에서 받을 수 있다는 것, 창밖으로 펼쳐지는 파리지앵의 발걸음을 보며 잠시 쉴 수 있다는 것만으로도 충분히 그 값어치가 있었다.

파리에 처음 커피가 전해진 시기는 마르세유에 커피가 처음 소개된 해와 같은 1644년이다. 마르세유에서 온 이탈리아 여행자 발레가 파리의 상공회의소에 커피를 소개하면서 알려졌다. 프랑스 최초의 커피하우스가 1671년 마르세유에 문을 열었고 이듬해에는 파리 생제르맹 거리의 노점에서 커피를 팔기 시작했다.

1672년 파리에서 처음으로 카페를 연 사람은 아르메니아인이었다. 그의 카페는 당시 분주했던 생제르맹 시장 한복판에 있는 임시 가판대였다. 그의 카페에서 일하는 사람 중에는 시칠리아 섬의 청년 프로코프F. Procope가 있었다. 10년이 넘는 동안 계속 자신의 카페에 대한 꿈을 키워오던 그는 1686년 생제르맹 거리에서 멀지 않은 도로변에 '카페 프로코프'의 문을 열면서 파리의 카페 역사를 새롭게 쓰게 되었다.

카페 프로코프는 이국적인 대리석 탁자와 호화로운 장식으로 파리 사람들을 놀라게 했고 그때까지만 해도 생소했던 가르송의 고급스런 서비스를 제공하면서 파리 사람들을 환호하게 만들었다. 특히 문화계, 예술계를 위시한 지식인들의 요람으로 프로코프는 그 자리를 확고히 다져나갔다.

1700년대 초반부터 패션의 요람인 파리에 카페가 깊숙이 뿌리내리기 시작했다. 카페 프로코프의 성공을 동경하면서 호화스럽게 장식한 수많은 카페가 파리에 생겨나 명성을 떨치며 황금기를 구가했다. 1789년에 프랑스 시민혁명 당시에는 파리의 카페들이 '거리의 국회'로 그 형태를 바꿔가면서 새로운 사회계급을 탄생시키고 정치적인 바람을 일으키며 사회적 역할을 충실히 수행하기도 했다. 혁명 이후 발자크는 "카페는 민중들의 국회다"라고 부르짖었으며 몽테뉴는 "내 아들이 학교에서 말을 잘하도록 배우는 대신 카페에서 말하는 법을 배웠으면 좋겠다"며 카페에 찬사를 쏟아부었다.

파리에 대로Boulevards가 생겨난 시대 상황에 힘입어 1800년대의 카페는 대부분 복층을 두면서 더욱 넓어졌고 더욱 예술적으로 변해갔다. 방금 들렀던 카페 드라페가 대표적이다. 이 시기에 파리의 카페 수는 3, 4천 개를 헤아릴 정도였다. 그

RESTAURANT
Le Procope
FONDE EN 1686
Best Western
la Muraille de Jade
Nos chefs annoncent le printemps
Entrée + Plat + Dessert
39€
BISTRO CLUB

시절 파리 사람들은 카페에서 일상을 보냈다. 마치 빌려준 인생을 기다리는 것처럼 당시 유행하던 환상곡을 들으며 새로운 개념의 단어를 마구 만들어냈다. 다양한 형태의 카페가 생겨나면서 문인들의 카페, 음악가들의 카페, 화가들의 카페 등으로 자연스레 직업별로 나뉘기도 했다. 카페에 머무는 것은 엘리트만이 누릴 수 있는 특권처럼 인식되었다.

카페 프로코프로 향했다. 가는 길에 카페 되마고Deux Magots에 들러 늦은 점심으로 알자스 지방의 키슈Quiche를 주문해 먹었다. 테라스에 앉고 싶었지만 자리가 나지 않아 결국 매장 안으로 들어왔다. 실로 오랜만에 먹어본 제대로 된 점심이었다. 되마고에서 랭보와 사르트르를 떠올리며 커피 한 잔 하는 것도 잊지 않았다. 가까이 자리하고 있는 카페 플로르Flore, 카페 브라제리 립Brasserie Lipp에서는 가르송과 이야기를 나누고 싶었으나 분주히 오가는 그들을 보고는 마음을 고쳐먹었다.

호화로운 카페 장식의 선구가 되었던 카페 프로코프는 역사를 증명하듯 1686이라는 숫자가 담긴 작은 간판을 카페 앞에 걸어두었다. 이 카페가 세계에서 가장 오래된 카페라는 것은 카페 앞에 걸린 간판이 말해주고 있다. 부러움에 가득 차 발길을 떼지 못했다. 생제르맹 거리는 청년 시절 내가 처음 파리를 방문했을 때와 크게 달라진 것이 없는 듯하다. 어쩌면 커피가 처음 전해진 17, 18세기와도 크게 다르지는 않을 듯싶다. 건물은 그대로요 사람만 달라지지 않았을까. 누가 뭐래도 파리는 카페의 성지임에 틀림없다.

카페 루브르Louvre에서 마지막 커피를 마신다. 맞은편 테라스에서 고고한 자태의 여인이 커피를 마시고 있다. 카페 루브르의 바리스타는 까다로운 이 파리지엔의 입맛에 맞추기 위해 뜨거운 열정을 쏟아부어 커피를 만들었으리라. 커피는 여인이 기품 있게 마실 수 있도록 따뜻하게 잘 데워진 커피잔에 담겨 테이블로 왔으리라. 아름다운 여인의 모습은 카페의 자부심이 될 것이며 곧 카페의 명성이 될 것이다. 정성을 다하지 않을 이유가 없다.

햇살의 기운이 약해지는 것을 느끼며 센 강으로 향했다. 더이상 걸을 수가 없다. 쓰러지기 일보 직전이다. 배낭을 내려놓고 스스로를 돌아다본다. 단벌인데다 한 달 내내 입어 땀내 푹푹 나는 겨울 스웨터, 반질거리는 바지를 걸친 초췌한 몰골이다. 꾸부정하게 휜 어깨와 등 그리고 그동안 잘도 견뎌준 평소 질환이 있던 고관절. 나는 지난 길들을 떠올리며 깊은 외로움을 느꼈다. 센 강은 흡사 슬픔에 잠겨 잠들어버린 듯 고요히 흘렀다. 먼 길을 돌아 이 자리에 서 있는 것조차 이제 곧 과거가 돼버릴 것이리라 생각이 들어 숱한 감정의 물결이 밀려든다.

돌이켜보면 후회투성이의 탐험이었다. 나는 센 강의 다리 난간에 힘없이 기대어 유럽의 커피역사를 어떻게 보고 받아들였는지를 되물어본다. 그러나 이내 고개를 가로젓는다. 내가 짧은 기간 커피역사의 언저리를 서성이며 보고 받아들인 것이 과연 얼마나 큰 의미가 있는 것일까? 온전히 나의 몫인데 그것이 이번 탐험의 진정한 의미인가.

없는 일을 지어내 말하거나 부풀리거나 하지는 않았는가. 겸손하지 못하거나 자신의 얕은 지식과 경험을 기준 삼아 함부로 역사를 규정짓거나 지나치게 성급히 답을 구하지는 않았는가. 가슴을 열지 못한 채 나와 다른 생각을 가진 이들과 어울리지 못하고 피해 다닌 것은 아니었는가. 지금까지의 삶에 감사할 수 없다면 남은 삶도 감사하기 어려울진대 불평만 늘어놓은 것은 아니었나. 깊은 회한에 빠져 긴 시간을 보냈다.

노을이 지는 센 강을 떠나야 한다. 그러나 나는 더이상 조급해하지 않기로 마음먹었다. 누가 알아주지 않는다 해도, 한없이 흔들리고 후회한다 해도, 설령 구하고자 하는 답을 영원히 찾지 못한다 해도 무에 그리 대수이겠는가. 고뇌하고 행동하는 것만으로도 그런대로 괜찮지 않겠는가. 만약 그것이 의미 있는 일이라면 결코 쉽게 이룰 수는 없을 것이다. 또 한편 진정 외롭고 힘든 일이라면 필시 그만한 가치가 있어서 그런 것 아니겠는가. 나는 어쩌면 이미 내년에 다시 떠날 브라질을 기약하고 있는지도 모르겠다.

참고도서

아랍

A. Wild, 『Coffee』, W. W. Norton & Company, 2005
B. Cowan, 『The Social Life of Coffee』, Yale University Press, 2005
Bennett A. Weinberg, 『The World of Caffein』, Routledge, 2002
George Sandys, 『A Relation of a Journey begun An Dom 1610』, Da capo Press, 1973,
H. Hartman & D. Kester, 『Plant Propagation』, Prentice Hall, 2001
Jean de Thevenot, 『Relation d'un voyage fait au Levant』, Paris: L. Billaine, 1665
Jean La Roque, 『Voyage de L'Arabie Heureuse』, La Lanterne Magique Editions, 2008
L. Taiz & E. Zeiger, 『Plant Physiology』, Simon&Schuster, 2010
Markman Ellis, 『The Coffee House』, Phoenix, 2005
Mark Pendergrast, 『Uncommon Grounds』, Basic Books, 2000
Michael Rostovtzeff, 『Carvan Cities』, The Claredon Press, 1932
R. Hattox, 『Coffee & Coffee House』, University of Washington Press, 1985
Stewart L. Allen, 『The Devil's Cup』, Ballantine Books, 2003
W.Ukers, 『All about Coffee』, The Tea and Coffee trade journal Co, 1935

나기브 마푸즈, 『우리동네 아이들』, 정성호 옮김, 중원문화사, 1988
버나드 루이스, 『이슬람 1400년』, 김호동 옮김, 까치글방, 1976
스티븐 런치만, 『1453 콘스탄티노플 최후의 날』, 이순호 옮김, 갈라파고스, 2006
이희수, 『이슬람』, 청아출판사, 2001
정수일, 『이슬람 문명』, 창작과비평사, 2002
잭 웨더포드, 『야만과 문명』, 권루시안 옮김, 이론과실천, 2005
진원숙, 『이슬람의 탄생』, 살림, 2008
최준석, 『함두릴라, 알카히라』, 메디치미디어, 2009
홍성민, 『행운의 아라비아 예멘』, BG북갤러리, 2006

유럽

A. Durr,『The Cantatas of J. S. Bach』 Oxford University Press, 2005

A. Martins,『Historia do Cafe』, Contexto, 2008

C. Goldoni, translated by J. Parzen,『The Coffee House』, Marsilio Publishers, 1998

D. Christophe & G. Letourmy,『Paris et ses Cafes』, Mairie du 9e arrondissement, 2004

E. Jacobs,『Merchant in Asia』, CNWS Publications, 2006

Gesammelt und D. Luippold,『Kleine Geschichten fur Kaffeefreunde』, Engelhornvlg., Stgt, 2001

H. Balzac,『Sobre o Cafe, o Tobaco e o Alcool』, Padroes Culturais, 2008

H. Schulze, translated by A. Mann,『How Sweet the Coffee Tastes』, Evangelische Verlagsanstalt GmbH, 2006

H. Seemann und C. Lunzer,『Das Wiener Kaffehaus』, Album verlag, 2000

H. Stingl,『Der Kaffeebaum in Leipzig』, Lehmstedt, 2003

I. Mota,『El libro del Cafe』, Alianza Editorial Sa, 1997

K. Sindemann,『Das Wiener Cafe』, Metro-Verlag Wien, 2008

L. Lorenzetti,『The Birth of Coffee』, Crown Publications, 2001

L. Moura,『Palacio do Cafe』, Magma Cultural e Editora, 2004

L. Scateni,『Manual del Prefetto Amatore del Caffe』, Edizioni Intra Moenia, 2003

M. Dias,『Os Cafes de Lisboa』, Mariana Tavares Dias & Quimera Ediotres, 1941

N Fitch,『The Grand Literary Cafes of Europe』, New Holland Publishers, 2007

S. Lesberg,『The Coffee Houses & Palaces of Vienna』, Peebles Press, 1976

Y. McFarlence,『La Dolce Vita Coffee』, New Holland Publishers, 1999

그램 질로크,『발터 벤야민과 메트로폴리스』, 노명우 옮김, 효형출판, 2005

데이비드 리스,『암스테르담의 커피상인』, 서현정 옮김, 북스캔, 2006

로버트 램,『서양문화의 역사』, 이희재 옮김, 사군자, 2007

로타 뮐러,『카사노바의 베네치아』, 이용숙 옮김, 열린책들, 2004

바이하이진,『여왕의 시대』, 김문주 옮김, 미래의창, 2008

박창순, 육정희,『공정무역, 세상을 바꾸는 아름다운 거래』, 시대의창, 2010,

앙리 피렌느,『중세 유럽의 도시』, 강일휴 옮김, 신서원, 1997

에디트 엔넨,『도시로 본 중세유럽』, 안상준 옮김, 한울, 1997

잭 웨더포드,『야만과 문명 누가 살아남을 것인가』, 권루시안 옮김, 이론과실천, 2005

주경철,『대항해시대』, 서울대학교출판부, 2008

프란스 판 데어 호프, 니코 로전,『희망을 키우는 착한 소비』, 김영중 옮김, 서해문집, 2008

프란체스코 키오바로,『교황의 역사』, 김주경 옮김, 시공사, 1998

닥터만의 커피로드

1판 1쇄 | 2011년 11월 28일
1판 3쇄 | 2018년 10월 15일

지은이 박종만
펴낸이 염현숙

기획 장윤정 | 책임편집 김소영 | 편집 임혜지 이보현 오동규 | 디자인 김선미
마케팅 정민호 이숙재 정현민 김도윤 안남영 | 홍보 김희숙 김상만 이천희
제작 강신은 김동욱 임현식 | 제작처 영신사

펴낸곳 (주)문학동네
출판등록 1993년 10월 22일 제406-2003-000045호
주소 10881 경기도 파주시 회동길 210
전자우편 editor@munhak.com | 대표전화 031) 955-8888 | 팩스 031) 955-8855
문의전화 031) 955-3578(마케팅) 031) 955-8870(편집)
문학동네카페 http://cafe.naver.com/mhdn | 트위터 @munhakdongne
북클럽문학동네 http://bookclubmunhak.com

ISBN 978-89-546-1665-2 03810

* 이 도서의 국립중앙도서관 출판시도서목록(CIP)은 e-CIP홈페이지(http://www.nl.go.kr/ecip)와 국가자료공동목록시스템(http://www.nl.go.kr/kolisnet)에서 이용하실 수 있습니다.(CIP제어번호: CIP2011004917)

www.munhak.com